CHRISTIAN JACQ

Né à Paris en 1947, Christian Jacq découvre l'Égypte à treize ans à travers ses lectures, et se rend pour la première fois au pays des pharaons quelques années plus tard. L'Égypte et l'écriture prennent désormais toute la place dans sa vie. Après des études de philosophie et de lettres classiques, il s'oriente vers l'archéologie et l'égyptologie, et obtient un doctorat d'études égyptologiques en Sorbonne avec pour sujet de thèse « Le voyage dans l'autre monde selon l'Égypte ancienne ». Christian Jacq publie alors une vingtaine d'essais, dont *L'Égypte des grands pharaons* chez Perrin en 1981, couronné par l'Académie française. Il fut un temps collaborateur de France Culture, notamment pour l'émission « Les Chemins de la connaissance ». Parallèlement, il publie des romans historiques qui ont pour cadre l'Égypte antique ainsi que, sous pseudonyme, des romans policiers. Son premier succès, *Champollion l'Égyptien*, a suscité la passion des lecteurs en France comme à l'étranger, tout comme ses autres grands romans égyptiens – *Le Juge d'Égypte*, *Ramsès*, *La Pierre de Lumière*. Son dernier roman, *La Femme d'or, la vie miraculeuse de la reine-pharaon Hatchepsout* a paru chez XO Éditions en 2021. Les ouvrages de Christian Jacq sont aujourd'hui traduits dans vingt-neuf langues.

HOREMHEB

ÉGALEMENT CHEZ POCKET

La Reine soleil
Le Moine et le Vénérable
Toutânkhamon
Le Procès de la momie
Imhotep, l'inventeur de l'éternité
Le Dernier Rêve de Cléopâtre
Néfertiti
J'ai construit la Grande Pyramide
Sphinx
La Vengeance des dieux
Urgence absolue
Pharaon
Ces femmes qui ont fait l'Égypte
horemheb, le retour de la lumière

Le Juge d'Égypte

La Pyramide assassinée
La Loi du désert
La Justice du vizir

Ramsès

Le Fils de la lumière
Le Temple des millions d'années
La Bataille de Kadesh
La Dame d'Abou Simbel
Sous l'acacia d'Occident

La Pierre de Lumière

Néfer le silencieux
La Femme sage
Paneb l'ardent
La Place de vérité

La Reine liberté

L'Empire des ténèbres
La Guerre des couronnes
L'Épée flamboyante

Les Mystères d'Osiris

L'Arbre de vie
La Conspiration du mal
Le Chemin de feu
Le Grand Secret

Mozart

Le Grand Magicien
Le Fils de la lumière
Le Frère du feu
L'Aimé d'Isis

Et l'Égypte s'éveilla

La Guerre des clans
Le Feu du scorpion
L'Œil du faucon

Les Enquêtes de Setna

La Tombe maudite
Le Livre interdit
Le Voleur d'âmes
Le Duel des mages

CHRISTIAN JACQ

HOREMHEB

Le retour de la lumière

ROMAN

XO ÉDITIONS

MIXTE
Papier issu de sources responsables
FSC® C003309
www.fsc.org

L'éditeur de cet ouvrage s'engage dans une démarche de certification FSC® qui contribue à la préservation des forêts pour les générations futures.

Pour en savoir plus :
www.editis.com/engagement-rse/

ISBN : 978-2-266-31993-5
Dépôt légal : octobre 2021

« Le cœur d'Horemheb est occupé à scruter l'avenir et à rechercher les actions efficaces. Le pays est rempli de son amour et de son action bienfaisante. Mal et iniquité sont écrasés, la justice est de nouveau à sa place. »

Stèle et décret d'Horemheb

— 1 —

Le soleil brûlait, l'air manquait. Mais le gamin devait courir vite, très vite. À quatorze ans, on n'a pas envie de mourir sous les coups de bâton des policiers. Comme il connaissait le moindre recoin de la cité du soleil, Saby croyait pouvoir leur échapper. Hélas, impossible de les semer. En refusant d'être réquisitionné pour la corvée, l'adolescent était devenu un hors-la-loi.

À la sortie d'un quartier populaire, il s'était engagé dans l'avenue où, naguère, Akhénaton et son épouse Néfertiti circulaient en char de leur palais au grand temple, sous les acclamations de la foule, contrainte de manifester sa joie.

Depuis la mort de la reine, suivie de peu par celle du roi, leur capitale vivait dans l'angoisse. Après dix ans de tyrannie, l'Égypte n'était-elle pas au bord du gouffre ? Profondément divisées et affaiblies, les Deux Terres survivraient-elles à l'anarchie et à la guerre civile ? En se vouant au culte d'un dieu unique, Aton, un couple de fanatiques n'avait-il pas définitivement sapé les bases de l'institution pharaonique ?

Saby, lui, n'avait qu'un objectif : sauver sa peau. Et une idée osée pour y parvenir : se cacher dans le grand temple à ciel ouvert, où l'on ne célébrait plus aucune cérémonie. Combien de milliers d'animaux avaient été abattus pour garnir des centaines de tables d'offrande, à présent abandonnées ?

Quantité de rancœurs s'étaient accumulées. Tout en sombrant dans le mysticisme, le souverain et son épouse, encore plus radicale que lui, avaient maintenu un ordre strict en faisant taire les contestataires. Seuls les inconditionnels et les flatteurs trouvaient grâce à leurs yeux.

Soudain, le malheur. Porteur d'un virus mortel, un ambassadeur hittite[1] l'avait répandu dans la population de la cité du soleil, sans épargner la famille royale que le dieu unique avait été incapable de protéger. Aux protestations des sceptiques, une seule réponse : la répression.

L'entrée du sanctuaire, hier sévèrement gardée. Partisans d'Aton, les policiers n'oseraient pas en franchir le seuil.

Courbé, tête basse, mains sur les cuisses, Saby reprit sa respiration.

— Où vas-tu, mon gars ?

Pétrifié, l'adolescent découvrit un vieillard armé d'une longue canne et accompagné d'un âne à la musculature impressionnante.

— On veut me tuer !

— Qui ça ?

---

1. Les Hittites, qui peuplaient le Hatti, étaient les ancêtres des Turcs.

— La police du roi.

— Tu mentirais pas un peu ?

L'oreille gauche de l'âne se dressa.

— Vent du Nord dit que non. Rentre là-dedans, et pas un bruit.

— Cette bête… Elle comprend ce qu'on raconte ?

— Ferme-la et dépêche-toi.

Saby s'engouffra dans une cabane en brique, s'allongea sur le sol et se couvrit d'une natte.

Vent du Nord s'accroupit pour boucher l'accès, et le Vieux s'assit en tailleur devant lui. À peine adoptait-il une posture confortable que cinq énergumènes, commandés par un gradé, apparurent.

— On ne passe pas, décréta le Vieux.

— T'as sûrement aperçu un gamin, affirma l'officier.

— À part ta sale gueule, j'ai vu personne depuis ce matin. J'ai reçu l'ordre de garder ce temple, je le garde.

— Une petite ordure s'est enfuie. Je dois l'arrêter.

— Quel crime a-t-elle commis ?

— Refus de la corvée.

— T'en as pas marre de taper sur les mômes ?

— Les ordres sont les ordres.

— Et quand ils sont idiots, ils te rendent idiot.

— Tu serais pas un rebelle ?

— Te gêne pas, explore le temple. Il paraît qu'il est bourré de mauvais génies. Avec ta tronche, tu devrais les attirer. Moi, je fais la sieste.

— Allons-y, exigea le gradé.

Ses subordonnés se figèrent.

— C'est qu'un enfant, rappela l'un d'eux. Et les mauvais génies, c'est vraiment mauvais. Vu le montant de la solde, on n'a pas tellement envie d'être dévorés. On sera plus utiles à la caserne.

Le gradé et son escouade tournèrent les talons. Du coin de l'œil, le Vieux les regarda s'éloigner.

— Tu peux sortir, gamin.

Saby mit longtemps à réapparaître.

— Ils sont partis, c'est sûr ?

— Tu me prends pour qui ?

— Moi, je file !

— Tiens-toi tranquille, crétin ! Tu veux qu'ils t'attrapent ?

— Et je vais où ?

— Tu bouges pas d'ici. Cette ville est un chaudron d'où ne tarderont pas à jaillir des flammes dévorantes. On en a bavé, et le pire est à venir.

Le Vieux songea aux nombreux adolescents morts de fatigue parce qu'ils avaient porté, des jours durant, de petits blocs qui avaient servi à bâtir, en hâte et sur un rythme infernal, les temples, les palais et les villas de la cité du soleil. Quelles seraient les conséquences de cette période de ténèbres, sinon des émeutes et un bain de sang ?

— 2 —

Depuis la disparition d'Akhénaton, qu'il avait fidèlement servi, le Père divin[1] Aÿ ne dormait plus que deux heures par nuit. À l'approche de la soixantaine, il voyait se disloquer le monde façonné, avec brutalité, par un roi désireux d'imposer son dogme, en détruisant la tradition spirituelle née avec la première dynastie.

Conscient de la catastrophe, Aÿ ne s'y était cependant pas opposé, car il appréciait les avantages que lui procurait le pouvoir. D'origine modeste, il s'était d'abord occupé de l'écurie royale avant d'entrer dans la haute administration et d'en gravir tous les échelons, jusqu'à jouer le rôle d'éminence grise auprès d'un chef d'État au caractère difficile et instable.

Comme tous les Égyptiens, Aÿ avait été surpris par la décision du quatrième des Amenhotep : quitter la prestigieuse cité de Thèbes, celle du dieu Amon, « le Caché », et fonder une nouvelle capitale sur un site vierge de Moyenne-Égypte ! Une révolution confirmée par un extraordinaire changement de nom ; oublié

1. Titre rituel désignant un personnage lié au pouvoir royal.

Amenhotep, « Amon est plénitude », vive Akhénaton, « Celui qui est utile à Aton », le disque solaire, messager du dieu unique.

Le roi mystique avait dicté ses visions au premier de ses disciples, Aÿ, afin qu'elles soient inscrites sur les parois des tombes réservées aux dignitaires de la cour, qu'il manipulait avec une habileté incomparable.

Ne prendre aucune décision inconvenante, ne pas bousculer les habitudes, ne rien changer : telle était la règle de vie de cet entremetteur hors pair. Se bouchant les oreilles et fermant les yeux, Aÿ s'était persuadé qu'il mourrait bien avant son maître, après avoir profité d'une situation enviable. Diriger un gouvernement fantoche, habiter une superbe villa, bénéficier d'une cohorte de serviteurs aux petits soins, goûter chaque jour les meilleurs aliments, jouir d'une existence de rêve en compagnie de son épouse : que désirer de plus ? Encore fallait-il préserver cette position prééminente en ne contrariant jamais le souverain et en satisfaisant ses exigences, même extravagantes.

Personne ne contestant l'autorité de Pharaon, pourquoi Aÿ se serait-il singularisé ? La chance l'ayant favorisé, autant ne pas l'insulter et se conformer à l'air du temps. Il ne serait ni le premier ni le dernier.

Certes, l'état du pays se dégradait. Aux menaces d'invasion, dues au manque d'intérêt d'Akhénaton pour la politique extérieure, s'ajoutait une crise économique résultant de l'incurie des administrations provinciales. Aÿ en avait touché un mot au roi et à la reine, mais l'un et l'autre lui avaient répondu que la lumière d'Aton les protégerait contre tout mal. Insister eût été dangereux, et la vie dans la cité du soleil avait suivi son cours, jusqu'à la mort de l'une des filles du couple royal.

Leur univers s'était écroulé. En pleurs, manifestant leur détresse comme aucun souverain auparavant, Akhénaton et Néfertiti s'étaient englués dans leur chagrin, oubliant le bien-être de leur peuple.

Le vieux courtisan devait affronter le désastre prévisible, sans être préparé à de tels tourments. Autour de lui, des inutiles et des incapables qu'il avait lui-même promus afin qu'ils ne lui fassent pas d'ombre. Cette force se transformait en faiblesse. Ni allié sincère ni haut fonctionnaire sur qui se reposer. Chacun attendait d'Aÿ la solution de la crise, à savoir l'avènement d'un nouveau pharaon.

Exactement le type de démarche dont l'éminence grise avait horreur. En temps ordinaires, le choix d'un roi était déjà une entreprise délicate ; dans les circonstances présentes, une tâche impossible. Malgré la disparition de son idole, le parti atonien demeurait puissant ; et ses opposants ne songeaient qu'à l'anéantir. Comment se sortir de cet étau ?

Un scribe en sueur, les mains tremblantes, osa briser les réflexions de son supérieur.

— Seigneur, c'est effroyable ! Des heurts à la caserne principale, des démissions de policiers, des villas de nobles pillées, des bagarres dans les rues... Il faut que vous interveniez. Sinon, personne ne saura plus qui dirige, et les gens s'entre-tueront. Même la garde du palais ne me semble plus très sûre.

— Fais préparer mon char et choisis une dizaine de vétérans qui assureront ma sécurité. Je parlerai au peuple avant ce soir, devant le grand temple.

Le scribe détala. Seule une intervention martiale d'Aÿ et la désignation d'un chef éviteraient peut-être le chaos.

En réalité, le vieux courtisan n'avait aucune envie de courir des risques insensés. Haranguer la foule et la convaincre n'était pas sa spécialité. Sa voix ne porterait pas, on l'insulterait avant de le piétiner. Pas d'autre issue que de s'enfuir et de se réfugier dans sa ville natale d'Akhmîm, où son réseau d'amis lui fournirait un abri, en attendant que la situation évolue. Si elle le pouvait, son épouse le rejoindrait plus tard.

Aÿ se vêtit de sa plus belle tunique, ce qui ne le rendait pas élégant pour autant. Trop bon convive, il était ventripotent, et rien ne lui seyait… Il déchira le dernier décret d'Akhénaton, concernant l'augmentation du nombre d'oiseaux dans sa volière, et brisa un sceau devenu inutile. Qu'emporter, sinon des coffrets qui contenaient des lingots d'or et des pierres précieuses, gages de sa survie ?

Son ultime angoisse : que des révoltés lui barrent la route et que son escorte soit incapable de les terrasser.

— 3 —

« Un soldat sans chef, disait le Vieux, ça ressemble à une oie sans tête. » Et cette dernière, utilisée comme hiéroglyphe, signifiait la « peur ». Une peur poisseuse qui avait envahi la cité du soleil et provoquerait, de façon imminente, des affrontements sanglants. Les atermoiements du dernier représentant de l'autorité, Aÿ le mollusque, aboutiraient à une explosion.

— On s'en va, décida-t-il. Le port étant déjà bloqué, on empruntera un sentier, vers le sud.

L'oreille gauche de Vent du Nord se dressa.

— Comment, non ? Cette fois, tu te fourres le sabot dans l'œil ! Si on ne dégage pas rapidement, on sera écrabouillés.

L'âne ne changea pas d'avis.

— Les bras m'en tombent ! Tu comprends pas qu'ici, on est fichus ?

Le jeune Saby intervint.

— Il a souvent raison, ton copain ?

— T'occupe et retourne te cacher. Je réfléchis.

*

* *

En dépit de ses vingt ans, le scribe royal Horemheb, dont le nom signifiait « Horus est en fête », était considéré comme le plus expérimenté des administrateurs. Érudit, grand connaisseur des textes rituels, ce surdoué qui savait lire et écrire depuis l'âge de quatre ans avait été contraint de quitter Thèbes lors de la révolution d'Akhénaton et d'occuper un poste dans la nouvelle capitale, la cité du soleil, qu'il détestait autant que son monarque et son exaltée d'épouse, cette Néfertiti au visage anguleux, une ambitieuse revêche et impitoyable.

Grâce à Horemheb et à ses collaborateurs, la gestion de la capitale avait été assurée, pendant que le peuple fanatique adorait son soleil tout-puissant, et qu'Aÿ le sirupeux les encensait en prétendant que tout allait pour le mieux dans la meilleure des Égypte.

Mais l'astre triomphant s'était transformé en soleil noir, et la mort avait frappé.

Installé dans une annexe du palais, le bureau d'Horemheb ne recevait plus d'instructions depuis deux interminables semaines. Tétanisé, Aÿ tenait-il encore le gouvernail ? De multiples rumeurs circulaient, l'une des filles du couple défunt aspirait au pouvoir suprême, l'armée et la police se délitaient, les actes d'incivilité se multipliaient.

Horemheb écrivait un message au Père divin lorsque deux mains, douces et parfumées, se posèrent sur ses yeux.

— Si tu cessais de te tracasser et si tu me faisais l'amour ?

À dix-huit ans, Amenta était l'une des plus jolies femmes de la cité du soleil. Vive, spontanée, chaleureuse, la brune aux formes généreuses avait un charme particulier qui lui valait l'attention d'un nombre considérable de mâles. Mais la jeune fille était tombée amoureuse d'Horemheb, dont l'intelligence la fascinait. En outre, ce vigoureux garçon ignorait la fatigue. Ensemble, ils nageaient volontiers avant de partager l'ivresse de leur désir.

Nue, Amenta enlaça son époux, lequel ne parvenait jamais à lui résister.

Abandonnant son calame et son papyrus, Horemheb se retourna.

— Sais-tu que l'insurrection ne tardera pas à éclater ?

— Justement, oublions l'avenir !

Qui aurait pu la repousser ? Sous les caresses lentes et délicates du scribe, les seins d'Amenta frémirent. Ni l'un ni l'autre ne songèrent à la gravité du moment, se souciant uniquement de l'éblouissement des sens.

Cris et appels au secours les figèrent. Cette fois, Amenta ne put retenir Horemheb, qui se précipita à la fenêtre.

Dans la rue, on se battait. Des ouvriers frappaient des employés du scribe royal, lequel s'habilla en hâte, dévala l'escalier et se rua dans la mêlée. Agrippant un agresseur par les cheveux, il le projeta vers ses alliés, et libéra deux de ses subordonnés, en mauvaise posture.

— Ça suffit, décréta Horemheb, se plaçant entre les deux camps. Que voulez-vous ?

— On crève de faim ! cria un ouvrier. Pas de rations depuis deux jours. Vous, les scribes, vous vous goinfrez !

L'apparition d'Amenta, qui n'aurait pas hésité à se défendre en cas d'agression, calma les esprits.

— Merci d'apporter du pain, des oignons et de la viande séchée, dit Horemheb en la regardant droit dans les yeux.

Sa promptitude fut saluée, et le conflit désamorcé. Mais la venue d'un soldat, claudiquant et l'épaule en sang, refroidit l'atmosphère.

— On s'étripe à la caserne. Y en a qui veulent incendier le palais.

Quoique le scribe royal désapprouvât le gouvernement du défunt couple de souverains, il ne tolérait aucune atteinte à un emblème de l'institution pharaonique. N'écoutant que son indignation, il courut vers les écuries.

Amenta s'en réjouit. C'était ainsi que devait se comporter un responsable digne de ce nom.

*
* *

Une vingtaine de blessés, des armes brisées, un début d'incendie difficile à maîtriser, des invectives, des affrontements entre militaires pro et anti-Aton, entre soldats et policiers, entre forces de l'ordre et civils.

La confusion était à son comble quand surgit un char, tiré par deux chevaux, que conduisait Horemheb. Obligeant plusieurs belligérants à s'écarter, il s'immobilisa au cœur du tohu-bohu.

— Vous n'êtes que des bêtes stupides ! Continuez ainsi, et vous crèverez tous !

Aussi puissante qu'inattendue, cette voix interrompit les hostilités. Un colosse roux fendit les rangs.

— Tu es qui, toi ?

— Horemheb, scribe des recrues. J'ai approuvé ton engagement et celui de vous tous ! Vous avez juré obéissance au pharaon et devez respecter votre parole.

— Il n'y a plus de chef, personne ne commande, personne n'obéit.

— Moi, je commande. Toi, tu obéis. Demain, à l'aube, vous aurez un roi, et tout rentrera dans l'ordre.

Horemheb n'avait pas trouvé d'autre argument pour ramener un semblant de calme. Intrépide, il n'était même pas certain de réussir cette étape-là. Isolé au milieu de cette meute, il ne résisterait pas longtemps à sa fureur.

Mais sa parole porta. Il ne lui restait plus qu'à tenir sa promesse.

— 4 —

Il avait fallu trois longues heures pour réunir quelques gardes dévoués au Père divin Aÿ. D'ordinaire patient, ce dernier se rongeait les sangs. Et si sa tentative de fuite se terminait par une exécution ? En cette période de ténèbres, impossible de se fier à quiconque. Néanmoins, il était exclu de demeurer dans la cité du soleil, où ses ennemis ne lui accorderaient pas la vie sauve.

La porte de ses appartements privés s'ouvrit à la volée.

— Horemheb… Que me veux-tu ?

— Sortir d'une impasse.

Le vieux courtisan appréciait les compétences de ce jeune scribe royal, à la tête de la plus efficace des équipes de hauts fonctionnaires. Aucune plainte à son encontre, uniquement des éloges. Et c'était pourtant lui qui venait l'assassiner.

— Je n'ai accompli que mon devoir, affirma Aÿ. Pourquoi me le reprocher ?

— Tu connais cette cour mieux que personne. Qui pourrait succéder à Akhénaton et sauver l'Égypte ?

— C'est… ton unique préoccupation ?

— Ne serait-ce pas la tienne ?

— Si, bien sûr !

— Le prochain lever de soleil nous offrira un nouveau maître.

Aÿ ne songeait plus à s'éclipser. Horemheb l'en empêcherait. Alors, autant l'aider, avec l'espoir de conserver sa place d'éminence grise et ses prérogatives. Dompter ce jeune homme fougueux ? Il s'en sentait capable, après s'être adapté aux exigences d'Akhénaton. À lui d'analyser le caractère du scribe royal et de le juguler, sans qu'il s'en aperçoive. Surtout, ne pas le sous-estimer, et déceler au plus vite ses faiblesses.

— Akhénaton a encore de nombreux partisans, estima Aÿ. Peut-être l'une de ses filles serait-elle un choix judicieux.

— Hors de question. Mettons un terme à ce règne calamiteux. Akhénaton et Néfertiti étaient des mystiques doublés de tyrans, leur couple a mis le peuple à genoux, affaibli l'Égypte entière et semé la division. Notre armée est démoralisée, la police dominée par des bandits, nos richesses s'épuisent.

— Ne noircis-tu pas la situation ?

— Je la vois se dégrader jour après jour ! La mort d'Akhénaton et de Néfertiti fut un cadeau des dieux. Profitons-en.

— Ne soyons pas trop tranchants, recommanda Aÿ. Sinon, nous déclencherons une guerre civile. Une mutation en douceur éteindra la hargne éventuelle des partisans d'Aton.

— Je n'en crois pas un mot ! Ces fanatiques se battront jusqu'au bout et tenteront d'imposer leur croyance par n'importe quel moyen.

— Ne touchons pas aux survivants de la famille royale. Ce serait une grave erreur qui décuplerait les tensions.

L'argument porta.

— Entendu, concéda Horemheb, à condition qu'ils soient confinés dans un palais dûment surveillé et ne contestent pas nos décisions.

Aÿ avait mal jugé ce scribe, il n'avait pas discerné en lui l'homme d'action et de pouvoir. À la faveur des récents événements, sa véritable nature se révélait. Ambitieux et déterminé, il serait difficile à manier.

— À mon avis, avança le vieux courtisan, il serait bon de choisir un personnage consensuel, dépourvu d'agressivité, qui écouterait tes conseils et les miens.

Horemheb sourit.

— Cette perle rare existe-t-elle ?

— Un enfant.

— Tu plaisantes ?

— Un enfant élevé à la cour, donc habitué à ses règles, et suffisamment jeune pour que nous formions son caractère, tout en orientant son action.

— À qui penses-tu ?

— Au prince Toutânkhaton.

— Le fils d'Akhénaton et de sa maîtresse syrienne, heureusement repartie chez elle… Il manque de tempérament !

— Vu les circonstances, cette qualité nous sera utile.

D'abord hostile, Horemheb ne jugea pas l'idée stupide. Confronté au Père divin qu'il ne connaissait que de loin, il comprenait pourquoi ce dignitaire rusé avait traversé sans dommages le pénible règne d'Akhénaton et de Néfertiti. La mollesse de son apparence était trompeuse. Bien qu'il courbât toujours le dos, il éliminait les adversaires qui s'estimaient supérieurs à lui en les prenant par surprise. À tort, nul ne le redoutait. Horemheb, lui, ne commettrait pas cette faute-là. Sans l'appui de ce serpent, expert dans l'art de la dissimulation, il ne redresserait pas le pays.

— Imposons Toutânkhaton, accepta le scribe royal, mais avec deux impératifs. Le premier, qu'il change de nom. Plus de « Symbole vivant d'Aton[1] ». Cet enfant devient Toutânkhamon, « Symbole vivant d'Amon », le dieu de Thèbes, des victoires et de la grandeur de l'Égypte.

Quoique cette opération magique fût d'une importance capitale et annonçât un changement complet de régime, Aÿ ne protesta pas d'emblée. Imposer son candidat à Horemheb était une victoire majeure, qui serait obligatoirement suivie de concessions, même si celle-là pouvait être une source de troubles majeurs.

— De fâcheuses conséquences en perspective, prédit le Père divin. À moins que…

— À moins que ?

— Tu acceptes de devenir le porte-parole de Toutânkhamon et le général de son armée.

Soudain, la réalité sauta au visage du jeune Horemheb. Sur la table de jeu, Aÿ opérait un coup aussi décisif qu'inéluctable. Le scribe royal s'était projeté lui-même,

1. *Tout* signifie « symbole », *ânkh*, « vivant ».

avec imprudence, dans un avenir qui ne saurait s'écrire autrement.

Serait-il à la hauteur de cette tâche ? À lui, et à lui seul de répondre, malgré la tempête qui le faisait vaciller. Une existence tranquille de haut fonctionnaire ou la plus périlleuse des aventures ?

— J'accepte.

— Et le second impératif ? s'inquiéta Aÿ.

— Nous quittons la cité du soleil et nous regagnons Thèbes, où Toutânkhamon sera couronné.

— Nous, tu veux dire…

— Toute la population. Cette capitale maudite reviendra au désert.

— 5 —

À peine le soleil sortait-il des ténèbres que Vent du Nord se releva et, du museau, indiqua la direction à prendre.

— C'est quoi, cette histoire : on décampe ? demanda le Vieux.

L'oreille droite se dressa.

— Ah, quand même !

Un peu rouillé, il s'offrit sa première gorgée de vin blanc de la journée, mâchonna un morceau de galette rassise et donna le reste à Saby, qui émergeait du sommeil.

— En route, gamin.

— On va où ?

— On suit Vent du Nord.

L'âne s'élançait déjà. Non pas vers l'une des sorties de la ville mais, au contraire, vers son centre et, plus précisément, le palais royal.

— Il y a plein de policiers, là-bas ! protesta le gamin.

— T'es sous ma protection, petit.

— Et si ton copain délirait ?

— C'est pas son genre, surtout quand ça craint.

En son for intérieur, le Vieux doutait un peu de la santé mentale de cette bête qui les conduisait au cœur du chaudron. Ils y arrivèrent les premiers, mais furent bientôt rejoints par des militaires au visage fermé.

— Le scribe royal Horemheb nous a promis que nous aurions un nouveau roi ce matin, clama un grand roux. S'il nous a menti, nous envahirons le palais et nous le pillerons !

L'information se diffusa aussi vite que la brise de l'aube, et les habitants de la capitale se pressèrent en masse devant le centre du pouvoir.

Tous fixèrent la « fenêtre d'apparition » à laquelle, naguère, aimaient tant se montrer Akhénaton, Néfertiti et leurs enfants, sous les acclamations de leurs sujets.

L'impatience grandissait, quand se manifesta enfin un quatuor inédit, composé du Père divin Aÿ, du scribe royal Horemheb et de deux adolescents, somptueusement vêtus.

Les bavardages cessèrent. Et la voix d'Horemheb résonna.

— Le Grand Conseil approuve la nomination d'un nouveau pharaon, Toutânkhamon, et de sa Grande Épouse royale, Ânkhesenamon[1]. Le Père divin Aÿ les assistera de ses conseils, et je serai leur porte-parole. Voici les premières décisions de nos souverains : le culte d'Aton est aboli, celui d'Amon rétabli. Cette capitale sera abandonnée, et nous retournerons le plus tôt possible à Thèbes où Toutânkhamon sera couronné. Notre roi m'a nommé chef de son armée, et je ne tolérerai aucun désordre. Que chacun prépare son départ

1. « Celle qui vit pour Amon ».

et vide son logement. Nous disposerons du nombre de bateaux nécessaire, et notre voyage sera rigoureusement organisé. Dès notre arrivée à la cité sainte d'Amon, une fête nous rassemblera. Vie, prospérité et santé à notre souverain, Toutânkhamon !

La foule reprit les souhaits formulés par Horemheb. Et même Vent du Nord salua cet avènement d'un braiment tonitruant.

*

* *

Si la cité du soleil restait en ébullition, l'optimisme renaissait. La majorité se félicitait du retour à Thèbes et à la tradition. Le spectre de la dissolution des Deux Terres s'éloignait. Certes, aucune illusion : le véritable chef de l'État, ce serait Aÿ, qui survivait au règne d'Akhénaton et maintiendrait l'unité de la cour. Quant à Horemheb, à la fois autoritaire et séduisant, il inspirait confiance. Bras armé du gouvernement, il rassurait.

Mais l'enfant Toutânkhamon grandirait et, peu à peu, comprendrait qu'il détenait le pouvoir. Demeurerait-il soumis ou deviendrait-il autonome ? Horizon lointain, qui n'intéressait guère les habitants de la cité du soleil, occupés à leur déménagement. Archives, documents officiels, mobilier, ustensiles, outils, vêtements, stocks de nourriture… Tout devait disparaître, et chacun s'affairait.

Des convois spéciaux étaient réservés aux animaux. À l'embarcadère, le Vieux se heurta à un bonhomme trapu d'une trentaine d'années, en proie à une vive émotion.

— Calme-toi, mon gars ! T'as un ennui ?

— J'en ai perdu un !

— Un quoi ?

— Un singe. Je suis leur gardien, depuis dix ans. Ils amusaient beaucoup Akhénaton. Pour moi, ils sont comme des gosses ! Ma petite famille est en cage, sur la péniche, mais le plus jeune m'a faussé compagnie.

Tout en grattant le sol d'un sabot, Vent du Nord leva les yeux vers le mât d'un bateau rapide. Les regards des humains convergèrent.

— C'est lui, s'exclama le gardien, c'est bien lui ! Je vais le récupérer.

L'entreprise fut couronnée de succès. Le petit singe dans ses bras, son protecteur ne refusa pas la coupe de rouge que lui offrait le Vieux.

— Mon nom est Ousil, et je remercie ton âne. Un beau sens de l'observation !

— Tu n'imagines pas à quel point. Moi, c'est le Vieux. On m'appelle comme ça depuis ma jeunesse. Es-tu originaire de Thèbes ?

— Oui, et je ne suis pas mécontent de rentrer au bercail ! Ici, je n'ai manqué de rien, mais je suis heureux de retrouver ma maison. Pourvu qu'elle n'ait pas trop souffert…

— On réparera ! Puisque le pire a été évité, ayons le moral.

— 6 —

Aÿ blêmit.

— Une telle exigence… Ne la juges-tu pas excessive ?

— Si nous n'agissons pas ainsi, répondit Horemheb, nous n'extirperons pas le mal à la racine. Akhénaton et Néfertiti sont des criminels. Il faut donc brûler leurs corps, de sorte qu'ils ne nuisent plus. Les empêcher de revivre est primordial.

— Tant de violence à l'égard de défunts…

— La cité du soleil sera détruite, elle aussi, et ses fondateurs doivent être anéantis.

— Ne pourrions-nous pas les laisser reposer en paix, dans la tombe qu'ils ont fait bâtir pour eux et leurs enfants ?

— Imagines-tu les pèlerinages de leurs partisans ? Ils iraient y puiser de l'énergie pour nous combattre ! Ne tolérons pas un abcès si dangereux. Les atoniens ne disparaîtront pas du jour au lendemain. Ne leur accordons pas la moindre chance de pourrir le règne de Toutânkhamon.

Le raisonnement d'Horemheb ne souffrait pas de discussion. En s'y opposant, Aÿ adopterait le parti d'Akhénaton et sa doctrine. Le meilleur moyen de s'attirer les foudres du nouveau chef de l'armée et de subir un sort funeste.

— Comment procéder ?

— Choisis un homme de confiance, préconisa Horemheb.

— Si je ne m'abuse, il s'agit d'un secret d'État à préserver entre toi, moi et lui. Il vaudrait mieux que le peuple ne soit pas informé. Précaution indispensable : une garde permanente devant le tombeau, afin de faire croire que les momies y sont toujours présentes.

— Excellente décision.

*

* *

Amateur de canard rôti, de lentilles et de grands crus classés, « huit fois bon », Aÿ dégusta lentement son repas, un moment de réflexion dans la tourmente.

Manipuler Toutânkhamon et sa jeune épouse ne poserait probablement pas de problèmes insurmontables avant plusieurs années. En revanche, se heurter en permanence à Horemheb ne serait pas une partie de plaisir. En raison de ses excès, ce dernier ne courait-il pas à l'échec ? Des débuts fulgurants, certes, mais le Père divin avait connu quantité de jeunes conquérants dont la bonne fortune avait été brève.

Confronté au nouveau maître de l'armée, dont la confiance ne serait pas aisée à conquérir, Aÿ favoriserait l'ascension d'un opposant. Soit les deux fauves se neutraliseraient, soit l'un dévorerait l'autre. Le Père divin compterait les coups, en se maintenant au centre du jeu.

*

* *

Le dernier convoi quitta le port de la cité du soleil et s'élança sur le Nil, en direction de Thèbes. Il revenait à Nakhtmin, un trentenaire d'une stature impressionnante, d'inspecter la ville avec des policiers pour s'assurer qu'elle était bien désertée. Une tâche fastidieuse qui prendrait plusieurs jours.

Méticuleux, le militaire de formation observa un plan précis et ne négligea aucune demeure, fût-elle modeste. Il commença par le grand temple, les autres sanctuaires, les palais et les villas des nobles, vidés de leurs richesses. Un silence oppressant avait remplacé les rites, le ballet des courtisans et des domestiques, les bruits du quotidien. Peu à peu, le sable poussé par le vent envahirait les édifices qu'Akhénaton et Néfertiti croyaient éternels.

Conformément aux consignes d'Horemheb, l'évacuation s'était déroulée de façon rigoureuse et sans incident. Redoutant une sévère répression, les partisans d'Aton avaient suivi le mouvement.

Dans une maison d'un faubourg populaire, Nakhtmin découvrit des indices troublants : une jarre de bière à moitié pleine, une miche de pain, des légumes.

Quelqu'un vivait encore ici.

Entrée, salle à manger, deux chambres, un cabinet de toilette, une cuisine extérieure, une terrasse : la fouille fut rapide et improductive. Un soldat souleva une trappe, dévoilant l'escalier qui menait à la cave. À peine s'y engagea-t-il qu'un caillou, lancé avec précision, le blessa au front. Irrité, brandissant son épée courte, il dévala les marches et aboutit à une petite pièce au sol de terre battue, au fond de laquelle se terrait une jeune femme vêtue d'une tunique marron.

— Viens ici, toi !

Elle ne lui opposa qu'une faible résistance. La tirant par les poignets, le soldat l'amena à son chef et l'obligea à s'accroupir.

— Cette folle m'a agressé ! On en fait quoi ?

— Ton nom, exigea Nakhtmin.

Brune, petite, âgée d'une vingtaine d'années, le front étroit, les cheveux noirs, le regard fiévreux, la délinquante était jolie.

— Jamais je ne quitterai la cité du soleil !

— Ton nom ?

— Shenta.

— Es-tu mariée ?

— Non.

— Tes parents ?

— Morts pendant l'épidémie.

— Pourquoi refuses-tu de partir ?

— J'étais l'une des servantes de Néfertiti.

— Elle est morte, elle aussi.

— Moi, je lui reste fidèle, et je ne crois qu'en Aton !

— Paroles imprudentes.

Elle, si faible face à ce géant qui pouvait l'étrangler d'une seule main.

— Je vénérais Néfertiti et je vénère le soleil divin.

— Te rends-tu compte que tu viens de te condamner toi-même ?

Shenta ne baissa pas les yeux.

— Toi, traître et vendu, tue-moi ! Aton m'accueillera et te châtiera.

— 7 —

Shenta pria son dieu de lui offrir une mort rapide. Puis elle se releva, afin de subir dignement son supplice.

L'attente fut interminable. Nakhtmin la contemplait avec une intensité si particulière qu'elle fut troublée, au point d'en oublier sa fin prochaine. Cette attitude était plutôt celle d'un amoureux, fasciné par sa belle, que d'un tortionnaire.

— Suis-moi.

La petite troupe sortit de la modeste demeure, traversa le quartier d'un bon pas et atteignit une esplanade où stationnaient des chevaux et des chars.

Nakhtmin fit monter la jeune femme sur le sien. Maniant les rênes avec fermeté, il prit la tête du cortège en direction des collines où étaient creusées les tombes des dignitaires qui composaient la cour d'Akhénaton et de Néfertiti. Pas un seul n'y serait inhumé. Sur les murs, des peintures de qualité médiocre à la gloire des souverains défunts. On les voyait, notamment, parader sur la grande allée menant du palais au temple, et décorer leurs fidèles serviteurs qui, aujourd'hui, s'empressaient d'obéir au Père divin Aÿ et à son bras armé, Horemheb.

Nakhtmin s'engagea dans une sorte de faille, le lit d'un oued asséché. De part et d'autre, des parois rocheuses, étouffantes. L'endroit ressemblait à la gueule d'un démon, prêt à dévorer les imprudents qui osaient violer son territoire.

La brune frissonna.

— Tu as peur ? questionna Nakhtmin.

— Pas toi ?

— J'ai une mission à remplir.

— M'assassiner dans le désert ?

— Si tu désires vivre, ne répète à personne ce que tu m'as confié.

Un espoir fou anima la jeune femme : le géant avait-il décidé de l'épargner ? Non, il lui réservait un sort atroce, probablement en l'abandonnant dans le désert, sans eau ni arme. Elle ferait une proie idéale pour les prédateurs.

Seul un conducteur expérimenté pouvait rouler sur l'étroit sentier qui serpentait entre la rocaille. Shenta eut le sentiment de s'enfoncer dans un monde où les humains n'avaient pas leur place. La chaleur devenait insupportable.

Enfin, le char s'immobilisa.

Les lieux étaient si désolés qu'ils repoussaient toute forme de vie. La jolie brune peinait à respirer.

— Descendons, exigea Nakhtmin.

Le bout du chemin. Shenta n'aurait pas la force de chercher une issue improbable. Autant s'asseoir sur un bloc et offrir son dernier souffle au soleil divin.

Le géant grimpa vers un monument que sa prisonnière fut surprise de découvrir dans un tel chaos, si loin de la capitale.

— Le tombeau d'Akhénaton et de Néfertiti, expliqua Nakhtmin. Nos artisans ont travaillé dur pour respecter leur volonté de reposer ici.

Bouleversée, Shenta s'agenouilla et joignit ses mains en un geste déférent. Elle, simple servante, bénéficiait d'un honneur inespéré ! Rendre ainsi hommage à sa reine était un privilège inestimable.

— Nous avons un point commun, murmura Nakhtmin à son oreille. Moi aussi, je crois en Aton.

Il l'aida à se relever.

— N'aie confiance qu'en moi, Shenta. Thèbes est un nid de réactionnaires. La moindre imprudence nous serait fatale. Mais je rassemblerai nos partisans pour renverser le roi fantoche qui nous est imposé. Le règne d'Aton est loin d'être terminé.

Ébahie, la jeune femme renaissait. Cet officier ne l'effrayait plus, au contraire. Il incarnait l'espérance, la future victoire sur les incroyants.

— Tu as parlé… d'une mission ?

— Aÿ m'a ordonné de brûler les momies d'Akhénaton et de Néfertiti.

Shenta poussa un cri d'horreur.

— Tu ne vas pas…

— Cet ordre, il me l'a donné à contrecœur, pour satisfaire Horemheb. Et c'était la bonne solution afin de ne pas provoquer la fureur de cet ambitieux. Aÿ m'a désigné, et j'ai choisi une escouade de nos partisans. Nul ne portera atteinte à nos souverains défunts, dont l'esprit nous guidera, au cœur même de Thèbes.

— De quelle manière ?

— Si je te réponds, tu changeras de vie. Ton adhésion t'engagera à jamais, et nous deviendrons inséparables.

Shenta n'hésita pas un instant. Alors qu'elle pensait terminer sa courte existence dans la cité d'un soleil proscrit, l'avenir s'ouvrait. En un lieu moins solennel, elle se serait jetée au cou de cet homme providentiel.

— Réponds-moi.

— Nous sortirons de ce tombeau les momies d'Akhénaton et de Néfertiti, et nous les transporterons à Thèbes. Avec l'aide de nos alliés, nous les mettrons à l'abri de nos ennemis. Mon rapport affirmera que leurs dépouilles ont bien été brûlées. Aÿ s'en contentera, Horemheb sera abusé. Nos hommes garderont ce sépulcre vide. On ne rendra plus hommage aux hérétiques, dont le souvenir s'estompera, mais nul n'accusera le nouveau pouvoir de cruauté, et la réconciliation en sera facilitée. Tel est le désir du Père divin Aÿ. Ce n'est ni celui d'Horemheb ni le mien.

— Ni le mien non plus ! s'emporta la jeune femme. Aton a déjà soumis Thèbes, qui semblait si puissante ! Ceux qui nous croient vaincus se trompent.

— Le chemin sera long et dangereux.

— La victoire n'en sera que plus belle. Et, cette fois, définitive.

— 8 —

Sur les quais de Thèbes, ni foule en délire ni le moindre signe de liesse. Au terme d'une manœuvre hésitante, la péniche, chargée d'animaux, accosta.

— C'est pas la joie, constata le Vieux.

— On n'était pas tellement attendus, estima Ousil. Aux yeux des Thébains restés ici, on a baissé nos pagnes pour servir Akhénaton.

— Ils ont oublié les réquisitions et les menaces d'emprisonnement ?

— On oublie vite.

— Ça promet une chouette ambiance !

— Faudra la jouer fine et ne pas la ramener.

Au bas de la passerelle, un scribe maigrichon et deux policiers armés de gourdins.

— Ton nom ?

— Ousil.

— Profession ?

— Gardien de singes.

— Combien ?

— Six. Trois cages.

— Marié ?

— Divorcé.

— Des enfants ?

— Deux.

— Ils sont avec toi ?

— Morts pendant l'épidémie et enterrés dans le cimetière de la cité du soleil.

— Ton ex-femme ?

— Décédée là-bas, elle aussi.

— Tu habitais Thèbes, avant le règne du scélérat ?

— Une maison du faubourg nord.

— Montre-moi l'emplacement.

Le scribe déroula un plan, Ousil s'exécuta.

— Si elle est encore habitable, pas de dédommagement. Sinon, tu rempliras un formulaire, et on étudiera ton cas. Au suivant.

Le Vieux dévisagea le scribe.

— Dis donc, blanc-bec, tu serais pas le fils de Triple-Menton, l'éleveur de porcs ?

— Si, mais…

— Alors, comme ça, on est devenu scribouillard pour casser les pieds des braves gens ? Ton père est encore vivant, j'espère ?

— Oui, mais…

— Dès ce soir, on va se vider quelques jarres de rouge en évoquant le bon vieux temps.

— Je dois t'enregistrer et…

— N'irrite pas Vent du Nord. Il a horreur des formalités.

De fait, le regard de l'âne n'avait rien d'amical.

— Je vais chez ton père, fiston, et je lui dirai que tu prends ton boulot au sérieux. Ça t'évitera une ruade.

D'un sabot sûr, Vent du Nord prit la bonne direction.

*
* *

Triple-Menton en aurait bientôt un quatrième. À l'évidence, le règne d'Aton n'avait pas coïncidé avec une cure d'amaigrissement. En revanche, son domaine s'était étiolé : moins de personnel, moins de porcs et de volailles à la ferme, des murs dégradés.

L'éleveur donna l'accolade au Vieux.

— Pour être honnête, je n'espérais pas te revoir ! Quand les policiers vous ont embarqués, toi et ton ânon, j'étais persuadé que vous péririez aux travaux forcés.

— Combien de gosses se sont effondrés sous le poids des blocs qu'ils transportaient, des heures durant ? Des morts, des blessés, des handicapés… Une impitoyable corvée. C'est pourquoi j'ai détesté le temple d'Aton, le palais et les autres bâtiments officiels. Trop de souffrance pour les édifier. Ce soleil-là était d'une cruauté insupportable.

— C'est vrai que le roi et la reine voulaient vivre comme tout le monde ? demanda Triple-Menton.

— Un rideau de fumée afin d'entretenir l'enthousiasme forcé du peuple ! Chaque matin, il fallait assister à la parade du char royal et acclamer nos souverains adorés. Qui rechignait était emmené au poste de police. Et puis ça s'est déglingué. Akhénaton s'est retranché dans son palais, Néfertiti dans le sien. La mère du monarque les a honorés d'une visite officielle pour recoller les morceaux. Comme on redoutait une invasion, le pharaon a convoqué les ambassadeurs étrangers.

Là, catastrophe ! L'un d'eux a répandu la maladie dont il était porteur. Deux des filles du couple royal sont mortes. Disparue, la protection d'Aton ? On a multiplié les sacrifices d'animaux afin de la solliciter. Peine perdue. Après le décès de Néfertiti, Akhénaton s'est enfermé dans sa folie mystique.

— T'as pas dû rigoler souvent.

— Pas souvent, reconnut le Vieux.

— Moi non plus ! Thèbes la magnifique fut réduite à l'état de ville provinciale. Les dieux étouffés, Karnak endormi, le commerce en léthargie, un appauvrissement continu… et l'angoisse d'une nouvelle occupation étrangère. Une seule loi : chacun pour soi. Le sentiment de ne pas être dirigé et de foncer vers le néant. L'Égypte, c'est foutu. Pharaon, c'est foutu. Les dieux, c'est foutu.

— Peut-être pas. On est revenus avec des bagages.

— Quel genre ?

— Un petit roi, un vieux courtisan et un jeune général.

— Tu crois que ça suffira ?

— C'est pas gagné.

— Cet attelage-là n'ira pas loin ! Les Deux Terres seront aisément conquises, et nous crèverons de faim. En plus, pro et anti-Aton vont se cogner dessus ! Les Thébains ne sont pas ravis d'accueillir les magouilleurs de la cité du soleil. Personne ne redressera ce pays.

Triple-Menton apporta un plateau de charcuterie, des galettes, et déboucha une jarre de rouge digne d'estime.

— Vidons ce qu'on peut encore vider, recommanda-t-il.

— 9 —

En entrant dans la salle d'audience de la mairie de Thèbes, Horemheb ressentit l'hostilité des fonctionnaires formant un groupe compact. Se tenant derrière lui, Aÿ perçut aussitôt, lui aussi, un climat délétère. Seul, il n'aurait pas osé affronter cette meute.

Un sexagénaire aux cheveux blancs s'avança.

— Je suis le maire de cette cité. Toi, qui es-tu ?

— Horemheb, porte-parole de votre pharaon, Toutânkhamon.

— N'est-il pas une créature d'Akhénaton ?

— Akhénaton et Néfertiti sont morts. Nous avons un nouveau roi.

— Nous ne reconnaissons pas l'autorité de ce souverain, inféodé aux atoniens.

— Je comprends ta position.

Aÿ trembla. Vu son rôle majeur auprès du monarque défunt, ne serait-il pas le premier à être sacrifié ? Horemheb n'avait pas mis longtemps à retourner sa tunique et à tenter de recueillir les faveurs des Thébains !

— La cité du soleil n'est plus la capitale de notre pays, reprit-il. Nous sommes revenus à Thèbes pour qu'elle recouvre sa splendeur et qu'Amon couronne son héritier légitime.

— Veux-tu dire que…

— Toutânkhamon sera présenté à Amon. Si notre dieu suprême le juge digne de monter sur le trône des vivants, tu t'inclineras devant lui, comme nous tous.

*

* *

Toutânkhamon, sa jeune épouse, Aÿ et Horemheb furent logés dans le palais royal, inoccupé depuis le départ de la cour pour la cité du soleil.

Dépassés par les événements, les deux adolescents se réconfortaient en échangeant des souvenirs de leur éducation dorée. Se découvrant de nombreux goûts communs, ils s'amusèrent grâce à des jeux de société. Leurs joutes furent ponctuées de fous rires et, plus les heures passaient, mieux ils s'entendaient, oubliant la charge pesant sur leurs frêles épaules.

Aÿ ne partageait pas cette insouciance. Ce retour à Thèbes, qui aurait dû être triomphal, se transformait en désastre. Aussi poussa-t-il la porte des appartements d'Horemheb, qui était en train de rédiger un texte.

— Nous sommes prisonniers des Thébains, affirma le Père divin.

— Rien d'anormal. Nous étions membres de la cour d'Akhénaton et toi, son principal collaborateur, tu jouais un rôle majeur.

— Nous avons échoué, Horemheb ! Nul, ici, n'admet la souveraineté de Toutânkhamon.

— C'était prévisible.

— En ce cas, pourquoi avoir tenté cette aventure ?

— Parce que notre destin est entre les mains d'Amon.

Aÿ fut atterré.

— À supposer que sa statue n'ait pas été détruite, les ritualistes ne la feront pas s'incliner devant cet enfant ! L'un d'eux se déclarera roi, et nous serons, au mieux, déportés dans les oasis.

Horemheb continuait à écrire.

— Hypothèse plausible.

— Elle ne te tourmente pas ?

— Akhénaton a démantelé le clergé d'Amon. Karnak n'est plus qu'une coquille vide. Aucune personnalité n'est capable de s'imposer. Maintenant qu'il a adopté un nouveau nom, Toutânkhamon rassurera.

— Argument très mince !

— Sauf si la statue d'Amon le désigne comme souverain indiscutable.

— Tu rêves debout !

— Ne croirais-tu pas en Amon, Père divin ?

Aÿ haussa les épaules.

— Qu'écris-tu ?

— Le texte qui sera gravé sur la stèle de restauration de Toutânkhamon. Il sera lu dans toute l'Égypte et annoncera le retour à l'équilibre.

— Ta confiance en toi-même semble inébranlable !

— Je n'attends pas que l'avenir me détruise, je le façonne.

— Si Toutânkhamon est rejeté, as-tu prévu une échappatoire ?

— Là où il y a une volonté, il y a un chemin. Je veux tracer celui de Toutânkhamon jusqu'au trône. En créant notre propre magie, nous réussirons.

Aÿ n'insista pas. Pétri d'illusions, ce bélier courait à sa perte. Dans sa chute, il entraînerait deux enfants, broyés par le destin.

Abandonnant le scribe royal à la rédaction d'un décret qui ne verrait jamais le jour, Aÿ se retira dans ses appartements. Son épouse, ex-nourrice de Néfertiti, mourait d'inquiétude.

— Partons au plus vite, recommanda-t-elle. Ici, on nous déteste ! Sans le rempart d'Horemheb, nous aurions déjà été jetés en prison. Nul ne nous pardonnera notre collaboration avec Akhénaton.

— Tu as malheureusement raison. La soumission de notre petit roi à Amon n'a pas convaincu les Thébains. Leur rancœur est trop forte. Et je serai le bouc émissaire idéal.

— Fuyons, je t'en supplie !

— Je te dois la vérité, confessa Aÿ : je n'ai aucun appui dans cette ville. Nous en sommes les otages, sans échappatoire.

— 10 —

La matinée était splendide. Un ritualiste revêtit Toutânkhamon d'une tunique blanche, d'un pagne doré, d'un collier de lapis-lazuli et de bracelets. Dûment parfumé, le petit roi avait belle allure.

— Avez-vous bien dormi, Majesté ? lui demanda Horemheb.

— Oh oui ! On a tellement joué, Ânkhésa et moi, qu'on tombait de sommeil. Nous nous plaisons beaucoup ici. Quel beau palais ! À la cité du soleil, je m'ennuyais. Tout était si strict, si froid… Et le roi me faisait peur. Qu'est-ce qui va m'arriver, maintenant ?

— Vous allez rencontrer le dieu Amon, dont vous êtes le symbole vivant.

— Est-il moins brûlant qu'Aton ? Ces cérémonies interminables en plein soleil, quelle horreur !

— Amon détient le secret de la vie, il est le socle indestructible sur lequel est bâti notre pays.

— Tu… tu m'aideras ?

— Je serai toujours à vos côtés.

— Et si Amon ne m'aime pas ?

— Il vous aimera.

*

* *

Jusqu'à une heure avancée de la nuit, les personnalités influentes de Thèbes s'étaient réunies chez le maire. De l'avis général, les atoniens, Aÿ et Horemheb en tête, tentaient de récupérer la ville sainte en lui imposant un enfant déformé par la doctrine de l'hérétique. Manœuvre astucieuse qu'il fallait contrecarrer en éliminant cette clique, ô combien dangereuse.

Ensuite, séparer le bon grain de l'ivraie. Beaucoup d'habitants de la cité du soleil avaient été enrôlés de force, contraints de quitter leurs maisons et de peupler la nouvelle capitale. Libérés, ils méritaient le pardon.

Le débat était intense : fallait-il arrêter Aÿ et Horemheb avant la rencontre décisive entre le roitelet et Amon ? La majorité s'y opposa. Le jugement du dieu les briserait, et la nouvelle se répandrait si vite que leurs partisans admettraient leur défaite définitive.

Une question restait en suspens : qui gouvernerait l'Égypte ? Toutânkhamon écarté, l'institution pharaonique lui survivrait-elle ? Grave problème, remis à plus tard.

*

* *

Toutes les tentatives du Père divin, en dépit de promesses alléchantes, avaient échoué. Aucun des serviteurs du palais ne consentant à favoriser sa fuite, il n'espérait plus s'extirper de cette nasse où l'imprudent Horemheb l'avait enfoncé.

Prostrée, son épouse ne s'alimentait plus et sanglotait. Il essaya vainement de la persuader qu'elle serait épargnée. Ne pouvant se soustraire à ses obligations, il s'habilla sobrement, de manière à passer presque inaperçu et à susciter, si peu que ce soit, la bienveillance de ses adversaires. Lui, le conseiller d'Akhénaton et le maître de sa cour, se présenterait comme un homme modeste, dépourvu d'ambition.

Son ultime trompe-l'œil.

*

* *

Démis de ses fonctions par Akhénaton, lorsque ce dernier avait construit un temple dédié à Aton à l'orient de Karnak, le Premier serviteur d'Amon, âgé et malade, avait recouvré de l'énergie en écoutant le maire de Thèbes.

Le fanatique et sa femme disparus, la cité du soleil désertée, les temples de Thèbes rouverts… Un miracle inimaginable ! Sous le choc, son cœur avait failli céder.

— Les atoniens nous tendent un piège, indiqua le maire. À toi de le déjouer.

Le Premier serviteur détenait l'arme absolue : la statue du dieu Amon cachée au fond d'une fosse, creusée au cœur de son sanctuaire, pendant la nuit. Seuls lui et ses assistants en connaissaient l'emplacement.

L'heure était venue de la ressusciter et de lui restituer ses pouvoirs.

*
* *

Horemheb rassurait Toutânkhamon. En pénétrant dans l'immense Karnak, l'adolescent s'était senti écrasé. La puissance des divinités s'y exprimait avec tant d'intensité que la médiocrité humaine s'y effaçait au profit de la vénération. La perception du mystère élargissait l'âme, qui communiait avec son origine céleste. Même Aÿ n'était pas hermétique à cette atmosphère si particulière, tout en redoutant un guet-apens.

Leur escorte s'étant immobilisée au seuil du temple, le trio avait progressé vers un groupe de ritualistes au crâne rasé. À leur tête, le maire de Thèbes et le Premier serviteur, qui s'aidait d'une canne.

Il se figea, ses hôtes l'imitèrent.

— Que désirez-vous ? demanda le vieillard.

— Faire reconnaître la légitimité du roi Toutânkhamon, répondit Horemheb.

— Se soumettra-t-il au jugement du dieu suprême ?

— Comment en irait-il autrement ?

Le maire eut un léger sourire. La brève carrière du roitelet s'arrêtait net.

— Toi, dit le Premier serviteur à Toutânkhamon, regarde le dieu.

Subjugué, l'adolescent leva les yeux vers la statue, installée sur une chaise à porteurs. Le visage d'Amon, assis sur un trône, était d'une beauté lumineuse.

Soit Amon demeurait inerte, et Toutânkhamon, désavoué, ne régnerait pas ; soit il s'inclinait, et l'Égypte aurait un nouveau pharaon.

Ni le maire ni le Premier serviteur ne doutaient de la décision divine. Ayant reçu l'ordre de ne pas bouger pendant plusieurs minutes, de solides gaillards supporteraient aisément le poids de la statue.

Alors que se croisaient les regards du dieu et du petit roi, les bras des costauds se crispèrent et leurs dos se raidirent. Amon devenait lourd, si lourd ! Ceux de l'avant furent obligés de s'agenouiller.

En s'inclinant devant Toutânkhamon, Amon le sacra roi de Haute et de Basse-Égypte.

— 11 —

La stèle fut dressée à Karnak en présence des autorités de la ville. Très digne, le jeune Toutânkhamon présida à l'événement, encadré d'Horemheb et du Père divin Aÿ, vêtu de manière plus raffinée que lors de sa précédente visite au temple.

Le Premier serviteur d'Amon écouta Horemheb lire le texte qui proclamait que le nouveau roi réparerait les torts infligés aux divinités. Cet homme avait trois qualités évidentes : la prestance, l'autorité et la puissance. Si l'intelligence s'y ajoutait, jusqu'où irait-il ? Mais aujourd'hui, c'était un gamin qui régnait et rétablissait l'ordre.

— Des messagers annonceront, dans toutes les provinces, que Thèbes est rétablie au rang de capitale, ajouta Horemheb. La tyrannie d'Akhénaton est effacée, sa cité du soleil livrée au vent de sable et à l'oubli, son culte destructeur anéanti. Nos divinités sont à nouveau présentes sur la terre qu'ils aiment, et Amon redevient notre guide.

Ce discours convainquit les plus sceptiques. Le temps maudit de l'hérétique était bel et bien terminé, il fallait à l'Égypte des gouvernants déterminés et expérimentés. La jeunesse et la vigueur d'Horemheb ne s'allieraient-elles pas efficacement à l'expérience du Père divin Aÿ, le meilleur spécialiste des rouages de l'État ? Ils éduqueraient le petit Toutânkhamon, lui enseigneraient le sens de sa fonction et lui dicteraient ses devoirs. À lui, devenu adulte, de prouver que sa désignation était justifiée.

La cérémonie achevée, Horemheb s'adressa au Premier serviteur d'Amon, qui s'appuyait sur sa canne.

— Je n'ai pas aperçu le maire de Thèbes.

— Un souci de santé.

— Ne serait-ce pas plutôt un refus d'allégeance ?

— Malgré le couronnement de ton protégé, le nombre de ses ennemis demeure considérable, et toi, tu es en première ligne. Une position fort dangereuse. Aÿ, lui, sait profiter de l'ombre.

— Chacun ses qualités.

— Nul ne contestera la légitimité de Toutânkhamon, affirma le vieillard. C'est ta victoire, un exploit inattendu. Cependant, la guerre souterraine entre partisans et adversaires d'Aton ne fait que débuter. Ne t'attends pas à un avenir paisible, et assure la sécurité de ton petit roi. Sinon, son existence sera brève.

— Me fournirais-tu des noms de séditieux ?

— Je suis presque sourd et aveugle. Choisis bien mon successeur. Pour moi, le grand repos est imminent.

Peinant à se déplacer, le Premier serviteur regagna sa demeure, en bordure du lac sacré où, chaque matin, les ritualistes puisaient à nouveau l'eau des purifications.

*
* *

Le maire de Thèbes broyait du noir. Pas un seul de ses soutiens n'avait répondu à ses appels, alors qu'il espérait former une coalition contre le clan qui tentait de s'emparer de sa ville. Personne n'avait supposé que le dieu des victoires, Amon, élèverait un enfant issu de la cité du soleil à la dignité de Pharaon.

Contester cette décision, c'était se rallier à Aton. Aussi le maire se voyait-il réduit au silence. Adversaire résolu de l'hérétique défunt, il n'admettait pas l'intrusion de ses anciens courtisans, qui jouaient forcément un double jeu. À présent détenteur du pouvoir, le trio formé de Toutânkhamon, Horemheb et Aÿ étendrait ses tentacules dans le pays entier.

— Le porte-parole du roi désire vous voir, le prévint son intendant.

Le maire hésita. Affronter ce prédateur, ou l'éconduire en se dissimulant derrière les murs de sa villa ?

Autant marquer son territoire.

— Qu'il vienne.

La salle d'audience de la mairie ne manquait pas d'allure : six colonnes aux couleurs vives, peintures figurant des oiseaux et des plantes, fauteuils confortables.

L'élégance et la stature d'Horemheb impressionnèrent le maire. C'était la première fois qu'ils se trouvaient en tête à tête, et cette confrontation ne rassura pas l'édile.

— Ravi de te recevoir.

— Je m'inquiétais de ta santé.

— C'est fort aimable. J'ai un excellent médecin.

— Son traitement, cependant, ne t'a pas permis d'assister à l'érection de la stèle de la restauration, le premier acte officiel de notre nouveau souverain.

— Ma présence n'était pas indispensable.

— Au contraire, jugea Horemheb. Toi et le Premier serviteur d'Amon avez gouverné Thèbes pendant la sombre période que nous venons de traverser.

— Tu me surestimes, je…

— Ta faute est impardonnable. Je la considère comme de l'insoumission.

Le dignitaire blêmit.

— Tu exagères, tu…

— Tu n'es plus maire de Thèbes.

— De quel droit oses-tu ?

— De celui du porte-parole de Pharaon. Je t'accorde une faveur : emporte un maximum de biens et fais-toi oublier dans une bourgade de province. Tu as trois jours pour disparaître.

Habitué à commander, l'ex-maire fut pourtant incapable de protester.

— 12 —

Les nerfs de l'épouse d'Aÿ ayant lâché, un thaumaturge l'avait plongée dans un sommeil réparateur. D'ici trois jours, elle se réveillerait, soulagée de constater qu'elle et son mari ne risquaient ni arrestation ni déportation. Conseiller du jeune monarque, comme il l'avait été d'Akhénaton, Aÿ demeurait au sommet du pouvoir et continuerait à jouir de privilèges appréciables.

Aÿ s'était mis au travail avec son efficacité habituelle. Le maire de Thèbes écarté, il organisait une administration composée de scribes expérimentés et de jeunes pousses, les uns engagés de force par Akhénaton, les autres provenant de la cité d'Amon et de localités voisines.

Un labeur épuisant, tant les structures anciennes s'étaient délitées. Les petits chefs, la débrouille, la corruption, l'appauvrissement… Les réformes ne seraient pas accomplies en un jour.

Le premier résultat fut aussitôt communiqué à Horemheb, lequel inspectait la caserne et les écuries, au prix de sévères réprimandes.

— Notre message a atteint toutes les provinces, dont les gouverneurs saluent le couronnement de Toutânkhamon, auquel ils jurent fidélité. J'avoue que je ne prévoyais pas une telle unanimité.

Le porte-parole ne manifesta pas la moindre joie.

— Serait-ce une mauvaise nouvelle ? s'étonna Aÿ.

— Excellente. Mais elle nous inflige d'écrasantes responsabilités. Réparer les fractures de notre pays et lui redonner la prospérité… Est-ce possible ?

Les doutes d'Horemheb inquiétèrent Aÿ. Ce n'était ni à lui ni au roitelet de tenir le gouvernail, mais à ce scribe fougueux qui s'était imposé dans les pires circonstances. S'il quittait un bateau à la trajectoire encore incertaine, le naufrage serait inévitable.

— Ce succès n'est que le premier, prédit le Père divin. Surtout, ne relâchons pas nos efforts ! Sinon, ce sera la guerre civile.

Cette sinistre vision aiguillonna Horemheb.

— Thèbes n'est plus le centre vital de l'Égypte, jugea le scribe. C'est au nord, à Memphis, que se jouera le sort de notre pays. Si nous nous enfermons ici, le règne de Toutânkhamon sera un échec. Ce qu'ont construit nos ancêtres s'effondrera.

La gravité du scribe désorienta l'éminence grise. À peine sortis de la cité du soleil, à peine installés dans le domaine d'Amon qui les avait épargnés, à peine au pouvoir, lui, Horemheb et le petit roi devaient-ils déjà repartir à l'aventure ?

— Notre isolement, sous Akhénaton, t'a obscurci l'esprit. Redeviens lucide, Aÿ ! Ce fou nous a fait croire que le monde extérieur n'existait pas, que Pharaon jugulait tous les dangers et repousserait tous les envahisseurs. J'ai lu les rapports de nos agents de renseignements, négligés par le souverain… et par toi.

— Je ne suis pas un expert en matière militaire.

— Sache-le, notre armée est déliquescente et ne résistera pas à une attaque en règle.

— Que proposes-tu ?

— La rendre capable de défendre les Deux Terres.

— Est-ce vraiment possible ?

— Sincèrement, je l'ignore. Mais ne pas essayer serait impardonnable.

— Il me paraît préférable de conforter notre position à Thèbes, hors de portée d'un éventuel agresseur.

— Qu'Amon t'entende, mais les rapports ne vont pas dans ton sens. Les Hittites préparent la guerre. Et s'ils sont prêts avant nous…

*

* *

Les appartements d'Horemheb étaient un îlot sécurisé, proche du palais royal, et placé sous haute surveillance, ce qui irritait l'épouse du porte-parole. Loin d'être une sage maîtresse de maison, Amenta appréciait au plus haut point sa liberté d'aller et venir. Elle avait choisi elle-même un nouveau mobilier qu'elle voulait luxueux et sélectionnait, avec un maître parfumeur, de subtiles fragrances. Deux impératifs, communs à la grande majorité des Égyptiennes, hygiène et propreté, qu'elle respectait à la lettre.

D'un dynamisme remarquable, la jolie brune bousculait un personnel plutôt ronronnant ; détestant la nonchalance, elle s'attirait pourtant la sympathie des domestiques, mieux rémunérés par leur nouvelle patronne.

Amenta ne passait pas la journée à se prélasser. Vêtue modestement, elle se mêlait à la population, fréquentait les marchés, écoutait doléances et critiques.

Lorsqu'elle retrouvait Horemheb, tard le soir, elle lui en faisait part. Elle lui demandait souvent de différer ses confidences, afin que, toujours aussi amoureux, ils puissent goûter chaque instant de leur passion. Impossible de résister à ses caresses et à cette fougue qui l'envahissait dès qu'elle ôtait sa robe. Feignant d'ignorer son désir, elle le priait de la masser doucement, en appliquant sur sa peau satinée une pommade à la senteur magique. Ce jeu délicieux se transformait vite en étreintes fougueuses.

Cette nuit-là, ni Horemheb ni Amenta ne trouvaient le sommeil.

— Qu'as-tu appris, aujourd'hui ? questionna-t-il.

— Les Thébains sont satisfaits de leur petit roi, respectueux d'Amon, et de la renaissance de leur cité. Mais ils redoutent l'avenir. Chacun sait qu'Akhénaton a tellement affaibli les Deux Terres qu'elles sont devenues une proie facile pour un prédateur. Et tous réclament un guerrier qui les défendra. Un nom revient sans cesse : le tien.

— J'ai rétabli un semblant d'ordre à la caserne et aux écuries de Thèbes. Une simple force locale.

Elle se serra contre lui.

— La seule vraie force est en toi. Le destin a tracé ton chemin, tu dois le suivre.

— Je suis un scribe, pas un militaire. Tout est allé si vite, trop vite ! Nous avons évité la guerre civile, n'est-ce pas l'essentiel ?

— Ne t'illusionne pas. Les partisans d'Aton ne renonceront pas à leur croyance. Ils ne désiraient pas quitter la cité du soleil, et cette humiliation a conforté leurs convictions. Obligés de résider à Thèbes, ils ne demeureront pas inactifs.

— En aurais-tu rencontré ?

— Des allusions, des expressions de rancœur, des envies de revanche… Pas de déclarations tonitruantes ni de positions affichées, mais mon instinct ne me trompe pas.

— Un complot en préparation ?

— Si tel est le cas, je le saurai.

— Souhaiterais-tu diriger mes services de renseignements ?

— La décision t'appartient. Je ne suis que ton humble servante.

Quand elle s'allongea sur lui, éveillant à nouveau son désir, Horemheb en douta fortement.

— Requête acceptée. Tu auras les effectifs nécessaires.

— 13 —

Quatre hommes pour transporter le sarcophage de Néfertiti, quatre autres celui d'Akhénaton, dépourvus d'inscriptions et d'ornements. Une arrière-garde et une avant-garde, que précédaient Nakhtmin et Shenta, folle de joie à l'idée de participer au sauvetage du couple royal persécuté.

Leur future demeure deviendrait le sanctuaire du parti atonien, d'où émanerait une puissance surnaturelle qui offrirait aux adeptes la force de renverser le roi fantoche et de rétablir le vrai culte, cette fois dans le pays entier.

Le bonheur. Le bonheur absolu. Offrir son existence à un idéal, et le partager avec un homme exceptionnel, Nakhtmin, colosse indestructible, auquel Shenta obéirait aveuglément.

Le parcours fut long, le char de tête progressa lentement, les porteurs bénéficièrent de plusieurs haltes. Conformément aux ordres du Père divin Aÿ, une escouade garderait en permanence le tombeau maudit. La première, composée d'atoniens, se tairait. Quand elle les remplacerait, la relève croirait surveiller le dernier abri des hérétiques. Tôt ou tard, cette mesure serait abolie, et l'on oublierait jusqu'à l'emplacement de ce sépulcre.

À la sortie de l'oued, Nakhtmin contempla la cité du soleil, désertée et silencieuse. Des nuages cachaient le soleil. Une famille de renards s'aventurait dans la grande allée menant au temple, des vautours s'étaient perchés sur le toit du palais. Des larmes coulaient sur les joues de Shenta.

— Notre défaite n'est que momentanée, assura le colosse. L'esprit d'Akhénaton désignera son successeur, qui restituera sa splendeur à notre capitale.

La jeune femme eut une vision : ce successeur, ce serait Nakhtmin, et elle le soutiendrait sans faillir.

Le cortège se dirigea vers le port où l'attendait un bateau de bonne taille. Les sarcophages anonymes furent déposés dans la cabine centrale, et Nakhtmin donna le signal du départ, signant l'arrêt de mort officiel de la cité du soleil.

— L'équipage est atonien, révéla-t-il à Shenta. J'ai décidé d'inhumer nos souverains à un endroit où ils seront en parfaite sécurité. Même notre pire ennemi, Horemheb, n'ira pas les chercher là. Mais l'entreprise est risquée, sa réussite incertaine. Si l'une des étapes est un piège, nous perdrons la vie.

— Là où tu iras, je te suivrai. Et je combattrai à tes côtés.

— Nous avons un peu de répit. Profitons-en pour nous reposer.

*

* *

Naviguer sur le Nil exigeait des compétences. Heureusement que le capitaine n'en manquait pas, car il se heurta à des courants avant d'aborder à un endroit sauvage, à une dizaine d'heures de marche de Thèbes. Dérangé, un crocodile se glissa dans l'eau et se dissimula au cœur d'un fourré de papyrus. Huppes et vanneaux s'envolèrent, le calme revint.

La nuit tombait. Qui se présenterait, un allié ou un adversaire ? Tendu, Nakhtmin vit apparaître une dizaine d'hommes armés de poignards.

— Qu'Aton nous protège, déclama leur chef, un borgne.

— Qu'Aton nous guide, répondit le colosse.

Les deux croyants s'étreignirent.

— Nos souverains ? interrogea le borgne.

— Ils sont avec moi.

— Nous marcherons toute la nuit.

— Pas de patrouilles ?

— Pas encore. Horemheb réorganise les forces de l'ordre à Thèbes, et la tâche est ardue ! Il s'occupera plus tard de la périphérie.

— Et la rive ouest ?

— Surveillée par la police. Des bonshommes plutôt sérieux. Moi, je m'arrêterai à la limite de la zone qu'ils contrôlent, comme convenu.

Nakhtmin ne pouvait exiger davantage.

— Cette femme, s'inquiéta le borgne, elle nous accompagne ?

Shenta adressa une moue dédaigneuse à ce tiède, qui ne s'engageait qu'à moitié.

— Nous verrons qui aura le plus de souffle, jeta-t-elle, hargneuse.

— En marche, décréta Nakhtmin.

Guidé par le borgne, fin connaisseur des pistes du désert, le cortège se mit en branle. Un rythme régulier, de courts et fréquents temps de repos, de l'eau en suffisance.

À l'aube, l'objectif : un campement composé de deux tentes. Éreinté, le borgne s'allongea sur une natte. Shenta le gratifia d'un coup de pied dans le flanc.

— Mieux vaut ne pas continuer avec un tel mollasson ! Dors bien.

Du lait frais et des galettes chaudes régalèrent les marcheurs. Après quelques heures de sommeil, l'équipe du borgne se dispersa. Ce dernier tapa sur l'épaule de Nakhtmin.

— Qu'Aton te protège et préserve nos souverains.

Il ne salua pas la brunette au regard de feu.

— La dernière étape sera la plus rude, précisa le colosse. Au crépuscule, quelqu'un viendra peut-être. Mais s'il m'a trahi, il enverra les sbires d'Horemheb.

*

* *

Le croissant de la nouvelle lune n'éclairait que faiblement un paysage aride. Se profila la silhouette d'un sexagénaire chaudement vêtu, à la bedaine épanouie.

Nis, le gardien-chef de la Vallée des Rois, était venu. Seul, comme promis.

Demeuré à Thèbes et relégué à un rôle subalterne pendant le règne d'Akhénaton, Nis était un taiseux qui n'avait émis aucune opinion lors de la révolution. Aussi Nakhtmin s'aventurait-il sur des sables mouvants.

En sollicitant son aide, ne se livrait-il pas à la gueule d'un chacal ?

Sur l'une des falaises dominant la nécropole, le fidèle d'Aton allait savoir si sa démarche serait fatale.

Il montra à Nis les deux sarcophages.

— Ce sont eux ?

Nakhtmin hocha la tête.

— Puisque Akhénaton a régné et que Néfertiti a inspiré son action, ils méritent de reposer dans ma Vallée, comme leurs prédécesseurs. Je leur ai réservé une cache.

Émergeant des ténèbres, un homme trapu.

Le piège. Celui-ci, puis un autre, et d'autres encore… Nakhtmin brandit son épée.

— Du calme ! s'exclama Nis. C'est mon assistant, un sourd-muet. La fille, avec toi, elle semble fragile.

— Détrompe-toi.

— Nous sommes quatre pour porter ces deux sarcophages. La nuit, il y a des policiers à l'entrée de la Vallée. Nous emprunterons un autre accès.

Nis et le trapu se chargèrent d'Akhénaton, Nakhtmin et Shenta de Néfertiti. Le parcours fut assez bref, quoique abrupt ; honorée de participer à ce pèlerinage et à ces funérailles secrètes, Shenta sentit ses forces se décupler. Ni fatigue, ni plainte. Elle irait jusqu'au terme de sa mission, même si son cœur devait éclater.

Enfin, ils touchèrent au but, un caveau dissimulé, à l'entrée invisible[1] que dégagèrent Nis et son assistant.

Les sarcophages furent déposés sur un sol de terre battue, le long de murs grossièrement taillés. D'autres trésors étaient entassés là.

---

1. La tombe KV 55.

Nis reboucha soigneusement l'entrée, de nouveau invisible.

— Pouvons-nous attendre le lever du soleil ? demanda Nakhtmin.

— Ce serait imprudent, à cause de la relève.

— Accorde-moi le temps d'une prière.

— Qu'elle soit courte.

Le colosse récita quelques versets d'un hymne composé par Akhénaton, qui célébrait l'éveil de la nature lors de l'apparition d'Aton à l'aube, effaçant les angoisses de la nuit. Puis, accompagné d'une Shenta recueillie, il suivit le gardien-chef qui leur permit de sortir de la Vallée des Rois sans être repérés.

— 14 —

Nakhtmin et Shenta avaient regagné leur bateau au point de rencontre convenu, à une heure de navigation de Thèbes. Cette étape-là aussi aurait pu mal tourner si un bâtiment de la police fluviale avait procédé à une vérification et remarqué l'absence du colosse. Grâce à la protection d'Aton, nul incident, et un accostage tranquille au port principal, qui retrouvait peu à peu son animation d'antan.

Un officier et une escouade, nommés par Horemheb, accueillirent Nakhtmin et l'accompagnèrent jusqu'au palais ; Shenta demeura à bord, attendant l'issue de l'entrevue avec les nouveaux maîtres du pays.

Pour accéder à la salle d'audience du roi et aux bureaux d'Aÿ et d'Horemheb, il fallait franchir plusieurs barrages et déposer ses armes, sans oublier de se laver les mains et les pieds dans des bassins prévus à cet effet.

Nakhtmin fut conduit à une salle emplie de rouleaux de papyrus disposés sur des étagères. Assis, Aÿ consultait un rapport ; debout, Horemheb en lisait un autre.

— Ah, mon cher ami, mon très cher ami ! s'exclama le Père divin. Je suis heureux de te revoir. Comment s'est déroulé ton voyage ?

— Au mieux.

— Connais-tu le porte-parole du pharaon, le scribe royal Horemheb ?

— Nous nous sommes croisés, dans la cité du soleil. Je lui suis reconnaissant d'avoir si bien organisé notre départ, sans provoquer de sanglantes confrontations.

Horemheb, élégant, lointain, au regard profond et perçant ; Nakhtmin, carré, à la puissance physique inquiétante, impassible. Deux fauves qu'Aÿ devrait contrôler en permanence, tantôt en les associant, tantôt en les dressant l'un contre l'autre, afin qu'aucun n'acquière trop de pouvoir.

— J'ai choisi cette pièce, révéla Aÿ, parce que nous pouvons nous y exprimer avec la certitude que personne ne nous entendra. Ce que nous avons à nous dire restera strictement confidentiel, dans l'intérêt supérieur du pays.

Appartenir au premier cercle du pouvoir : Nakhtmin n'en espérait pas tant. Après l'inhumation secrète d'Akhénaton et de Néfertiti, un deuxième succès. À lui de ne pas commettre de faux pas afin de l'exploiter au maximum.

— As-tu accompli ta mission ? lui demanda Aÿ.

— La cité du soleil ne compte plus aucun habitant. Les bêtes sauvages commencent à s'en emparer, et les édifices, livrés aux intempéries, se dégraderont vite.

— Pas de récalcitrants ?

— Mes hommes et moi avons inspecté les bâtiments officiels, les lieux de culte, les villas, les ateliers, les maisons, en fonction du quadrillage précis dont je disposais. Nous n'avons déniché personne. L'évacuation avait été totalement réussie.

— Et… le tombeau royal ?

— Nous en avons extrait les sarcophages d'Akhénaton, de Néfertiti et de leurs enfants, morts pendant l'épidémie. Selon vos ordres, ces dépouilles ont été brûlées dans le désert. Il ne subsiste rien de cette famille de criminels. J'ai laissé quelques gardes, qui surveilleront un tombeau vide. Il faudra les remplacer à intervalles réguliers.

— Si nul dévot ne tente de s'en approcher, nous mettrons fin à ce dispositif, et la sépulture tombera dans l'oubli.

Bras croisés, fixant Nakhtmin, Horemheb n'émit aucun commentaire.

— Officiellement, précisa Aÿ, le couple fanatique repose là où il le désirait. Cela apaisera les atoniens, qui se détacheront peu à peu de leur dieu unique et intolérant.

— Je n'en suis pas si sûr, objecta Nakhtmin. Un fanatique reste un fanatique. Les atoniens refuseront toute adaptation et voudront restaurer leur croyance, avec la même détermination que leur modèle, ce couple halluciné qui leur a montré la voie. Pour le moment, ils sont tétanisés. La mort de leurs guides, la fin du culte d'Aton, l'abandon de la capitale, le retour à Thèbes… Une série de chocs sévères, dont ils peinent à se remettre. Mais cette période d'apathie se terminera.

— Redouterais-tu un complot contre notre jeune roi ?

— Il est le traître par excellence, celui qui est passé d'Aton à Amon. En modifiant son nom, il a accompli la plus vile des infamies. Pour les atoniens, il est l'homme à abattre. Je ne doute pas qu'ils se rassembleront, probablement en petits groupes indétectables.

Aÿ serra les accoudoirs de son fauteuil.

— Puisque tu aboutis aux mêmes conclusions qu'Horemheb, me voici, malgré mon optimisme, obligé de tenir compte de vos avis. Le parti d'Aton nous menace de l'intérieur. La menace extérieure, une possible invasion hittite, n'est pas moins redoutable. Ne soyons pas naïfs : le pouvoir qu'incarne Toutânkhamon est faible, jugé illégitime par les atoniens. C'est pourtant celui que nous devons défendre et conforter, nous, les anciens de la cité du soleil, afin de survivre à cette crise. S'enfermer à Thèbes serait sans doute une erreur fatale ; le roi doit rencontrer ses sujets dans chaque province et s'installer à Memphis, le centre vital des Deux Terres. C'est pourquoi le pharaon nomme Horemheb général en chef de l'armée, messager du roi dans tous les pays du Nord et du Sud, ami unique de Sa Majesté, porteur du sceau royal, Grand des grands. Quant à toi, Nakhtmin, tu es promu général, chargé de maintenir l'ordre à Thèbes et dans sa région. En notre absence, tu veilleras sur la sécurité des habitants et tu étoufferas dans l'œuf toute tentative de rébellion. Si tu identifies un clan atonien, montre-toi d'une extrême sévérité.

— Extrême, c'est-à-dire…

— Le châtiment suprême réservé aux assassins et à quiconque complote contre Pharaon. Nous serons en contact permanent grâce à la messagerie d'État, et nous interviendrons dans les meilleurs délais si la situation te semble trop inquiétante. Surtout, ne relâche pas ta vigilance.

— Vous avez ma parole, Père divin.

— 15 —

Ses longs cheveux défaits, vêtue d'une modeste tunique, chaussée de sandales à bas prix, non maquillée, Amenta attirait cependant de nombreux regards. Sur le long quai de Thèbes se tenait le principal marché de la ville, à nouveau achalandé après des années de disette. Bien qu'elle eût commencé à constituer une équipe d'agents de renseignements, l'épouse d'Horemheb aimait explorer elle-même le terrain et discuter à bâtons rompus avec tout un chacun. Du flot de paroles, elle extrayait quelques pépites qu'elle transmettait au nouveau général en chef, qui avait accueilli sa nomination sans enthousiasme, tant elle lui paraissait écrasante.

Vêtements, tissus, sandales, onguents, viandes, légumes, fruits, boissons… Vendeurs et acheteurs marchandaient ferme, le ton s'emballait parfois, on finissait toujours par s'accorder.

Amenta s'arrêta devant une exposition de jarres estampillées de trois à huit fois bon. Le luxe. Assis en tailleur, derrière ses trésors, un vieil homme. À sa droite, un âne accroupi. Une bête magnifique, au pelage gris, aux grands yeux intelligents et à la musculature remarquable.

— Tu n'as pas de vin ordinaire ?

— Non, ma belle. De la piquette, tu en trouveras un peu partout. Moi, je ne propose que de l'excellent. Enfin, ce qui restait dans ma cave… Dix ans loin de ma vigne, quel châtiment !

— Tu as vécu dans la cité du soleil ?

— Contraint et forcé ! On m'a recruté comme échanson. Ou ça ou porter des tonnes de pierres et crever. Chez les adorateurs du soleil, le quotidien était plutôt sinistre ! Seul moyen d'échapper à la bastonnade : lécher les sandales des dignitaires. Pas mon style. On m'a relégué aux cuisines.

— Heureux de revenir à Thèbes ?

— T'imagines pas !

— Nous n'avons qu'un petit roi.

— C'est mieux que pas de roi du tout ! Et puis il va grandir.

— J'aimerais goûter… le quatre fois bon.

— En échange de quoi ?

— D'un grand sourire.

— Dis donc, petite, t'as vu mon âge ?

— Ça ne vous empêche pas d'être séduisant.

— Manquait plus que ça… Bon, une gorgée gratuite.

Le Vieux emplit une petite coupe d'albâtre.

Amenta but délicatement.

— Admirable ! Et ce n'est que le quatre fois bon… J'achète toutes tes jarres.

— Ne te moque pas de moi, fillette.

— Je suis sérieuse. Ton âne peut-il les livrer au palais ?

— Sûrement, mais…

— Ce soir, au coucher du soleil.

Alors qu'elle disparaissait, avec une vivacité sidérante, le Vieux regretta de ne pas lui avoir demandé son nom. Au fond, aucune importance. Une blague si énorme méritait une bonne rasade de rouge.

— Mon pauvre Vent du Nord, je croyais avoir tout vu, mais là, c'est la meilleure ! Au moins, elle a du charme, et on a passé un bon moment.

Un notable thébain acheta une jarre de sept fois bon en échange de deux tuniques de lin de première qualité, d'une paire de sandales de cuir, d'un sac de blé et d'une amulette.

Le soleil déclinait.

— Rentrons à la maison, décida le Vieux.

L'oreille gauche de l'âne se leva.

— Comment, non ? Tu ne veux quand même pas aller au palais !

L'oreille droite se dressa.

Connaissant son âne, le Vieux n'essaya même pas de négocier. Il l'équipa de deux paniers et y enfourna les jarres de vin, séparées par de la paille.

Inutile de lui indiquer le chemin.

*
* *

Deux gardes barrèrent l'accès aux intrus. Leur supérieur intervint rapidement.

— T'es qui, toi ?

— Le Vieux.

— T'apportes quoi ?

— Des grands crus.

— Pour qui ?

— Je l'ignore.

— Alors, dégage ! Tu serais pas un revenant de la cité du soleil ? J'ai presque envie de te soumettre à un petit interrogatoire.

— Contiens-toi, mon gars. Moi, je me débine.

Le Vieux adressa un regard mécontent à Vent du Nord, qui refusa de remuer un sabot.

— Je vous embarque, toi et ton âne !

— Un instant ! exigea l'acheteuse, maquillée, coiffée et ravissante dans sa longue robe verte. Ce livreur est mon invité. Déchargez cet âne et apportez les jarres.

Le Vieux eut l'impression que Vent du Nord le gratifiait d'un clin d'œil ironique.

— Ne bouge pas d'ici. Je me fais payer et je reviens.

Suivie des porteurs, la superbe jeune femme guida le Vieux jusqu'à un bureau, où un homme jeune et raffiné lisait un papyrus.

— Mon épouse prétend que ton vin est le meilleur de la région. Voyons cela. Sers-moi du huit fois bon.

Avec d'infinies précautions, le Vieux déboucha la jarre qui contenait un nectar de quinze ans d'âge. Il versa un peu du précieux liquide dans une coupe vernissée et dorée que son hôte porta à ses lèvres.

Le temps s'interrompit.

— Huit fois bon… Exact. Allons dîner.

— 16 —

Le Vieux avait un petit creux. Caille rôtie, filet de perche sur un lit de poireaux, purée de légumes, pain encore chaud… De quoi saliver.

— Mon épouse Amenta ne s'est pas trompée en goûtant ton vin. Celui qu'on nous sert au palais ne soutient pas la comparaison. Acceptes-tu de devenir son fournisseur officiel et exclusif ?

— Faut voir. Tu serais pas le général Horemheb ?

— Pardonne-moi de ne pas m'être présenté.

— Je t'ai aperçu, chez les adorateurs du soleil.

— Tu es physionomiste.

— Ça peut servir.

— La population sait déjà que le pharaon m'a nommé à la tête de son armée, semble-t-il.

— Au marché, on ne cause que de ça. Y a juste un léger problème : elle est où, cette armée ?

Amenta s'assit entre les deux hommes. À l'énoncé de cette réalité, comment son mari réagirait-il ?

— Que signifie ton « faut voir » ?

Le Vieux mastiqua un morceau de caille.

— Pendant mes dix années d'exil, mes vignes n'ont reçu aucun soin. Aujourd'hui, je survis grâce à mes stocks. Pour commencer à produire, il me faudrait du personnel. Je n'ai pas les moyens de le payer.

— Si je te donne un échanson, cette difficulté sera facile à résoudre. L'administration te le fournira.

— À une condition : je vire les feignants et les incapables, sans avoir à remplir une pile de documents administratifs. Dès que la situation sera rétablie, j'engagerai qui je veux.

Amenta redouta un choc frontal. Le Vieux ne paraissait pas doué pour la diplomatie, et Horemheb n'aimait guère qu'on lui résistât.

— Pendant ces longues années à la cité du soleil, tu n'as pas eu les yeux dans ta poche, je suppose ?

Le Vieux dégustait avec appétit.

— Le sens de l'observation, on l'a ou on l'a pas.

— Et toi, tu l'as.

— Ça permet d'échapper aux serpents et aux scorpions. Là-bas, il n'en manquait pas. Succulente, la cuisine. Elle me donne soif.

Amenta s'empressa de servir le Vieux.

— Les humains sont des charognards, et la vie souvent cruelle, mais quand on a la chance de boire une telle merveille, il faut remercier les dieux.

— Parmi les rapatriés, reprit Horemheb, beaucoup sont restés fidèles à Aton. Ils rêvent de fomenter des troubles, de renverser le trône de Toutânkhamon et de reprendre le pouvoir.

— C'est certain.

— Crois-tu à leur éventuelle réussite ?

— Ça ne me surprendrait pas.

— Que recommanderais-tu pour éviter ce désastre ?

— Les repérer et les écrabouiller.

— Tu les repères, je les écrabouille.

Le Vieux faillit s'étrangler. Heureusement, une gorgée de vin lui redonna de l'air.

— Les atoniens sont forcément présents du sommet au bas de l'échelle. Ils simuleront la soumission à Amon et à notre jeune souverain, tout en préparant leur revanche. Si nous sommes aveugles et sourds, leur révolte nous écrasera. Leur dieu unique imposera une tyrannie pire que celle d'Akhénaton. C'est pourquoi Amenta, mon épouse, recrute des agents de renseignements, dont le dévouement sera primordial. Hélas, nous devons partir pour le Nord.

— Les Hittites ?

Horemheb sourit.

— Tu es plus perspicace que la plupart des hauts dignitaires ! Moi, je suis persuadé que ces redoutables guerriers seront bientôt à nos portes. Si je ne jugule pas ce péril, nous connaîtrons la fin de l'Égypte.

— Et te voici en plein dilemme ! Soit tu tentes de lever une armée afin d'affronter les Hittites et tu abandonnes Thèbes aux atoniens, soit tu demeures ici et tu laisses les envahisseurs se préparer tranquillement à nous attaquer.

— J'ai songé à une troisième voie : toi.

La plus grande peur des Égyptiens, c'était que le ciel leur tombe sur la tête. Une crainte justifiée, d'après le Vieux.

— Grâce à ton expérience et à ton œil perçant, tu seras un excellent chef de notre service d'espionnage à Thèbes, qui restera ainsi sous contrôle pendant que j'essaierai de sécuriser nos frontières.

Le Vieux se tourna vers Amenta, laquelle lui offrit son plus beau sourire.

Le piège se refermait. Malgré son charme, cette femme était aussi redoutable qu'Horemheb. En se confiant à lui, il l'associait à son avenir et, en réalité, ne lui accordait pas le choix. S'il avait l'audace de refuser, sortirait-il vivant de cette pièce ? S'il disparaissait brutalement, que deviendrait Vent du Nord ? Se sentant responsable du bien-être de cette bête, il était contraint d'accepter.

— Il y a déjà une équipe fiable ? interrogea-t-il.

— Je te présenterai mes recrues, promit Amenta, ravie.

Le Vieux vida sa coupe de huit fois bon, en espérant que les lendemains ne seraient pas trop mauvais.

— 17 —

La première réunion des atoniens se tint dans une villa cossue du sud de Thèbes, appartenant à Peg, collecteur d'impôts. D'une efficacité appréciée sous Akhénaton, il avait été réembauché dès son arrivée à Thèbes et s'était aussitôt illustré en réorganisant son service.

De petite taille, le front bas, les oreilles décollées, toujours sobrement habillé, Peg était un fervent adorateur d'Aton, et l'un des plus intransigeants. À partir de son bureau de la cité du soleil, il avait envoyé des avis de redressement à tous les gouverneurs de province, la plupart rechignant à expédier leur dû à la nouvelle capitale. Les menaces de destitution et d'intervention brutale avaient courbé les échines rétives.

Autour de Peg, des atoniens convaincus, qui s'étaient intégrés à la société thébaine en proclamant haut et fort qu'ils étaient satisfaits du retour à la normale. Une trentaine de notables écoutèrent avec attention le discours de Nakhtmin.

— La désignation de Toutânkhamon nous a pris au dépourvu, déplora-t-il, et nous peinons à nous en remettre. Abandonner notre ville sainte fut une déchirure, mais nos forces sont intactes. Il n'y a de dieu qu'Aton, et c'est son règne qu'il faut fermement établir, par la force si nécessaire, en éliminant les incroyants. Abolis, les mystères d'Osiris, les initiations, les anciens rites royaux ! Akhénaton nous a montré la voie. Seul doit être célébré le culte du soleil absolu.

La fermeté du colosse ranima des ardeurs qui tendaient à s'étioler.

— Dieu nous protège, poursuivit-il : grâce au Père divin Aÿ, je suis chargé d'assurer la sécurité de Thèbes.

Des murmures d'étonnement parcoururent l'assemblée.

— Aÿ est-il encore dans notre camp ? s'inquiéta Peg.

— Lui seul le sait… peut-être ! Il n'a d'autre but que de conserver ses privilèges.

— Ne serait-il pas le premier à abattre ? suggéra un conjuré.

— Surtout pas ! rétorqua Nakhtmin. Quand il constatera que notre parti est le plus puissant, il nous aidera. Ma nomination n'est-elle pas un signe encourageant ? Et je vous dois une révélation majeure : afin de plaire à Horemheb, il m'a ordonné de brûler les momies d'Akhénaton et de Néfertiti.

L'assemblée se figea.

— As-tu… obéi ? interrogea Peg, d'une voix étranglée.

— Comment aurais-je accompli un tel sacrilège ? Tout en affirmant avoir rempli cette abominable mission face à Horemheb et Aÿ, j'ai mis en sécurité nos souverains dans la Vallée des Rois. Ils continueront à inspirer notre action.

L'exploit de Nakhtmin sidéra les atoniens. Peu d'entre eux lui supposaient de telles capacités.

— Aÿ m'a donné cet ordre sans me le donner, précisa-t-il. Il ne désirait pas un tel châtiment, réservé aux assassins. En me choisissant, il savait que je ne commettrais pas pareille horreur et voulait surtout ignorer ma façon d'interpréter ses directives. Quand nous reviendrons au pouvoir, le Père divin sera le premier à honorer la mémoire de nos modèles. Question majeure : lui et le petit couple royal accompagneront-ils Horemheb à Memphis ou resteront-ils à Thèbes ? En ce cas, je prouverai au vieux courtisan qu'il a raison de m'accorder sa confiance. Et nous disposerons, du moins je l'espère, d'une alliée précieuse : Ânkhésa, épouse de Toutânkhamon, mais aussi fille d'Akhénaton ! Je suis persuadé qu'elle n'a pas oublié la grandeur et l'enseignement de son père. À moi de lui ouvrir le bon chemin et de lui rappeler ses origines.

— Extrêmement dangereux, estima Peg ; si tes propos la choquent, elle avertira Horemheb, et tu seras arrêté.

— Risque à courir. Et puis Horemheb va partir pour Memphis afin d'y lever une armée. Une tâche difficile, voire impossible. Ce scribe ne connaît pas le monde des militaires. À supposer qu'il prenne le commandement d'une petite troupe, il rêvera d'affronter les guerriers hittites. Défaite assurée, qui nous débarrassera de cet ambitieux.

— Et si ces barbares nous envahissaient ? demanda un atonien avec angoisse.

— Au pire, ils occuperont le Delta quelque temps, Thèbes demeurant hors d'atteinte ; au mieux, comme le pensait Akhénaton, nous les convertirons à la religion d'Aton. Soyez-en certains : elle conquerra tout le pays !

L'enthousiasme de Nakhtmin gagna les conjurés. L'horizon qu'il leur proposait était digne de leur dieu.

— Deux impératifs, énonça-t-il. D'abord, la patience ; ensuite, la cohérence. Patience, car nous hâter entraînerait des imprudences fatales ; mieux vaut nous implanter en profondeur. Cohérence, puisque nos partisans sont dispersés et que nous devons les rassembler.

— Rassembler, rassembler, répéta un dignitaire ; un bien beau projet, mais sous quelle autorité ? Notre roi est mort, nous n'avons plus de chef !

— Je crois qu'il vient de s'exprimer, jugea Peg. Nakhtmin a la stature d'un pharaon. Si nous observons ses préceptes, nous prolongerons l'œuvre d'Akhénaton et irons au-delà de ses espérances. Un dieu unique imposera sa loi aux humains, et Nakhtmin sera son prophète. Qui s'y oppose ?

Aucune voix ne s'éleva contre cette décision. Ne manifestant pas le moindre signe de joie, l'heureux élu se contenta d'une brève inclination de la tête.

— 18 —

Les préparatifs du voyage s'achevaient. Horemheb s'étonnait de ne voir que trois bateaux à quai, celui prévu pour lui et son épouse, et deux autres d'escorte. Où se trouvait la flottille royale ? Alors qu'il vérifiait son matériel de scribe, Aÿ vint vers lui.

— Ah, général ! Je craignais que vous n'ayez déjà largué les amarres.

— Pas sans vous et le couple royal.

Le Père divin sembla ennuyé.

— Après mûre réflexion, je préfère demeurer ici avec notre souverain. La prudence me l'impose. Certes, j'ai toute confiance en Nakhtmin, mais exercer une nouvelle fonction aussi importante que celle qui lui a été confiée ne sera pas aisé. Mes conseils lui seront utiles.

À cet instant, Horemheb comprit qu'il était en grand danger. Aÿ avait certainement reçu des informations en provenance de Memphis, proie de troubles divers, et probablement hostile à Toutânkhamon. N'ayant pas envie de s'aventurer en terrain mouvant, le Père divin envoyait Horemheb en éclaireur. S'il lui arrivait malheur, Aÿ en tirerait les leçons et le remplacerait ; si, au contraire, la grande ville se comportait loyalement, il s'y rendrait en toute tranquillité.

— Bon voyage, général. J'attends de vos nouvelles avec impatience.

*

* *

Aÿ et le couple royal ne partant pas pour Memphis, Nakhtmin n'aurait pas les coudées franches. À l'évidence, le Père divin propulsait le général en chef en territoire ennemi. Oubliée par Akhénaton, Memphis n'éprouvait pas la moindre confiance envers le nouveau pouvoir, composé de dignitaires de la défunte cité du soleil.

Un piège où sombrerait Horemheb, pas Aÿ, lequel choisissait de contrôler étroitement Thèbes avec l'aide de Nakhtmin, à condition que ce dernier restât dans les limites de sa fonction.

Écraser le Père divin sous sa sandale ? Impossible. Le courtisan était passé de Thèbes à la cité du soleil et de la cité du soleil à Thèbes avec une virtuosité stupéfiante. Il connaissait tous les notables, pro et anti-Aton, et les manipulait de façon inimitable. Aucun de ses adversaires déclarés n'était parvenu à l'éliminer. Aÿ n'avait qu'un seul dieu : le pouvoir. L'ombre lui convenant mieux que la lumière, il mettait en avant son roi, tout en gardant les rênes du gouvernement. De plus, en garantissant à chacun des privilèges et en achetant des consciences, le Père divin s'était attiré de nombreuses sympathies. Qui d'autre, vu les circonstances, maintiendrait l'équilibre, même fragile, des Deux Terres ? Le mésestimer serait une grave erreur.

Face à lui, le jeune Nakhtmin, récemment promu général, n'était encore qu'un inconnu, dont les compétences restaient à prouver. Même certains atoniens, il le sentait, doutaient de lui. Quant aux partisans d'Amon et de la tradition, il devait les convaincre de son honnêteté et de sa rigueur. Bâtir une réputation de chef crédible et respectable prendrait du temps. Croître sous l'autorité d'Aÿ serait la bonne stratégie.

*

* *

Bon vivant, comme le prouvait son embonpoint, Aÿ avait atteint le summum du plaisir en buvant un huit fois bon aux arômes inimaginables. Aussi avait-il engagé immédiatement son producteur, le Vieux, comme échanson, en dépit du salaire et des prix élevés qu'il exigeait. Vu le caractère abrupt du bonhomme, inutile d'entamer une négociation. Pas question de rater des grands crus pareils.

Cette affaire rapidement conclue, le Vieux et Vent du Nord examinèrent les candidats à l'entretien de sa vigne. Oreille droite levée pour les uns, gauche pour les autres… Le tri terminé, le Vieux mit aussitôt au travail l'équipe engagée. Nourrie, logée, blanchie et correctement rétribuée au mérite, en échange de doigté et du respect des consignes. Quant à son protégé, Saby, il apprendrait le métier.

Après avoir nommé un contremaître qui connaissait bien l'art de la vigne, le Vieux se rendit dans une taverne du port où l'attendait Amenta, paysanne ordinaire discutant avec des commerçants. Il s'assit à leur table et picora des oignons frais.

— Voici mes collaborateurs, dit la jeune femme à voix basse. À force de porter des blocs de pierre à la gloire d'Akhénaton, leurs enfants sont morts d'épuisement. Voir ressurgir des atoniens serait le pire des malheurs. S'ils essaient de répandre à nouveau leur doctrine, ils t'alerteront.

Le Vieux dévisagea les membres de ce pitoyable réseau.

— Laissez tomber, mes amis. Vous n'êtes pas de taille.

La jeune femme protesta.

— Je t'assure, ils sont sincères et…

— Je n'en doute pas, mais face à des types tordus et fanatisés, des gentils n'ont aucune chance.

— Alors, tu renonces ?

— Je renonce à envoyer ces braves gars à l'abattoir. Les atoniens sont traumatisés, ça ne durera pas. Mon nez me dit qu'ils ne tarderont pas à se réorganiser et qu'ils ne bavarderont pas bêtement. Si on les approche de trop près, avec la naïveté que commande le ressentiment, ils cogneront.

Les commerçants se levèrent en chœur et sortirent de la taverne.

Amenta était effondrée.

— Je comptais tellement sur toi…

— Rassure-toi, ma belle, je ne lâche pas l'affaire, mais je la traiterai à ma façon. Et c'est pas gagné. Les atoniens avanceront masqués et se glisseront partout, sans qu'on puisse les identifier. Quand ils jailliront hors des ténèbres, ce sera trop tard.

— Un autre Akhénaton, la perpétuation de sa folie, la destruction de notre spiritualité et de notre civilisation… C'est cela que tu prédis ?

— C'est cela que souhaitent les atoniens qui font semblant de courber le dos pour mieux préparer une attaque dévastatrice. S'ils ont un chef intelligent, il saura prendre son temps. Oublier le danger nous serait fatal. Observer, observer sans cesse, tenter de repérer un ou plusieurs factieux, pas des minables, mais de hauts responsables… Tel est mon but. Si je réussis, pas un mot au Père divin Aÿ. Ce bonhomme ne se vend qu'au plus offrant.

— Douterais-tu de Nakhtmin ?

— Je doute de tout le monde, ma belle, même de toi et de ton mari. Mais je ne connais aucun autre ennemi déclaré des fanatiques à peu près crédible. Nakhtmin, je le jugerai à l'usage. Néanmoins, s'il y avait urgence, je n'alerterais qu'Horemheb.

— De quelle façon ?

— Un capitaine de bateau rapide, qui assure la liaison entre Thèbes et Memphis, vous fournira des informations fréquentes sur ce qui se passe ici, en souhaitant que tout aille bien.

— Tu n'y crois guère.

— Je ne suis pas du genre rêveur.

— 19 —

Le jardin du palais royal de Thèbes renaissait. Autrefois un enchantement, il avait été laissé à l'abandon pendant le règne d'Akhénaton. Sur l'ordre d'Horemheb, une équipe de spécialistes se hâtait de réhabiliter les lieux. Déjà, les allées avaient été dégagées ; à l'ombre des palmiers et des sycomores, une délicieuse promenade le long du bassin aux lotus avait été aménagée.

Le petit roi et son général en chef marchaient lentement, côte à côte, tels un fils et son père.

— Tu pars vraiment ?

— Un voyage indispensable, Majesté. Sans Memphis, votre royaume n'aurait aucun avenir. Malheureusement, votre prédécesseur a méprisé cette cité essentielle. Nous ignorons son état d'esprit. À moi d'y proclamer votre souveraineté. De plus, après avoir consulté les rapports de nos informateurs, je redoute, à court terme, une tentative d'invasion des Hittites.

— Sommes-nous capables de leur résister ?

— Actuellement, non. Je dois recruter des soldats et former une armée digne de ce nom. Si je n'y parviens pas, nous serons écrasés.

L'adolescent fut contrarié.

— Promets-moi que tu y parviendras.

Énergique, presque cassant, le ton du petit roi étonna Horemheb, qui fut long à répondre. Donner sa parole était un acte majeur.

— Je vous le promets. Si j'échoue, nommez un autre général en chef.

— Nakhtmin ? Il me fait peur.

— Un roi n'a pas le droit d'avoir peur. De rudes épreuves vous attendent, et nulle décision majeure ne sera prise sans votre avis. Chaque jour, vous grandirez. Chaque jour, la force de régner vous nourrira.

— N'est-ce pas Aÿ qui dirige ?

— Le pharaon, c'est vous. Aÿ n'est que le chef de votre gouvernement.

— Il sait tout, je ne suis rien !

— Vous apprendrez. Le matin, le Premier serviteur d'Amon célébrera les rites ancestraux en votre nom, jusqu'au moment où vous vous sentirez capable d'assumer cette fonction essentielle. Afin de la remplir au plus vite, travaillez sans relâche à l'école de la Maison de Vie. Ses professeurs vous construiront comme ils m'ont construit. Vous découvrirez les secrets de l'univers, le message des étoiles, les vertus des plantes, des arbres et des minéraux, les paroles des sages et tant d'autres trésors. Un pharaon ne saurait être un ignorant. Apprenez, Majesté, apprenez sans cesse, et votre regard s'élargira. Voir, c'est créer. Et votre principale création sera le bonheur de votre peuple.

— Quand reviendras-tu, Horemheb ?

— Dès que possible, Majesté. N'oubliez pas de nager, de tirer à l'arc, de conduire votre char, de lutter avec vos instructeurs. Vous aurez besoin, aussi, de ces compétences-là.

— Serai-je assez fort ?

— Amon vous a désigné. Il sera votre meilleur guide.

*

* *

Avant de monter à bord de son bateau, Horemheb examina longuement les deux autres formant son escorte. Comme il aurait aimé lire dans les pensées des marins qui composaient les équipages ! Parmi eux, combien étaient des partisans d'Aton ? S'il existait, leur nouveau maître ne leur avait-il pas ordonné d'éliminer le général en chef du traître et impie Toutânkhamon ?

Son inspection terminée, Horemheb contempla Amenta, qui veillait à ce que l'on embarquât des nourritures de qualité, des jarres de vin du Vieux en priorité.

Il s'approcha d'elle et fut enivré de son parfum. Amenta ressentit sa présence.

— Tu m'observais ?

— Un plaisir dont je ne me lasse pas, mais dont je pourrais être privé pendant quelque temps.

— Pour quelle raison ?

— Ce voyage s'annonce dangereux. À Thèbes, tu seras en sécurité. M'accompagner présente trop de risques.

Le regard de la jeune femme flamboya.

— Me croirais-tu naïve ? Depuis que je vis avec toi, je sais que la mort rôde. Tu te trompes : seule, à Thèbes, je ne serai nullement à l'abri. Aÿ ne me promettra qu'une protection illusoire. Selon le Vieux, débusquer nos ennemis sera particulièrement ardu. Je refuse d'être abandonnée.

— Entendu, je t'emmène. Destination l'inconnu.

Amenta lui prit affectueusement les mains.

— Il m'attire.

Le capitaine interrompit leurs effusions.

— Départ immédiat. Heureux de vous conduire au nord. Ce pays a besoin d'un homme fort. J'espère que vous serez celui-là, général.

Une déclaration encourageante, mais était-elle sincère ?

Horemheb s'était renseigné sur le compte de ce rude gaillard, âgé de cinquante ans. Taiseux, il parcourait le Nil depuis son enfance et avait assuré de nombreuses liaisons entre la cité du soleil et Thèbes, sans divulguer ses opinions.

L'ancre fut levée, les amarres larguées, le bateau s'éloigna du quai. Bénéficiant d'un courant favorable, les rameurs adoptèrent une cadence convenable.

Horemheb et Amenta s'installèrent à la proue.

— Notre petit roi mûrira vite, lui dit-il. Déjà, son adolescence s'estompe, sans qu'il s'en doute.

— 20 —

En moins de douze jours, les trois bateaux parcoururent la distance[1] séparant Thèbes, résidence d'Amon, dieu des Victoires, de Memphis, « la Balance des Deux Terres », la plus ancienne capitale de l'Égypte et, depuis la première dynastie, son centre économique.

Grâce à un courant d'une force inhabituelle, le convoi avait progressé très vite. Le capitaine ne l'immobilisait qu'à la nuit tombée et repartait avant l'aube… Dormant à tour de rôle, Horemheb et Amenta étaient sans cesse restés sur le qui-vive, redoutant une agression ou une mutinerie. Pas un mot du capitaine, aucun contact avec les marins. Une atmosphère glaciale, qui entretenait l'angoisse. La contemplation de magnifiques paysages, la douceur des deux rives, la verdoyance des palmeraies, le bleu étincelant du ciel et la magie du fleuve ne la dissipèrent pas.

Mais aucun incident ne se produisit. Quand se profila le célèbre port de « Bon Voyage » où, depuis des siècles, accostaient tant d'embarcations transportant matériaux

1. Environ 650 km.

et marchandises, le couple se détendit enfin. Amenta se serra tendrement contre Horemheb, qui admirait l'antique cité, beaucoup plus vaste que Thèbes. Une anomalie, cependant : le manque d'animation sur les quais.

— La crise, expliqua le capitaine. Ici, comme dans tout le pays. Si vous ne le redressez pas, nous sombrerons dans la misère et la famine. La joie ne dilate plus les cœurs, plus personne ne croit en l'avenir.

— Nous avons de nouveau un roi fidèle à nos valeurs.

Le capitaine haussa les épaules et dirigea l'ultime manœuvre. En descendant la passerelle, le général et sa compagne entrèrent dans l'inconnu.

Un scribe pincé et deux soldats les accueillirent.

— Nous avons bien reçu le message du roi, général, et l'administration vous a réservé une villa. J'espère qu'elle vous conviendra.

La parole onctueuse du fonctionnaire exaspéra Horemheb. Quant aux deux soldats, ils avaient des têtes d'abrutis. Des mollassons qui prendraient la fuite si un chien se mettait à aboyer.

— Le palais ? interrogea Horemheb.

— Depuis que la cité du soleil a été choisie comme capitale, il est fermé et gardé, afin d'éviter déprédations et pillages.

— Sait-on, ici, que la capitale d'Akhénaton a été évacuée et que plus personne n'y réside ?

— On le murmure, le doute subsiste. Un décret officiel serait le bienvenu.

Trois chaises à porteurs : la première pour Horemheb, la deuxième pour Amenta, la troisième, en mauvais état, pour le fonctionnaire. Les deux abrutis composant la maigre escorte peinèrent à suivre le rythme jusqu'au domaine entouré de maisons modestes, à l'ouest de la ville.

Un vaste jardin, planté de sycomores, de perséas et de palmiers autour d'un plan d'eau, une boulangerie, une brasserie, une écurie abritant une dizaine de chevaux, des ateliers, une laverie, des logements attribués à une quarantaine d'employés et une demeure de maître ne comprenant pas moins de vingt pièces, dont trois salles de bains.

— Cette propriété appartenait au commandant de la caserne de Memphis, révéla le scribe. Comme il est décédé sans héritier, elle est revenue à la mairie. Vous êtes à deux pas des grands temples et des bâtiments de l'administration.

— Mon épouse va réunir le personnel. Toi, emmène-moi chez le maire.

*

* *

La soixantaine confortable, le sourire facile, le maire de Memphis était la plus haute autorité de la région. On vantait son urbanité et ses dons de diplomate. Pourtant, à la vue d'Horemheb, il resta assis derrière son bureau, couvert de papyrus, et garda un visage sévère.

— Voyage privé ou officiel, général ?

— Officiel. Avez-vous proclamé le couronnement de Toutânkhamon et sa volonté de rétablir l'ordre ?

— Memphis est vaste, et…

— Pourquoi ce refus ?

— Ce n'est pas un refus, mais j'ai besoin de vérifier la véracité de l'information.

— Ma présence et ma parole seront-elles des preuves suffisantes ?

— N'étiez-vous pas un dignitaire de la cour d'Akhénaton ?

— En aucune façon. Un simple scribe, comme tant d'autres, contraints d'obéir. À sa mort, j'ai brandi l'étendard de la révolte. Auparavant, je n'avais aucune chance.

— Toutânkhamon, lui, est lié à la famille royale.

— Un enfant, un prince sans pouvoir, qui incarne aujourd'hui le retour à la tradition. Son changement de nom manifeste sa volonté de la manière la plus éclatante.

— Aÿ n'a pas été démis de ses fonctions, semble-t-il.

— Nous avons besoin de ses compétences pour assurer une transition en douceur. À son âge, et avec son passé, ses ambitions sont limitées.

La fermeté du ton et la franchise du discours ne déplurent pas au maire.

— Vous êtes venu sans armée, m'a-t-on dit.

— J'ai l'intention d'en lever une afin d'écarter la menace hittite.

L'édile dressa une main désabusée.

— Dissipez ce rêve ! Sur l'ordre d'Akhénaton, les soldats ont été renvoyés dans leurs foyers et ont appris à vivoter. La caserne est presque vide. À la frontière nord-est, il ne reste que de faibles troupes, qui se plaignent du manque d'approvisionnement. Quant à Memphis, elle s'est considérablement appauvrie, et notre fameux port commercial fonctionne au ralenti. Akhénaton est mort, certes, mais je crains qu'il n'entraîne le pays entier dans le gouffre qu'il a creusé.

— 21 —

Le maire s'était lancé dans un discours pessimiste qui avait duré deux bonnes heures. Désespéré, assistant à une dégradation progressive des conditions de vie, il ne croyait pas à un renversement de situation. L'Égypte était tombée trop bas pour se relever, à cause du mysticisme d'un souverain détaché des exigences du quotidien. Aveuglé par la lumière implacable de son dieu unique, il n'avait pas vu les ténèbres envahir les Deux Terres. Et ce ne serait pas le trio composé d'un roitelet, d'un vieux courtisan opportuniste et d'un général dépourvu d'expérience militaire qui redonnerait au pays puissance et prospérité.

Ébranlé, Horemheb regagna sa villa en se demandant s'il ne valait pas mieux repartir pour Thèbes et y attendre une inéluctable invasion.

Le domaine s'était réveillé. Sous l'impulsion d'Amenta, les employés, naguère amorphes, avaient repris le travail. Les injonctions de la nouvelle maîtresse de maison ne souffraient pas de retard, et son dynamisme semblait communicatif, tant aux cuisines, à la boulangerie, à la brasserie que dans les ateliers.

À l'écurie, des palefreniers étrillaient les chevaux, et des balayeurs ôtaient la poussière tandis que les blanchisseurs lavaient le linge de la maisonnée.

L'intendant salua Horemheb.

— Le dîner sera servi dans la salle à manger d'apparat, indiqua-t-il. Avez-vous des invités ?

— Pas ce soir. Où est mon épouse ?

— Au jardin. Un rafraîchissement vous y attend. La dame Amenta a exigé que vous ne soyez pas dérangés.

Une douce chaleur, accompagnée de jeux de lumière dans les feuillages, agrémentait ce début de soirée.

Horemheb comprit pourquoi sa compagne avait réclamé une absolue tranquillité. Elle nageait nue dans le bassin, qu'occupaient partiellement des lotus, et ne tarda pas à l'apercevoir.

— Si tu me rejoignais ? proposa-t-elle, mutine.

— Trop de soucis.

— Secret d'État ?

— Je t'expliquerai.

— Détends-toi d'abord. Rien de plus relaxant qu'un bain.

Comme il eût été inconvenant de refuser une telle invitation, Horemheb ôta sa tunique et la rejoignit. Alors qu'il voulait l'enlacer, elle se déroba et nagea sous l'eau. Vive, elle lui échappa à plusieurs reprises, et ne céda qu'au moment qu'elle jugea opportun. Ensemble, étroitement unis, ils regagnèrent la surface, dans un jaillissement de perles d'eau que le couchant teintait de nuances de rouge.

*

* *

Côtes de bœuf aux fines herbes, filets de perche, assortiment de légumes grillés, laitue et petits gâteaux au miel : des mets convenables, agrémentés d'une jarre de six fois bon, un rouge charpenté et fruité dû au talent du Vieux. La réserve acheminée depuis Thèbes serait bientôt épuisée, et Amenta rechercherait des crus de qualité.

Une robe bleu pâle, un collier de lapis-lazuli, de discrets bracelets dorés, un léger maquillage mettant ses yeux en valeur, sa longue chevelure parfumée : elle était plus séduisante que jamais.

— Cette villa me plaît, confessa-t-elle. Le personnel est heureux d'être à nouveau dirigé et d'exercer ses compétences. Rien n'est pire que d'être abandonné à soi-même, sans directives.

— Tel est malheureusement le cas de notre pays.

— N'avons-nous pas Toutânkhamon ?

— C'est Aÿ qui gouverne, en évitant au maximum… de gouverner. Garder le pouvoir et ses privilèges à n'importe quel prix, en bichonnant sa précieuse personne : voilà son seul but.

— À toi de t'imposer.

— Le maire de Memphis m'a dressé un état des lieux. À l'écouter, nous ne remonterons pas de l'abîme où nous a jetés Akhénaton.

— Toi, déprimé ?

— Réaliste. La sagesse consisterait à nous enfermer à Thèbes, en souhaitant que les Hittites l'épargnent. S'ils déboulent, Aÿ négociera avec eux.

Furieuse, Amenta se releva et toisa l'homme de sa vie.

— Est-ce bien le général Horemheb que j'ai en face de moi ? Démissionnerais-tu avant d'avoir combattu ? Si tu te comportes comme un lâche, je te quitte immédiatement !

— Les circonstances…

— Les circonstances, change-les ! Nous avons courbé la tête sous la tyrannie d'Akhénaton, et ce fut une grave erreur. Maintenant, ça suffit ! Ce fou est mort, l'Égypte non. Comme cette maisonnée, elle est seulement endormie et désorientée. À toi de remplir la mission que t'ont confiée les dieux.

— Oublies-tu que je ne suis qu'un scribe ?

— Tu as été nommé général en chef.

— Un titre ronflant, mais sans armée.

— Crées-en une !

— 22 —

Sous l'œil étonné d'un garde que le bruit des roues arracha au sommeil, le char d'Horemheb franchit le seuil de la caserne, elle aussi assoupie. Pas un seul militaire à l'exercice. Une grande cour déserte, des bâtiments délabrés. De l'un d'eux sortit un quinquagénaire mal rasé, qui traînait les pieds.

— Zone interdite, marmonna-t-il. T'es qui ?

— Général Horemheb.

— C'est nouveau, ça.

— Qui commande, ici ?

— Ben… personne. Depuis le décès du chef, on en attend un autre. Mais il ne vient pas. Alors, on se débrouille entre vétérans. Pourvu qu'on nous nourrisse, le reste…

— Combien d'hommes ?

— J'ai pas compté. Une centaine.

— Aptes au combat ?

— Ah ben non ! Y a les malades, les trop vieux, les estropiés.

— Je vais inspecter les locaux.

— Vaudrait mieux pas. Comme on n'était pas prévenus de la visite d'un général, on n'a pas eu le temps de nettoyer.

Négligeant l'avertissement, Horemheb traversa la cour et pénétra dans un dortoir où paressaient une dizaine d'épuisés permanents. Saleté repoussante, odeurs abominables. Il en allait ainsi des autres baraquements, salle des officiers comprise. Et que dire de l'écurie, de l'état des chevaux et des chars !

Ici et là, on s'agitait. Que signifiait l'intrusion de cet inconnu ?

Dernière étape : l'armurerie, accolée à la forge, elle-même dépourvue de forgerons.

Des lances, des épées, des poignards, des boucliers, des cuirasses, des arcs, entassés sans le moindre souci de rangement. Assis sur une natte, un costaud d'une trentaine d'années polissait une pointe de flèche. Un visage altier, un nez prononcé, des lèvres fermes, des bras et des jambes musclés.

— Je suis le général Horemheb. Es-tu le responsable de ce local ?

— Le responsable se repose. Il est malade.

— Ton nom ?

— Paramès.

— Ton grade ?

— Bricoleur.

— Pardon ?

— Ça ne se voit pas ? J'entretiens le matériel.

Consterné, Horemheb se plaça au centre de la cour et, d'une voix de stentor, ordonna un rassemblement général.

Lentement, les lambeaux de la garnison se réunirent. Des limaces eussent été plus rapides.

— Notre nouveau pharaon, Toutânkhamon, m'a nommé général en chef. J'ai l'intention de commander une armée digne de ce nom et de la rendre capable de vaincre nos ennemis. L'état de cette caserne est inacceptable, mais oublions le passé. Nettoyez les bâtiments de fond en comble. Demain, course, lutte et tir à l'arc.

*

* *

En redonnant vie à une villa en déshérence, Amenta avait dissipé le moment de faiblesse d'Horemheb. Suivant son exemple, et conformément à la décision des dieux, il devait se montrer à la hauteur de sa tâche. Une délicieuse nuit d'amour ne l'avait pas fatigué, au contraire ; animé de son énergie habituelle, il conduisit son char à vive allure et pénétra, à l'aube, dans une caserne silencieuse, dont l'entrée n'était même plus gardée…

Assis devant la porte de l'armurerie, Paramès ajustait la corde d'un arc, tout en mastiquant un morceau de galette.

Horemheb descendit de son char et marcha vers lui.

— Salut à ton visage[1], général ! Que la journée te soit favorable.

— Où sont passés les soldats ?

— Des soldats, ces loqueteux ? Ton discours les a effrayés. Les valides se sont enfuis, les autres dorment

---

1. *Ined her.ek*, le « bonjour » égyptien.

encore. Nettoyer la caserne, à quoi bon ? Bientôt, on la fermera.

— Pourquoi es-tu resté ?

— J'appartiens à une famille de militaires. L'un de mes ancêtres a été officier sous Thoutmosis III, qui a pacifié le Proche-Orient et implanté une stèle-frontière au-delà de l'Euphrate. L'Égypte était alors la première des puissances, chacun la craignait et la respectait.

— Et si nous la restaurions ?

Paramès dodelina de la tête.

— Je n'ai plus l'âge de rêver.

— As-tu envie de te battre ?

— Seul ?

— Nous sommes déjà deux. Et je suis persuadé que tu connais des braves qui aimeraient servir leur pays.

— Ce n'est pas faux... Mais eux, ils ne vous connaissent pas et auraient besoin de la caution d'une autorité.

— Le maire de Memphis, par exemple ?

— Surtout pas lui ! Ce pourri s'est engraissé sous Akhénaton, dont il était un excellent soutien.

— Existe-t-il un parti atonien dans cette ville ?

— Bien sûr, et pas mince ! Avec ses alliés, il renversera Toutânkhamon et reprendra le pouvoir.

— Le trône de notre jeune roi est peut-être plus solide qu'il n'y paraît. Quel dignitaire pourrait m'aider ?

— Le Premier serviteur du dieu Ptah. Malgré les avertissements des émissaires d'Akhénaton, il a continué à célébrer les anciens rituels. Son courage lui a valu respect et confiance. D'ex-soldats l'ont protégé en permanence, et les atoniens n'ont pas osé déclencher une intervention violente. Si le Premier serviteur approuve ton initiative, je t'aiderai à recruter.

— 23 —

La splendeur des édifices de Memphis rendait muets d'admiration les plus blasés. C'était ici, à la jonction du Delta verdoyant et de la vallée du Nil qui serpentait entre deux déserts, que le premier pharaon, Ménès, « le Stable », avait fondé la première capitale. Horemheb ressentit à quel point cette cité était importante pour lier solidement entre elles les Deux Terres et garantir leur prospérité.

Sous la protection de la citadelle aux murs blancs, le grand temple de Ptah occupait le centre de l'aire sacrée, entre ceux des déesses Neit, au nord, et Hathor, au sud. Comme les autres sanctuaires égyptiens, ils remplissaient une double fonction, spirituelle et économique. Seuls des ritualistes dûment formés pénétraient dans les salles secrètes où ils entretenaient, par la magie des rites, l'énergie indispensable aux multiples formes de vie. Cette règle, Akhénaton l'avait rejetée. À ciel ouvert, la demeure d'Aton était inondée de lumière, la pénombre chassée, le secret du divin aboli. Le roi mystique, et lui seul, communiait avec son dieu, sans avoir besoin d'une initiation aux mystères, sans parcourir le chemin, inscrit dans les anciens monuments, qui menait de l'extérieur, les ténèbres du monde profane, au naos contenant la lumière créatrice.

Autour des temples, une activité permanente. On y apportait des offrandes de toute nature afin qu'elles soient purifiées, enregistrées et distribuées. Ateliers, boucheries, boulangeries, brasseries employaient un personnel adapté à la taille de chaque institution, dirigée par des scribes, amateurs de précision et d'archives. Ptah étant le saint patron des artisans, sa résidence abritait des sculpteurs de génie, se transmettant leurs techniques de génération en génération.

Horemheb se présenta au bureau principal qui, contrairement à la caserne, n'était pas à l'abandon. Une dizaine d'employés y notaient la qualité et la quantité des denrées acheminées quotidiennement au domaine de Ptah.

La vêture et la prestance du visiteur firent aussitôt comprendre au chef de service qu'il s'agissait de quelqu'un d'important.

— Que désirez-vous ?

— Je suis le général Horemheb et je souhaite voir le Premier serviteur de Ptah. C'est urgent et important.

Le scribe jeta un œil à l'extérieur.

— Vous... vous n'avez pas d'escorte ?

— Je suis venu seul.

— Je vous prie de patienter, je préviens ses assistants.

L'atmosphère du bureau rappela à Horemheb ses années d'études et son premier emploi. La palette, les calames, les encres, les tablettes en bois, les papyrus, les gommes, les étagères… Tout cela avait un parfum particulier, qui l'enchantait.

L'attente fut longue.

Enfin, le chef de service réapparut.

— Suivez-moi, l'assistant principal va vous recevoir.

Ce dernier inventoriait des objets rituels, dans un local proche du grand temple. Le crâne rasé, vêtu d'une robe de lin, il n'avait pas l'air aimable.

— Vous êtes de Memphis ?

— J'ai été nommé général en chef par Toutânkhamon et je dois m'entretenir avec le Premier serviteur.

— Les armes ne franchissent pas le seuil de l'enceinte sacrée.

— Je n'en porte pas.

— Que voulez-vous, au juste ?

— Je vous le répète : m'entretenir avec le Premier serviteur.

— Énoncez votre requête, je la lui transmettrai.

— Désolé, je ne parlerai qu'à lui.

— Impossible, il est souffrant.

— L'avenir de Memphis et de ce temple est en jeu. Il dépendra de la décision du Premier serviteur.

Ce général n'avait pas l'air de plaisanter. L'assistant fut ébranlé.

— Je vais le consulter. Veuillez patienter.

Une longue demi-heure s'écoula.

— Suivez-moi. Le Premier serviteur vous accorde quelques instants.

Un modeste logement pour un si puissant personnage. Une pièce d'accueil, avec des bustes d'ancêtres, une petite salle à manger et une chambre. Des murs nus, un mobilier sommaire.

Le Premier serviteur était allongé sur un lit à pattes de taureau. Sa tête reposait sur un coussin. Ridé, très pâle, le visage exprimait cependant une force intérieure d'une rare intensité.

Il tourna vers Horemheb des yeux acérés.

— Que sais-tu du dieu Ptah, général ?

— Qu'il est le façonneur qui crée le monde par le Verbe conçu en son cœur. Il anime la pensée et la main des artisans, révèle le secret des pierres et relie le ciel, la terre et les humains.

— Tu as été éduqué dans une Maison de Vie... Pourquoi as-tu servi Akhénaton ?

— Travail forcé. Je m'en suis libéré dès que possible.

— Que souhaites-tu, à présent ?

— Reconstituer une armée capable d'empêcher une invasion hittite. La caserne de Thèbes est vide, je n'ai aucune troupe à ma disposition. Si l'ennemi l'apprend, il déferlera. Seul votre accord me permettra d'enrôler des hommes désireux de sauver leur pays.

— La guerre, le sang, la souffrance...

— Les Hittites renonceront à attaquer un État fort. Intimidons-les.

— Et tu crois à un tel exploit ?

— Croire ou ne pas croire, peu importe. À moi de réussir. Sinon, nous serons détruits.

Le Premier serviteur ferma les yeux.

— Appelle mon assistant.

Horemheb s'exécuta.

— Voici ma décision, dit le vieillard. J'autorise le général Horemheb à recruter les braves qui défendront les Deux Terres. Ma confiance lui est acquise.

— 24 —

Une pointe de flèche parfaite, un arc qui la propulserait avec efficacité… De la belle ouvrage, mais à quoi bon s'il n'y avait personne pour manier les armes ? Paramès serait le dernier à quitter la caserne de Memphis. Un soldat ne vivait pas d'illusions, et ce n'était pas un général de pacotille qui ressusciterait l'armée égyptienne. Estimant son devoir accompli, le responsable de l'arsenal en ferma soigneusement la porte. Au maire de vendre son contenu au plus offrant.

Baluchon sur l'épaule, Paramès sortait de la cour au moment où y pénétrait le char d'Horemheb, qui faillit le renverser.

— Où vas-tu ?

— Chez moi. Enfin… chez un ami qui a un chez-lui.

— La retraite, déjà ?

— Quel autre avenir ?

— Le Premier serviteur de Ptah m'a donné son accord pour lever une armée.

Paramès déposa son baluchon.

— Tu blagues ?

— L'âge et la maladie n'ont pas obstrué sa vision. Sa décision sera bientôt connue de tous. J'ai deux solutions : la première, recruter de force des individus sans expérience ni motivation ; la seconde, te demander de rappeler les vétérans et de former au plus vite des recrues aptes au combat. J'ai choisi la seconde. L'approuves-tu ?

— C'est sérieux… vraiment sérieux ?

— À toi de juger, commandant Paramès, responsable de la caserne de Memphis et de la formation des régiments.

— Tout ça d'un coup ?

— Tout ça. À une condition.

— Laquelle ?

— Tu commences immédiatement.

Paramès écarta les bras et leva les yeux au ciel.

— Par tous les dieux, quelle belle journée !

*

* *

La jolie et frêle Shenta n'était pas seulement devenue la maîtresse du géant Nakhtmin, le futur Akhénaton, mais aussi son bras droit et sa conseillère. À la manière d'un félin, elle ressentait le danger et repérait les atoniens trop tièdes, qu'il fallait soit écarter des réunions secrètes, soit dynamiser. Prudence et patience étaient les clés du succès. Surtout, ne pas se dévoiler avant de frapper le coup décisif. Les adeptes de la vraie foi devaient mentir et se dissimuler, en feignant de vénérer Amon et son représentant terrestre, le roitelet Toutânkhamon. Leur attitude endormirait l'adversaire, qui ne tarderait pas à croire que l'adhésion au dieu unique n'était plus qu'un mauvais souvenir.

Recomposer l'administration thébaine prendrait beaucoup de temps, car il fallait remplacer un à un de hauts fonctionnaires restés en poste pendant le règne d'Akhénaton. Privés de pouvoir, ils s'accrochaient maintenant à leurs privilèges retrouvés, en se méfiant de leurs collègues revenus de la cité du soleil et réduits à l'état de subalternes. Une action brutale eût provoqué une intervention du jeune pharaon, à travers Aÿ le courtisan qui, en l'occurrence, n'aurait pu se boucher les yeux et les oreilles.

Grâce à ses compétences et à son efficacité, Peg, le collecteur d'impôts principal, amassait un trésor de guerre petit à petit. Invisibles, ses détournements nourrissaient le parti atonien, qui achetait des hésitants pour grossir ses rangs.

Ce soir-là, dans sa villa, réunion au sommet.

— De bonnes nouvelles en provenance de Memphis, déclara Nakhtmin. Notre allié, le maire, a reçu Horemheb et lui a fait comprendre que lever une armée serait impossible. Notre fougueux général en chef, désappointé, coule des jours paisibles dans une luxueuse villa. La douceur de vivre à Memphis lui coupera les griffes.

— Un ennemi de moins, constata un conjuré ; mais nous n'avons guère progressé à Thèbes ! Les anciens dignitaires s'incrustent aux postes clés.

— Laissons-les s'user, proposa Nakhtmin, et encadrons-les avec nos adjoints. Les fruits pourris tomberont d'eux-mêmes, et nul n'aura pressenti notre retour.

— Ne sommes-nous pas espionnés ?

— Je suis le chef de la sécurité, rappela le colosse, et je rends compte de mes activités au roi et au Père divin Aÿ. Rien à signaler, les partisans d'Aton sont rentrés dans le rang. Puisque leur guide est mort, leur croyance s'est éteinte. Ce discours les satisfait.

— Et s'il existait une police parallèle, chargée de nous débusquer ? s'inquiéta Peg.

— J'en apprendrais forcément l'existence et je la détruirais. Soyez certains que je ne prends pas cette hypothèse à la légère ; Horemheb a probablement formé un réseau, attentif au moindre faux pas de notre part. Autre bonne nouvelle : dans un mois, nous aurons un nouvel appui, et de taille.

L'assistance retint son souffle, et Nakhtmin n'en fut pas mécontent. Peu à peu, tous les atoniens se rallieraient à lui.

— Le supérieur des juges de Haute-Égypte part à la retraite. Son successeur sera l'un des nôtres, et ses décisions seront désormais en notre faveur. Avoir la justice en main est primordial.

— 25 —

Vent du Nord l'avait confirmé au Vieux : tenter de repérer les partisans d'Aton, à l'hypocrisie consommée, était une tâche hautement dangereuse. Aux postes principaux, de la justice à l'administration, se trouvaient des notables thébains qui n'avaient pas rejoint la cité du soleil, et donc peu suspects de soutenir Aton. En revanche, parmi les « revenants », certains jouaient forcément double jeu. Le jeune général Nakhtmin était contraint de garder dans les forces de sécurité des soldats et des policiers qui avaient obéi aux ordres d'Akhénaton. Une combine de fidèles à sa doctrine ?

S'il recrutait un atonien par erreur ou si l'un d'eux découvrait son rôle, le Vieux ne goûterait pas longtemps de grands crus. Et pas question d'accorder une totale confiance au Père divin Aÿ, ni à Nakhtmin. Aussi limitait-il son réseau d'observateurs à deux jeunes qui n'avaient pas quitté Thèbes, l'un cuisinier au palais, l'autre archer ; s'y ajoutait Ousil, le gardien des singes, qui louait ses pensionnaires pour animer des banquets où les convives s'amusaient de leurs facéties. Il vendait également les vins de son ami sur les marchés et ouvrait grandes ses oreilles.

Depuis le départ d'Horemheb, rien à signaler. Mais ce jour-là, en livrant des jarres au palais, le cuisinier alerta le Vieux.

— J'ai surpris une conversation entre un blanchisseur et une femme de chambre. J'étais caché derrière une pile de linge, ils ne m'ont pas vu. Aucun doute : deux atoniens. L'éloge du roi défunt, de la cité du soleil, la volonté de se venger et l'espoir d'y parvenir grâce à de sérieux appuis. Il faut les arrêter.

— Du menu fretin. Observe-les, sans courir de risque. Peut-être nous mèneront-ils à un dignitaire.

Pensif, le Vieux retourna à sa vigne, où son protégé, Saby, apprenait le métier sous la direction d'un contremaître exigeant.

Quoique râleur, le gamin était obéissant et futé. Pour fêter ses quinze ans, le Vieux lui avait fait goûter un rouge exceptionnel qu'il ne mettrait pas en vente. Épreuve réussie, d'après les émotions du testeur. Ce garçon avait de l'avenir.

*

* *

Paramès revivait. Ne dormant que quelques heures par nuit, il déployait pourtant une énergie inépuisable. La quasi-totalité des vétérans avait répondu à son appel et contemplé, avec un plaisir non dissimulé, une caserne propre et en ordre, grâce à l'équipe de nettoyage engagée par Horemheb. Cette fois, son bref discours avait porté. Tous ressentaient la présence exaltante d'un chef, à l'autorité naturelle, qui se doublait d'un organisateur hors pair.

La solde attira un nombre suffisant de jeunes, campagnards et citadins, qui furent aussitôt formés à la discipline militaire. Doté d'artisans qualifiés, l'arsenal produisit à nouveau épées, poignards, lances, haches, frondes, cuirasses et boucliers. Horemheb veilla en personne à la remise en état de l'écurie, à la qualité des chars qui devraient rouler sur des terrains difficiles, et à l'acquisition de chevaux rapides et robustes, que soignèrent au mieux des palefreniers attentifs.

La caserne bourdonnait en permanence d'activité, et le général organisa même des exercices nocturnes. En quelques mois, les jeunes recrues, qu'encadraient des vétérans requinqués, progressèrent de façon spectaculaire.

— Général, proclama fièrement Paramès, vous disposez à présent d'une charrerie, d'une cavalerie et d'une infanterie. Et nous continuons à recruter.

— N'oublions pas l'intendance. Nos soldats auront l'assurance d'être bien nourris et bien soignés, même dans un environnement hostile.

*

* *

Amenta gérait sa maisonnée avec une ardeur que redoutaient certains employés au rythme plutôt lent. Quand elle apparaissait, mieux valait accélérer. La jeune femme s'intéressait à tout : la fabrication du pain, la variété des pâtisseries, la qualité de la bière, la cuisson de la viande, la robustesse des sandales, la propreté du linge… Ne tolérant pas les manquements graves, elle avait renvoyé un menuisier, un assistant cuisinier et un blanchisseur qui tiraient au flanc.

Ce matin-là, après le départ d'Horemheb pour la caserne, elle modifia sa tournée d'inspection, à laquelle les malins s'étaient habitués. Une initiative efficace, qui lui permit de surprendre un boulanger endormi et un jardinier aviné.

Avant de se rendre aux ateliers, un détour par le bâtiment principal, où le ménage matinal devait être achevé. Pas de mauvaise surprise, un parfum agréable flottant dans l'air et… un bruit bizarre provenant du bureau d'Horemheb.

Pieds nus, Amenta s'approcha. La porte était entrebâillée. Elle observa le préposé au lavage des sols en train de fouiller dans les documents du général.

— À quoi joues-tu ?

L'homme se retourna et la fixa.

— Que voulais-tu voler ?

La mâchoire serrée, il brandit un poignard et fonça.

Sans un saut de côté d'une ampleur miraculeuse, Amenta eût été embrochée. Le temps qu'elle se relève, son agresseur avait pris de l'avance. Elle se lança néanmoins à sa poursuite, en espérant que les gardiens l'intercepteraient.

Le fugitif en bouscula un et en blessa un autre, puis tenta de s'interposer. Puis il sortit du domaine et disparut.

— 26 —

— Général Horemheb, quel plaisir de vous revoir ! s'exclama le maire de Memphis, qui dictait son courrier à son secrétaire. M'accordez-vous le loisir de terminer cette besogne ?

— Non.

— Ah… une urgence ?

— Oui.

D'un geste sec, l'édile ordonna au secrétaire de disparaître. D'ordinaire plutôt avenant, le visage d'Horemheb exprimait une fureur difficilement contenue.

— Il paraît que, grâce à vous, notre caserne renaît, susurra le maire. Joli succès ! Je vous avoue que je n'y croyais pas ! Seriez-vous un faiseur de miracles ?

Le général arpenta lentement le vaste bureau, dont les fenêtres donnaient sur le centre de la ville.

— Remettez-moi les lettres officielles et privées que vous avez reçues du royaume hittite.

Un tic secoua les paupières du notable.

— Je… Je ne comprends pas vos insinuations !

— Vous étiez et vous êtes toujours un partisan d'Aton. Indifférent à la politique extérieure, il vous en a chargé. Memphis est ouverte sur le nord, et reçoit des nouvelles régulières de nos casernes implantées dans le couloir syro-palestinien. De plus, parmi les documents que j'ai eu à classer, après la mort d'Akhénaton, figurait le rapport d'un de nos espions, affirmant que vous étiez en contact avec les Hittites.

— C'est une fable, un mensonge, un…

— Vous avez délibérément affaibli nos défenses, sans doute en échange d'avantages matériels et de garanties pour votre avenir. En collaborant avec l'ennemi, vous avez trahi votre patrie et méritez le châtiment suprême.

Décomposé, l'accusé s'enfonça dans son fauteuil.

— Je vous jure que…

— N'ajoutez pas un faux serment à vos turpitudes. Il vous détruirait à jamais.

— Vous n'avez aucune preuve de ce que vous avancez !

— Elles sont ici, dans vos locaux. Mes soldats vont les perquisitionner, et je ne doute pas du résultat. Si vous coopérez, nous gagnerons du temps, et je vous autoriserai à vous enfuir, loin de l'Égypte.

Le maire ne tergiversa pas. Il se releva, souleva le couvercle d'un coffre en bois de sycomore et remit à Horemheb un paquet d'archives.

— Me laissez-vous un peu de temps…

— Décampez.

*

* *

Le jour même de la tentative de vol, Horemheb avait fait garder sa résidence par des soldats aguerris.

Désormais, tout visiteur serait fouillé, et les bâtiments inspectés quotidiennement. Selon plusieurs employés, l'homme au couteau avait travaillé à la mairie.

À peine Amenta avait-elle fini de relater l'agression dont elle avait failli être victime, Horemheb s'était empressé de la serrer dans ses bras. Ils avaient fait fiévreusement l'amour afin de chasser le spectre de la mort.

— Pas le temps de trembler, reconnut-elle. Et je regrette de ne pas avoir attrapé cette fripouille !

— Une créature du maire que je viens d'expulser du territoire pour haute trahison.

— N'aurait-il pas dû être jugé et condamné ?

— Il possédait certainement des soutiens parmi les magistrats, et l'issue d'un long procès aurait été incertaine. En s'enfuyant, il se condamnera lui-même. Nous venons de détruire un nid de frelons atoniens, mais il en subsiste beaucoup d'autres. À présent, Memphis est sous mon contrôle. Nouvelle tâche prioritaire : réorganiser la police et mener des enquêtes approfondies sur les principaux responsables de l'administration. Les fruits pourris tomberont, et cette cité sera réellement acquise à Toutânkhamon.

*

* *

En exerçant le métier de scribe, Horemheb avait acquis une faculté : écarter le secondaire pour aller droit à l'essentiel. Face à la masse de documents recueillis chez le maire, il ne se découragea pas. Après avoir opéré un premier tri, le général se pencha sur la correspondance diplomatique émanant du royaume hittite et de l'Assyrie. Leurs gouvernements se plaignaient du comportement d'Akhénaton, aux orientations incertaines. À cause de lui, l'Égypte ressemblait à un bateau sans gouvernail.

Mais l'attitude de ces deux puissances non négligeables était fort différente. Sûrs de leur force, les Hittites menaçaient ; les Assyriens, redoutant d'être leurs premières victimes, réclamaient en vain l'aide de l'Égypte.

Une opportunité qu'Horemheb devait exploiter sans tarder. Aussi le nouveau maître de Memphis convoqua-t-il le corps diplomatique qu'Akhénaton avait réduit à l'inaction et lui exposa-t-il son projet : nouer une alliance officielle avec l'Assyrie. Pris entre deux feux, les Hittites réfléchiraient avant de lancer un assaut contre les Deux Terres. De plus, lorsque leurs espions apprendraient au souverain du Hatti qu'une armée égyptienne venait d'être levée, ce dernier reverrait peut-être ses ambitions à la baisse.

Muni d'une longue lettre signée d'Horemheb, général en chef parlant au nom du pharaon Toutânkhamon, un ambassadeur dûment escorté partit pour l'Assyrie.

— 27 —

Les troupes défilèrent devant Horemheb. De la discipline et de l'enthousiasme. Des instructeurs chevronnés formaient les jeunes recrues, dont la plupart seraient d'excellents guerriers. Ceux qui ne supportaient pas l'entraînement intensif étaient versés dans l'intendance.

— Beau travail, dit le général à Paramès.

— Belle parade, rien de plus.

— Juges-tu cette armée capable de combattre ?

— De combattre, sûrement. D'être massacrée, plus sûrement encore.

— À cause de la suprématie militaire hittite ?

— Ce n'est pas le plus grave.

— Alors, de quoi s'agit-il ?

— Vous voulez vraiment stopper l'avancée hittite ?

— Telle est ma priorité.

— Vous voulez voir la vérité ?

— Montre-la-moi.

— Vous voulez risquer votre peau ?

— Si c'est indispensable pour réussir, je n'hésiterai pas.

— Notre verrou est pourri. Nos fortins du couloir syro-palestinien sont pourris. Nos pseudo-défenses sont pourries. Les Hittites n'auront même pas à lutter. Les chemins d'Horus, la ligne de bastions destinée à protéger le Delta d'une invasion, ne sont qu'un rideau de fumée. Quand l'ennemi déferlera, mêlé aux Syriens et aux Palestiniens, nos braves gamins seront exterminés.

— Ce verrou, remplaçons-le !

Paramès eut un triste sourire.

— Trop tard. Il faudrait se rendre au fortin principal, un nid de frelons. Vous n'en sortiriez pas vivants.

— Connaître le danger, n'est-ce pas déjà le maîtriser ?

— Là-bas, les jolies formules n'ont pas cours.

— Combien d'hommes pour procéder à un nettoyage ?

— Une trentaine. Mais uniquement du solide. Du très solide.

— Tu viens avec nous ?

— Puisque je suis le recruteur, ils n'admettraient pas mon absence.

*

* *

Horemheb avait deux craintes, qu'il ne cacha pas à Amenta : mourir assassiné et voir les atoniens reprendre Memphis. Afin d'éviter cette dernière, Horemheb remit les clés de la mairie à son épouse qu'il présenta à une petite équipe d'administrateurs fraîchement nommés et dignes de confiance. Placée sous la protection d'un régiment entier, la petite équipe ferait appel à la nouvelle armée en cas de troubles.

Amenta n'émit aucune objection à ce voyage risqué, au contraire ; savoir où frapper pour éviter un désastre, n'était-ce pas une chance accordée par les dieux ? À Horemheb de les remercier en prouvant sa valeur.

Sur le trajet menant au fortin principal des chemins d'Horus, le scribe royal masqua son inquiétude. Les baroudeurs qui l'accompagnaient, eux, semblaient plutôt satisfaits d'accomplir une mission à la hauteur de leurs capacités, même s'ils savaient qu'elle comportait de sérieux risques. Paramès ne leur avait pas caché qu'il faudrait observer une stricte vigilance.

Les chars roulèrent à bonne allure et atteignirent leur but après avoir traversé plusieurs villages paisibles ; le commando s'y restaura et s'y reposa, tout en écoutant les doléances des habitants, qui déploraient la dégradation de leurs conditions de vie et redoutaient une invasion sanglante.

La nuit tombait. Deux gardes devant la porte du fortin. À la vue de la petite troupe, ils brandirent leurs lances.

Le char de Paramès s'immobilisa.

— On se calme ! Annoncez le général Horemheb.

*

* *

Gros-Sourcils discutait avec ses hôtes quand on le prévint de la visite inopinée d'Horemheb. Les sourires s'effacèrent.

— Ne sortez pas d'ici, exigea-t-il. Je vais résoudre le problème.

Le commandant du fortin quitta ses quartiers et ordonna à l'un de ses fidèles d'en interdire l'accès. À pas pressés, il gagna le seuil de son domaine.

À l'extérieur, une vingtaine de chars.

— Je suis Paramès. Tu es le chef de cette garnison ?

— Gros-Sourcils. Que se passe-t-il ? Tout est calme, dans le coin.

— Le général en chef du pharaon inspecte les chemins d'Horus.

— On ne m'a pas prévenu !

— Maintenant, tu l'es.

— Mes quartiers sont en réfection. Le général devra dormir dans une chambre ordinaire.

Horemheb s'avança.

— Je m'en contenterai.

Gros-Sourcils fut subjugué. Jamais encore il n'avait rencontré un homme d'une telle prestance.

— Désolé, vraiment désolé de vous fournir un logis misérable… Mais nous avons une bonne bière, de la viande séchée, et notre boulanger vous cuira des galettes.

— Des incidents, ces derniers temps ?

— Pas le moindre. La zone est tranquille, je vous assure.

— Nul besoin de renforts ?

— Ils seraient inutiles !

— Demain matin, rapport détaillé sur les patrouilles du mois dernier et inspection de la garnison au grand complet. Bonne nuit.

— 28 —

Selon un officier de la garnison, ami de Paramès, le fortin de Gros-Sourcils était passé aux mains des Palestiniens, alliés des Libyens, favorables à l'invasion hittite, tant ils détestaient l'Égypte et convoitaient ses richesses. Peu après cette inquiétante révélation, le gradé avait eu un accident mortel, relaté par un rapport réglementaire de Gros-Sourcils contre lequel il n'existait aucune preuve. Pourtant, Paramès ne doutait pas de sa trahison et de son influence néfaste sur les autres bastions des chemins d'Horus.

Seule solution : lui tendre un piège et le prendre sur le fait. Quelle meilleure proie que le général en chef fraîchement désigné par le nouveau roi, particulièrement dangereux puisqu'il osait mettre son nez dans les affaires de Gros-Sourcils, en apparence irréprochable ? Soit Paramès se trompait, et Horemheb connaîtrait une nuit paisible ; soit le témoignage de son ami disparu était exact, et l'on tenterait d'assassiner celui qui avait eu l'audace d'accepter ce pari ô combien risqué.

Les membres du commando avaient pour mission de neutraliser les soldats du fortin, dont la plupart étaient probablement des vendus. Après avoir feint de dormir à l'abri d'une tente dressée dans un angle de la cour, ils s'étaient dispersés afin d'accomplir des tâches précises : museler les sentinelles, bloquer la porte du dortoir, s'emparer de l'armurerie.

*

* *

Gros-Sourcils trahissait si bien et depuis si longtemps qu'il éprouvait un sentiment de toute-puissance. Déçu de ne pas obtenir une promotion amplement méritée et les avantages afférents, il avait senti monter en lui un désir de revanche, que nourrissait sa haine envers la hiérarchie, puis envers l'Égypte elle-même. Événement décisif : la capture d'un espion hittite en Palestine, qui avait négocié sa vie contre une petite fortune.

Depuis s'était ouvert un nouvel horizon : travailler pour l'ennemi, être reconnu comme un personnage important et s'enrichir. Objectif prioritaire : pourrir la ligne de fortifications, qui n'offrirait qu'une maigre résistance aux féroces guerriers hittites.

Deux anicroches : un officier loyaliste que Gros-Sourcils avait dû étrangler de ses propres mains et, aujourd'hui, la venue de ce général, à un moment crucial. D'abord, il fallait l'éliminer dès cette nuit. Ensuite, proposer à son escorte de se rallier aux futurs maîtres du pays. Les récalcitrants seraient exécutés.

La chambrette réservée à Horemheb jouxtait la réserve de céréales et communiquait avec elle par une petite porte occultée. Le tueur ferait irruption dans la pièce et trancherait la gorge de l'importun, qui aurait à peine le temps de se réveiller.

*

* *

Leurs tâches accomplies, les membres du commando demeuraient en alerte. L'un d'eux signala à Paramès que les quartiers de Gros-Sourcils, qui ne semblaient nullement en réfection, étaient sous bonne garde.

Indice intéressant à exploiter ultérieurement, estima Paramès. Pour le moment, il fallait maintenir les lieux sous contrôle et assurer la sécurité d'Horemheb. Aussi avait-il examiné personnellement la chambre attribuée par Gros-Sourcils et les locaux adjacents. Si piège il y avait, l'endroit devait être idéal.

*

* *

Horemheb posa sur une table basse son épée courte et un papyrus qu'il déroula lentement. Comme souvent avant de dormir, il lisait les devoirs du Premier ministre de Pharaon, œuvre de Rekhmirê[1], celui de l'illustre Thoutmosis III qui, au terme d'efforts harassants, avait rétabli la paix au Proche-Orient.

La justice : voilà ce qui obsédait le scribe. Sans elle, impossible de diriger un peuple, de favoriser la prospérité et le bonheur, tant collectif qu'individuel. Elle s'incarnait dans une déesse, Maât. Sur sa tête, une

1. « Celui qui connaît comme la Lumière ».

plume, la rectrice, qui permettait aux oiseaux de s'orienter. Après le règne désastreux d'Akhénaton, l'Égypte avait grand besoin de justice et d'orientation. Mais il fallait d'abord la sauver de l'anéantissement.

Chaque jour, le petit Toutânkhamon grandissait, et sa fonction dévorerait vite son enfance. Si, grâce à une action d'éclat, Horemheb parvenait à conforter le pouvoir du roi, ce dernier serait respecté, et les atoniens comprendraient peut-être qu'ils n'avaient aucun avenir.

Le général s'assit sur le lit sommaire. Selon les conseils de Paramès, pas question de dormir. Si l'attentat avait lieu, ce serait pendant la nuit. Jouer un rôle d'appât ne réjouissait pas Horemheb, mais cette stratégie, si elle se révélait efficace, fournirait une confirmation aux soupçons.

Absorbé par sa lecture, il ne perçut pas immédiatement un bruit bizarre, ressemblant à la déchirure d'un tissu. Un pan de mur s'ouvrit, Gros-Sourcils apparut. Muni d'un poignard à double lame, il s'empara de l'épée d'Horemheb et braqua les armes sur lui.

— Tu vas mourir, général ! Grave erreur que d'avoir violé mon domaine.

— Pourquoi trahis-tu ton pays ?

— Mon pays, c'est mon intérêt. Il ne coïncide plus avec celui de la vieille Égypte, à bout de souffle.

Horemheb n'avait aucune marge de manœuvre. Impossible d'échapper à son assassin, dont le regard exprimait un vif plaisir, qu'il voulait savourer pleinement avant de frapper.

— 29 —

Ne pas succomber sans avoir tenté de se défendre : même blessé, Horemheb tenterait d'étrangler Gros-Sourcils. Le général s'apprêtait à bondir quand un sifflement le retint.

Lancé par une fronde, un silex pointu se ficha dans la nuque de Gros-Sourcils. Son regard se figea, il lâcha ses armes, resta debout quelques instants, puis s'écroula. Son front heurta le sol, aux pieds d'Horemheb.

— J'ai visé trop juste, regretta Paramès, mais je n'avais pas le choix.

Foudroyé, Gros-Sourcils ne respirait plus.

— Tu avais également vu juste, observa Horemheb, lui-même surpris de son calme. Ce piteux bonhomme était bien un traître.

— Malheureusement, il ne parlera pas !

— Les soldats de sa garnison ont sans doute beaucoup à raconter. Commençons par inspecter ses quartiers.

Les fidèles de Gros-Sourcils se rendirent et libérèrent l'accès.

Terrés au fond de la chambre du traître, deux étrangers d'âge mûr se tassaient l'un contre l'autre, en proie à la panique.

— Qui êtes-vous ? interrogea Horemheb.

— Des otages, répondit celui qui portait une courte barbe.

— Retenus chez le commandant du fortin et non dans une cellule ?

— Il… il nous interrogeait.

D'une poigne ferme, Paramès les releva et les sépara.

— Otages… Plutôt des invités et des complices ! Toi, tu es un Syrien. Et toi, un Palestinien.

Ni l'un ni l'autre ne nièrent. Effrayés, ils se plaquèrent contre le mur.

— Pourquoi Gros-Sourcils vous recevait-il ?

— On est prisonniers, insista le Palestinien.

Paramès croisa les bras.

— Tu crois que je vais gober ça ? La vérité, tout de suite !

— On ne sait rien, rien du tout ! protesta le Syrien.

— Je vous accorde une dernière chance.

— Rien, je le jure !

Paramès se tourna vers Horemheb.

— La vérité, général, il nous la faut. J'ai les moyens de l'obtenir.

— Les moyens…

— Ni la discussion, ni la gentillesse.

— Tu comptes… les maltraiter ?

— Je dispose d'excellents spécialistes. Ce n'est pas conforme à notre idéal de justice, je sais. Mais ces deux espions nous livreront des informations essentielles pour la survie des Deux Terres. Autorisez-moi à agir.

Horemheb hésita longuement, puis hocha la tête affirmativement.

*
* *

Les interrogatoires des soldats du fortin furent rudement menés, sans outrepasser certaines limites. Une minorité se contentait d'obéir aux ordres sans chercher à les comprendre, la plupart avouèrent qu'ils avaient été achetés par Gros-Sourcils, de manière à collaborer avec l'ennemi et à ne lui opposer aucune résistance en cas d'attaque. En échange, la vie sauve et un poste dans l'armée des vainqueurs.

Les deux espions, eux, furent soumis à la torture, et ne cédèrent pas aux premiers coups. Irrités, les vétérans égyptiens accentuèrent la pression. Sous l'effet de la douleur, le Palestinien craqua.

Paramès lui offrit de l'eau et promit des soins à condition qu'il parle. Et sa langue se délia.

*
* *

Depuis la tour crénelée du fortin, Horemheb contemplait un paysage désolé et la route qu'emprunteraient les Hittites après avoir enfoncé la ligne de défense égyptienne.

Paramès le rejoignit.

— Le Syrien est mort, le Palestinien amoché. Mais on ne s'est pas sali les mains pour rien. Ces deux types n'étaient pas des seconds couteaux. Ils dirigeaient un réseau d'espionnage au service des Hittites. Correspondant local : Gros-Sourcils.

— Tant de violence pour de si maigres résultats ?

— Je n'ai pas fini, général. Notre Palestinien a bavardé sans retenue. Si nous n'étions pas intervenus, la situation aurait très vite empiré. Gros-Sourcils avait déjà corrompu trois fortins. Le quatrième acquis, Palestiniens et Syriens se seraient déchaînés, de façon à dégager la route pour leurs maîtres hittites. Une déferlante effroyable.

Paramès remit à son supérieur un morceau de papyrus sur lequel étaient inscrits une vingtaine de noms.

— Les officiers félons. Une belle liste de salopards au service de nos adversaires.

Horemheb approuva.

— Dernière confidence du Palestinien : l'emplacement des camps avancés hittites en Syrie. La première étape de l'invasion. À mon sens, les attaquer à l'improviste serait une initiative judicieuse.

— Déclarer la guerre relève de l'autorité royale. Je me rendrai donc à Thèbes, pour m'entretenir avec le roi. De plus, la réforme de l'armée n'est pas achevée, et je dois engager des troupes supplémentaires.

Paramès parut déçu.

— Alors, on reste les bras ballants ?

— Je te confie une mission : arrêter les traîtres, réorganiser les fortins des chemins d'Horus et rendre à nouveau opérationnelle notre ligne de défense. Les Hittites l'apprendront, et cette nouvelle calmera leurs ardeurs.

Paramès ne cacha pas sa satisfaction.

— 30 —

Nommé par décret royal, Bouty, désormais juge principal de Haute-Égypte, tenait sa première audience. La quarantaine épanouie, des rondeurs rassurantes, il était, en réalité, tranchant et impitoyable. Adepte de la religion d'Aton dès la première heure, il avait regretté de ne pas résider à la cité du soleil pour y vénérer chaque jour Akhénaton. Aujourd'hui, il comprenait le sens de cette épreuve. À Thèbes, il avait observé le comportement des dignitaires et répertorié ceux qui voulaient perpétuer les traditions périmées et impies.

Nakhtmin, le futur roi, digne successeur d'Akhénaton, lui avait confié une tâche délicate : éliminer un maximum d'adversaires, sous couvert de la loi. L'opération prendrait du temps, mais contribuerait à fragiliser le trône du roitelet qui avait restauré le culte d'Amon. En approuvant la nomination de Bouty, Aÿ savait probablement ce qu'il faisait, montrant ainsi que lui aussi ne considérait Toutânkhamon que comme un fantoche, tout juste capable de rassurer la population et d'éviter une guerre civile. En se remettant peu à peu du séisme causé par la mort d'Akhénaton et de Néfertiti, les atoniens s'empareraient des rênes du pays de façon occulte et finiraient par proclamer le retour à la vraie foi. Les rayons d'Aton, le dieu unique, brûleraient les mécréants.

Les tribunaux locaux traitaient les affaires ordinaires, querelles de voisinage, problèmes domestiques, divorces, héritages contestés et autres affrontements inhérents à l'espèce humaine. À son échelon, Bouty se réservait les cas graves : les vols et les meurtres.

Comparaissait aujourd'hui le vieil intendant du palais, opposant résolu à Aton, qui avait manifesté sa joie lors du décès d'Akhénaton qu'il osait qualifier de « scélérat ».

— Tu es accusé d'avoir dérobé des denrées destinées à la table royale, déclara le juge. Tout vol est un crime, et celui-là entre dans la pire catégorie.

— Mauvaise plaisanterie, rétorqua l'intendant. Tout le personnel témoignera de mon intégrité.

— Justement pas. Deux accusateurs sont prêts à comparaître.

— Ça m'étonnerait !

Le juge ordonna au policier d'introduire un magasinier et une boulangère, membres du parti atonien et rémunérés pour leurs fausses déclarations, qui accablèrent l'intendant.

Stupéfait, ce dernier se défendit aussi mal que possible. Vu la gravité des faits, la sentence était inéluctable : dix ans de travaux forcés dans le bagne d'une oasis de l'Ouest.

Restait à nommer un nouvel intendant, un atonien que le juge recommanderait à Aÿ.

*

* *

— Père divin, dit le général Nakhtmin, je pense qu'il est inutile de prolonger la garde du tombeau d'Akhénaton et de Néfertiti. Aucun incident depuis l'abandon de la cité du soleil, livrée, comme cette sépulture oubliée, aux vents de sable. Je propose de rapatrier l'escouade qui se morfond en vain sur place.

Aÿ approuva.

— La sécurité des Thébains est-elle mieux assurée ?

— J'y travaille chaque jour, et j'ai débusqué plusieurs atoniens qui seront jugés et condamnés. Ils ne rêvent que de renverser notre roi et de rétablir leur idéologie. Une entreprise vouée à l'échec.

Comme d'habitude, Aÿ se garda d'exprimer une opinion tranchée. Ne parvenant pas à lire dans ses pensées, Nakhtmin ignorait ses convictions profondes, à supposer qu'elles existassent. En tout cas, aucune intervention pour empêcher les atoniens de s'infiltrer partout.

Le général rejoignit son épouse Shenta, toujours aussi active.

À la tête d'une maisonnée exclusivement composée d'atoniens qui rendaient chaque matin un culte au dieu unique en récitant les hymnes composés par Akhénaton, elle déjeunait et dînait avec les Thébaines les plus influentes pour instiller sa croyance, sans se dévoiler. En dépit de sa foi ardente et de son exaltation naturelle, elle faisait preuve de doigté, de modération, de patience et d'une rare faculté de persuasion. Convaincre une majorité de femmes que la doctrine persécutée était pourtant la bonne serait un pas décisif.

Lors des réunions secrètes, la jolie petite brune occupait une place de plus en plus importante. Avec elle, une stratégie claire et pas de concessions. Elle rappelait à beaucoup Néfertiti, dont la volonté et l'intransigeance avaient abouti au triomphe. Aussi les dignitaires atoniens l'avaient-ils choisie comme confidente et secrétaire du parti, chargée de recueillir les informations et de les transmettre à son mari.

Alors que des domestiques disposaient les plats du déjeuner, Nakhtmin s'inquiéta de l'attitude de sa femme, nerveuse et contrariée.

— Un ennui ?

— Une grave menace.

— De quel ordre ?

— L'escouade qui surveillait les tombeaux de nos souverains est sur le point d'arriver à Thèbes. D'après le message d'un soldat, un fidèle d'Aton, le gradé qui commande cette petite troupe a l'intention de révéler à Toutânkhamon que les momies d'Akhénaton et de Néfertiti n'ont pas été brûlées.

— Persuadons-le de se taire !

— Je ne crois guère à une méthode douce.

— Que suggères-tu ?

— L'éliminer.

— Le tuer… Est-ce conforme à la doctrine d'Aton ?

— Si nécessaire, Dieu abat ses ennemis. Notre grand soleil décoche les flèches qui transpercent les incroyants.

Nakhtmin se trouvait soudain confronté à une réalité qu'il aurait préféré ignorer. Reprendre le pouvoir s'accompagnerait forcément d'une certaine violence. La bonté d'Aton, dieu de paix et d'amour, ne toucherait pas tous les humains. Impossible de laisser les opposants élever la voix et nier la suprématie du dieu unique.

— Nous disposons d'un homme de confiance, rappela Shenta. Sous le règne de notre bien-aimé Akhénaton, il a déjà écarté des contestataires et s'acquittera avec brio de cette mission-là. Personne ne le soupçonnera. C'est un si gentil garçon.

*

* *

Le bateau transportant l'escouade accosta en fin de journée. Nakhtmin accueillit les soldats et les remercia d'avoir rempli une tâche ingrate. Une prime leur serait versée, assortie de deux semaines de repos, avant d'intégrer les forces de sécurité thébaine. Le délateur, lui, serait gratifié d'une promotion.

— J'attends ton rapport final, dit le général au gradé.

— Il sera bref. Aucun dévot n'a tenté de se prosterner devant le tombeau vide, que le sable commence à recouvrir.

— Es-tu résolu à garder notre secret ?

— Soyez-en sûr.

— Je t'invite à dîner. Demain, une confortable demeure te sera attribuée. Par Aton, nous gagnerons !

— Par Aton, nous gagnerons, répéta le gradé à voix basse.

La villa de Nakhtmin l'éblouit, et son épouse, vêtue d'une ravissante robe mauve à bretelles, lui témoigna sa vive reconnaissance.

— Après ce voyage, tu as certainement envie de te rafraîchir, estima-t-elle, charmante. L'une de nos salles de bains t'offrira une détente méritée.

« Un moment agréable en perspective », pensa le délateur. Nakhtmin ne se doutait pas que, dès le lendemain, il demanderait audience auprès du roi, afin de lui révéler une vérité que le souverain était loin d'imaginer.

Éclairée par une grande fenêtre, la salle d'eau comprenait une table de massage, des toilettes et une douche.

Alors que le gradé se déshabillait, un homme entra.

— Je vais vous masser, annonça-t-il, puis je verserai sur vous de l'eau chaude.

Le soldat s'allongea. Fatigué, les muscles tendus, il ferma les yeux.

D'abord, de l'huile tiède et relaxante ; ensuite, des pressions apaisantes sur les épaules. À l'issue de ce hors-d'œuvre amollissant, le tueur dénuqua d'un geste sec ce cafard devenu dangereux.

— 31 —

De retour à Memphis, Horemheb s'offrit une journée entière de repos en compagnie de son épouse, dont la beauté l'envoûta à la seconde où ils se revirent.

— J'ai une grande nouvelle, révéla-t-elle, mais…

— Mais ?

— Tu dois la mériter.

— De quelle manière ?

— En choisissant la robe que je mettrai ce soir, lors du banquet organisé en l'honneur de ton retour. Tu as été longtemps absent.

— J'ai inspecté tous les fortins des chemins d'Horus et sécurisé notre principale ligne de défense. Paramès a arrêté les officiers vendus aux Hittites par l'intermédiaire d'agents palestiniens et syriens. Un nettoyage radical.

Lui saisissant la main, elle l'entraîna jusqu'au plan d'eau de la villa.

— Assieds-toi, et regarde.

Lentement, elle ôta sa robe blanche et en revêtit une vert pâle, à la transparence troublante.

— Comment me trouves-tu ?

— Sublime !

— J'ai peut-être mieux.

La robe verte glissa le long de ses hanches et tomba sur ses pieds. Nue, elle la replia et en enfila une autre, d'un rouge profond.

— Ton avis ?

— Toujours sublime.

— Attends la troisième.

Horemheb ne put attendre, l'enlaça et l'entraîna dans l'eau.

*

* *

Un soleil caressant, de la bière fraîche, des chants d'oiseaux… Le monde n'était-il pas merveilleux ? Horemheb passa doucement la main sur les cheveux embaumés de son épouse.

— Et cette grande nouvelle ?

— Elle est cachée dans ma troisième robe. M'autorises-tu à me relever ?

La voir se déplacer était un délice. Porteuse d'une lettre, Amenta revint auprès de son mari.

— Cette missive est arrivée hier à ton intention. Elle provient de la cour d'Assyrie.

Impatient, Horemheb brisa le sceau.

Comme tous les scribes royaux, il avait appris à lire plusieurs langues, et les mots qu'il déchiffra le comblèrent.

— L'Assyrie accepte de s'allier à l'Égypte afin de juguler la menace hittite. Fabuleux succès !

— Suffira-t-il à faire renoncer le Hatti ?

— Certainement pas, et cette illusion nous conduirait au désastre. Je profiterai du temps qui nous est offert pour renforcer notre armée et réformer notre corps diplomatique. Sous le règne d'Akhénaton, nos meilleurs ambassadeurs ont été réduits à l'inactivité. Je rappelle immédiatement les plus expérimentés, qui ont déjà eu des contacts avec l'Assyrie, et j'envoie là-bas une délégation, porteuse de cadeaux du pharaon. En nouant des liens solides, nous entraverons la progression de l'ennemi.

— Tu songes cependant à la guerre…

— Tôt ou tard, une intervention militaire s'imposera, mais ce n'est pas à moi d'en décider. Seul Pharaon peut donner un tel ordre.

— Toutânkhamon n'est qu'un enfant !

— Il mûrira vite.

— Aÿ ne le laissera jamais gouverner.

— Aÿ vieillit, Toutânkhamon grandit.

— Et toi, tu tiens Memphis, la principale ville du pays.

— Il faut lui redonner sa splendeur passée et relancer ses activités économiques. Cette réforme-là est aussi indispensable que les autres, et j'aurai besoin du concours des dignitaires, des artisans, des commerçants et des responsables des transports. Es-tu satisfaite de l'équipe municipale ?

— Elle t'est entièrement dévouée, et ses compétences sont indéniables. Après de longues années obscures, les Memphites ont l'impression de revivre. Le banquet de ce soir ne sera pas une mondanité parmi d'autres ; j'ai invité mes subordonnés et plusieurs décideurs qui souhaitaient prendre des initiatives afin de sortir du marasme.

— J'y ajouterai Paramès.

— Ton homme de confiance ?

— Famille de soldats, éducation de soldat, tempérament de soldat, langage direct. Il ne parfume pas la charogne et me fait voir la réalité en face. Tant qu'il se comportera ainsi, il sera un ami précieux.

— Quand pars-tu pour Thèbes ?

— Dès que j'aurai procédé aux nominations nécessaires.

*

* *

Bien que les mets fussent excellents, les convives oublièrent la gastronomie pour écouter le discours d'Horemheb, dont le charisme séduisit sceptiques et désabusés. Non, l'Égypte n'était pas condamnée à la décadence, et la crise quasi mortelle qu'elle venait de traverser s'achevait. De nouveau, on se tournait vers la prospérité qui reposait sur le travail, producteur de l'énergie vitale[1].

Cette énergie, il fallait l'utiliser au mieux, pour le bien du pays et de ses habitants. Aussi Horemheb décidait-il une refonte de l'administration memphite, d'où seraient chassés incapables et traîne-sandales.

1. Le travail, *kat*, fournit l'énergie créatrice, *ka*.

— 32 —

Des mois de traque, d'observations et de recoupements. Enfin un résultat ! Réunie sous une pergola autour d'une jarre de vin blanc aux arômes fleuris, l'équipe du Vieux aboutissait à une conclusion : le superviseur des greniers de Karnak était un membre influent du parti atonien et entretenait un réseau étendu, qui allait des artisans aux notables de la cour.

Un archer, un cuisinier, Ousil le gardien des singes, le jeune Saby et le Vieux lui-même : minuscule armée des ombres, mais qui touchait peut-être au but. En démasquant le superviseur et en le faisant comparaître devant le juge principal de Thèbes, c'est probablement un pan majeur de l'édifice atonien, dissimulé sur le territoire du nouveau pharaon, qui s'écroulerait.

Le cuisinier avait surpris, au palais, un entretien bref mais ô combien révélateur, entre le superviseur et un ritualiste préposé à la purification quotidienne des locaux. Ils se fixaient un étrange rendez-vous sur la rive ouest, dans un vallon isolé. À l'évidence, une réunion d'atoniens, sans doute de haut niveau. Les identifier serait une avancée considérable.

— Je connais l’endroit, dit l’archer, et je me porte volontaire. Soyons deux, pas davantage.

— Ta présence est indispensable, dit le Vieux à Ousil, car tu reconnaîtras les fidèles d’Aton que tu as croisés dans les rues de la cité du soleil.

Le gardien des singes ne manifesta aucun enthousiasme.

— C’est une mission plutôt dangereuse…

— Je ne t’oblige pas.

— Moi, j’irai ! proclama Saby.

— Tais-toi, gamin ! Puisqu’il le faut, j’accompagnerai l’archer.

— Non, c’est ma place, trancha Ousil. Après tout, on n’aura pas à se battre, juste à regarder.

Le Vieux tapa sur l’épaule du gardien des singes.

— Espérons de bons résultats.

*
* *

Au milieu de l’après-midi, l’archer et Ousil empruntèrent l’un des bacs qui ne cessaient de transporter humains, animaux et marchandises d’une rive à l’autre. Un moment de détente pour les passagers, pas pour les passeurs, qui se méfiaient des courants, et devaient mener à bon port des embarcations lourdement chargées.

Les deux hommes occuperaient leur poste d’observation, bien avant la réunion des conjurés.

Le Vieux et son apprenti déambulèrent sur les quais, parmi des dockers, des marchands et des badauds. Ils aperçurent le superviseur des greniers et le ritualiste, qui montèrent à bord d'une barque dont l'équipage se composait de quatre marins. Les atoniens choisiraient-ils des barques semblables ou le bac ? Ils ne se rassembleraient qu'à l'endroit du rendez-vous, et les deux guetteurs les identifieraient.

*
* *

Dîner frugal, une mini-coupe de vin pour Saby, de la luzerne et des chardons pour Vent du Nord, et une longue attente. Rien d'inquiétant, si les débats des atoniens duraient une bonne partie de la nuit. C'était même encourageant, dans la mesure où les conspirateurs avaient besoin de longues discussions pour prendre des décisions capitales, visant à renverser le régime. De quoi alerter le pharaon.

L'âne se coucha, l'adolescent s'endormit, le Vieux veilla jusqu'à l'aube. Il prépara le petit déjeuner, et se rinça la gorge avec un rosé pétillant qui effaçait la fatigue.

Saby se frotta les yeux.

— Ils ne sont pas rentrés ?

— Malheureusement non.

— C'est… c'est grave ?

L'oreille droite de Vent du Nord se dressa.

— Allons au bac, décida le Vieux.

La bise glaça les os du trio. Comme de coutume, l'âne connaissait la destination. Les deux humains le suivirent. Le soleil et la marche les réchauffèrent.

Ils abordèrent la montagne où avait été aménagée la Vallée des Rois, gardée jour et nuit, et se dirigèrent vers un vallon aride, parsemé de pierrailles.

Un silence pesant, à peine troublé par le battement des ailes d'une dizaine de vautours.

Vent du Nord grimpa une pente, suivi de Saby et du Vieux, dont les articulations souffrirent.

L'âne s'immobilisa, l'adolescent poussa un cri. Quand le Vieux les rejoignit, il contempla l'horrible spectacle.

Entre des blocs de calcaire, deux cadavres, ceux de l'archer et d'Ousil.

Vent du Nord fut le premier à reprendre ses esprits. De son museau, il poussa l'épaule du gardien des singes, dont le visage était couvert de sang.

Saby se pencha sur lui.

— Il respire ! s'exclama-t-il.

La tête fracassée à coups de pierre, l'archer était mort. Ousil, lui, vivait encore.

Le Vieux et son apprenti le posèrent aussi délicatement que possible sur le dos de l'âne, qui adopta la plus paisible des démarches.

— 33 —

Toutânkhamon était mécontent. Sa jeune épouse venait, une fois de plus, d'évoquer son père, Akhénaton, la cité du soleil, la toute-puissance du dieu Aton et cette période que le petit monarque désirait oublier. La jeune fille, maintenant Grande Épouse royale, ne parvenait pas à se détacher de ce sinistre passé, et c'était un fréquent motif de fâcherie. Aÿ, qui leur apprenait le métier de souverains et les associait aux rites, jouait les négociateurs et dissipait les tensions.

Seul dans le jardin du palais, Toutânkhamon lisait l'histoire de Sinouhé, un roman d'aventures passionnant. Ayant vu et entendu ce qu'il ne devait ni voir ni entendre, le courtisan Sinouhé fuyait à l'étranger avec son lourd secret et subissait de nombreuses épreuves, notamment un duel contre un géant qu'il terrassait grâce à sa fronde… Se croyant condamné à un exil définitif dans une tribu qui l'avait accepté, Sinouhé, à la faveur du couronnement d'un nouveau pharaon, changeait à nouveau de destin. Enfin, il pouvait retourner en Égypte ! Le couple royal l'y accueillait avec chaleur, et le dignitaire retrouvait ses prérogatives.

En montant sur le trône, en rejetant l'intolérant Aton et en restaurant le culte d'Amon, protecteur des Deux Terres, Toutânkhamon n'avait-il pas réussi un exploit, rapatrier la cour de la cité du soleil à Thèbes ? Leur exil terminé, les dignitaires servaient de nouveau un pharaon inscrit dans la lignée de ses ancêtres.

À l'entrée du jardin, que gardaient deux militaires armés, une silhouette surgit.

— Horemheb !

Abandonnant son roman, l'adolescent courut vers son général en chef, qui s'inclina devant lui.

— Comme je suis heureux de te revoir !

— Moi aussi, Majesté.

— J'ai mille choses à te raconter, mais je ne sais pas par où commencer. Ah si, je sais manier un arc !

— Montrez-moi.

Ils se rendirent au pas de tir réservé au monarque, qui tendit correctement la corde et se concentra longuement. Sa première flèche rata la cible, un bouclier en bois fiché sur une hampe. La deuxième et la troisième se plantèrent en plein centre.

— Tu as vu, tu as vu !

— Remarquable.

— Je conduis moi-même mon char. Viens, je t'emmène !

Toutânkhamon ne se vantait pas. Même si Horemheb était prêt, à tout instant, à corriger la manœuvre, le petit roi maniait les rênes avec habileté. Lancé à pleine vitesse, il savait éviter les obstacles et maîtriser ses chevaux.

— Es-tu fier de moi, Horemheb ?

— Très fier.

— J'ai écouté tes conseils. Aÿ, lui, pense que je ne suis encore qu'un gamin. Il se trompe. Les jouets, c'est fini. Mon premier rituel du matin, au temple de Karnak, m'a ouvert le cœur. J'ai ressenti l'énergie qui émanait du sanctuaire, j'ai vécu la résurrection de la lumière.

— Vous en êtes le dépositaire, Majesté, et vous devez la transmettre à votre peuple.

Les naseaux fumant, les chevaux s'immobilisèrent devant le palais. Des palefreniers accoururent ; Toutânkhamon et Horemheb descendirent du char.

— Étrillez-les et nourrissez-les, ordonna le roi.

Horemheb remarqua que le ton avait changé. Sec, presque impérieux, avec une note de gravité. L'enfance était bien morte.

— Je meurs de soif ! Dégustons une bière légère à l'ombre de mon pavillon préféré.

Des serviteurs s'empressèrent de satisfaire le désir de leur souverain, et cette attitude rassura Horemheb. Quelle satisfaction de constater que son autorité émergeait comme un soleil nouveau ! Toutânkhamon ne simulait pas l'adulte. Il le devenait, plus vite que les garçons de son âge, à cause de la fonction qui le dévorait.

Les cloisons en bois léger du pavillon étaient recouvertes de lys et de roses trémières. Entouré de bosquets de tamaris, il formait un îlot de fraîcheur.

— C'est ici que je me ressource, Horemheb. Souvent, je dors mal. Des cauchemars m'obsèdent. Ce fou d'Akhénaton, son visage déformé, la peur de lui déplaire, ses paroles saccadées, sa fausse douceur, sa vraie violence, le refus d'écouter quiconque… Je n'étais qu'un enfant, mais je sentais que personne ne souhaitait un pharaon comme celui-là.

— Lorsque le chef est inexact et outrepasse la loi de Maât, le peuple devient fautif. Mais ce n'est pas à lui qu'il faut adresser des reproches. Le responsable, c'est celui qui tient le gouvernail. Akhénaton a trompé le Conseil des sages en se faisant élire sur un programme de gouvernement qu'il n'a pas respecté. Son coup d'État fut le pire de tous : changer de nom, promouvoir une doctrine et un fanatisme qui conduisaient à leur perte l'Égypte et le monde des humains. Vous avez rétabli l'harmonie, mais soyez certain que le poison n'a pas disparu et que nous avançons sur des sables mouvants.

— Tu m'aideras, Horemheb ?

— Quoi qu'il arrive, je serai toujours votre plus fidèle soutien.

À l'abri des regards, et loin du protocole, Toutânkhamon étreignit celui qu'il considérait comme son véritable père.

— 34 —

Aÿ n'en crut pas ses oreilles. Sans le prévenir, Toutânkhamon convoquait un conseil restreint et lui intimait l'ordre d'y assister par l'intermédiaire du scribe habilité à notifier les décrets royaux. Surprenante et inquiétante velléité d'indépendance ! À coup sûr, l'influence d'Horemheb, arrivé la veille à Thèbes. Il s'était entretenu en privé avec le petit roi, sans que le Père divin ait eu vent de la teneur de leurs propos. De quoi provoquer des brûlures d'estomac.

Selon des informateurs, Horemheb était devenu le maître de Memphis et entreprenait de profondes réformes, avec l'appui du Premier serviteur de Ptah. Contrôler la plus grande et la plus riche ville du pays lui procurait un avantage certain. Pis encore, et contrairement aux prévisions, il avait réussi à lever une armée et à redonner vie à la caserne.

Où s'arrêterait Horemheb et que voulait-il ? C'est en se posant ces questions angoissantes qu'Aÿ pénétra dans la salle du conseil où se trouvaient déjà Toutânkhamon, Horemheb et le général Nakhtmin.

Le pharaon siégeait sur un trône en bois doré, orné de représentations du jeune couple royal.

— Tu es en retard, Père divin.

— Pardonnez-moi, Majesté. Un dossier urgent à régler.

— Assieds-toi. Écoutons le rapport de mon général en chef.

Nakhtmin fut surpris. Le lapereau essayait-il de se transformer en lionceau ?

— J'ai rédigé un protocole de non-belligérance avec l'Assyrie, déclara Horemheb, et je prie le pharaon d'y apposer son sceau. Outre la paix conclue entre nos deux États, nous nous engageons à nous allier contre toute tentative d'agression hittite.

— Les Assyriens t'ont-ils donné leur accord ? s'étonna Aÿ.

— Voici la lettre de leur roi.

Horemheb la lut à haute voix.

— Une joyeuse nouvelle, admit Aÿ ; estimes-tu que l'élan hittite est brisé ?

— Certainement pas. Nous gagnons simplement un temps précieux pour réformer une armée capable de combattre.

— Combattre…

— Notre ligne de défense, les chemins d'Horus, ne suffira pas à stopper une invasion. Dès que nos troupes seront prêtes, je propose d'attaquer les avant-postes hittites implantés en Syrie. Notre principal ennemi ne s'attend pas à une telle détermination. Face à l'issue incertaine d'un long conflit, il choisira le statu quo.

— Pari risqué, jugea Nakhtmin.

— J'exclus toute initiative militaire, protesta Aÿ. Même préventive, une guerre ne produira que de mauvais résultats. Une agression de notre part déclenchera la fureur des Hittites, et nous serons écrasés. Contentons-nous de l'accord avec les Assyriens et ne bougeons pas.

— Notre immobilisme encouragera l'adversaire, affirma Horemheb. Agissons avant qu'il ne soit trop tard en coupant les ailes du rapace. Sinon, son envergure recouvrira notre pays d'une ombre mortelle.

— La violence engendre la violence, assena le Père divin. N'empruntons pas cette voie-là. Seule la négociation nous sauvera.

— J'ai réformé notre corps diplomatique à Memphis, précisa Horemheb, mais nos ambassadeurs seront un rempart insuffisant. À nous d'impressionner le monstre afin qu'il recule.

— À moi de trancher la parole, intervint Toutânkhamon, utilisant la formule traditionnelle.

Les trois hommes fixèrent leur souverain, si frêle et soudain si autoritaire.

— Je déteste la violence. Que le général en chef Horemheb utilise tous les moyens de la diplomatie pour préserver la paix. S'ils sont insuffisants, que notre armée intervienne.

Personne n'était autorisé à s'exprimer après que le roi eut formulé sa décision. Estomaqué, Aÿ se demandait comment reprendre les rênes du pouvoir ; sidéré, Nakhtmin constata que le roitelet ne serait pas si facile à manipuler qu'il le supposait ; Horemheb, lui, se réjouit de l'avènement d'un monarque.

Toutânkhamon le regarda.

— Ma cité de Memphis m'est-elle fidèle ?

— Soyez-en certain, Majesté. J'ai chassé son maire, un adepte d'Aton, et réorganisé l'administration.

Nakhtmin ne manifesta aucune émotion. Pourtant, cette initiative était un désastre. Perdre Memphis le privait d'une ville majeure. Néanmoins, cette rude défaite ne compromettait pas l'avenir. Décapité, le parti atonien local chercherait un nouveau chef. À Nakhtmin de leur faire savoir qu'il le soutiendrait et le guiderait vers la victoire.

— J'ai faim, dit Toutânkhamon. As-tu prévu un bon repas en l'honneur d'Horemheb, Père divin ?

— Bien entendu, Majesté.

Les quatre personnages qui gouvernaient l'État se dirigèrent vers la salle à manger du palais, où les rejoignit la Grande Épouse royale Ânkhésa, qui commençait à devenir une fort jolie femme, soucieuse de son élégance et de son rang.

Une bonne trentaine de courtisans étaient ravis d'avoir été invités ; une harpiste et deux flûtistes enchantèrent les oreilles des convives, tout en jetant des œillades au séduisant Horemheb.

— 35 —

Quand le Vieux livra ses jarres de grand cru au palais, il avait sa tête des mauvais jours. Des très mauvais jours. Le nouvel intendant évita d'en discuter le prix.

— Grand banquet ce soir, lui annonça-t-il. Le général en chef Horemheb y assistera.

— Qu'il vienne goûter ma dernière production, exigea le Vieux. Si elle ne lui plaît pas, je remballe !

Sans garantie de succès, l'intendant prévint le puissant personnage qui, dans ses appartements, étudiait les dispositifs de sécurité autour du pharaon. Par chance, il accepta de se déplacer et rejoignit le Vieux. Sur une table basse, deux coupes, l'une de rouge, l'autre de blanc.

Un endroit tranquille, pas d'oreilles indiscrètes.

— Tu sembles contrarié.

— Contrarié ? Le mot est faible ! Mon petit réseau est quasiment détruit. Nous avions repéré deux atoniens de haut rang, qui nous menaient à une réunion au sommet sur la rive ouest. Malheureusement, mes guetteurs ont été repérés et agressés. L'archer est mort, le gardien des singes s'en sortira. Je l'ai soigné avec des pilules à base d'écorce de saule, mais il n'est pas encore vaillant. Le cuisinier a déserté, et je ne veux plus faire courir de risques à mon apprenti. Quant à moi, je n'ai plus l'âge de lutter contre les tueurs qu'emploient les partisans d'Aton. Ils sont partout à Thèbes, même au palais, portent des masques qui empêchent de les identifier, et ne les ôteront que pour reprendre le pouvoir.

— Désormais, contente-toi d'observer, note les comportements et les propos suspects. Plus d'intervention directe.

Horemheb goûta le vin blanc.

— Une merveille. Ne noircis-tu pas la situation ?

— Un mort et un blessé, ça ne vous suffit pas ?

— Qui sont les deux atoniens présumés à l'origine de ce drame ?

— Un superviseur des greniers et le ritualiste chargé de purifier quotidiennement le palais.

L'information avait de quoi inquiéter.

— Je vais déclencher une enquête les concernant et faire rechercher le ou les criminels. De ton côté, pas d'imprudences, et ne parle qu'à moi de ce que tu pourrais découvrir.

Le général en chef goûta le rouge et s'exprima d'une voix forte.

— Admirable. Tu t'es surpassé.

*
* *

Sur le même char, Horemheb et Nakhtmin, qui tenait les rênes et roulait à allure modérée, parcoururent les grandes et petites artères de Thèbes.

— Comme tu le vois, dit le colosse, le calme règne, même dans les quartiers populaires. Tout n'est pas parfait, il y a des vols, parfois des bagarres, mais la police intervient vite. Le recrutement n'est pas facile, car il faut écarter quantité de brebis galeuses qui sévissaient sous Akhénaton. Je manque encore d'effectifs. Néanmoins, nous aurons bientôt des forces de l'ordre loyales, efficaces et compétentes. Tu dois connaître les mêmes problèmes pour former une armée. Une tâche gigantesque t'attend.

— La seule possibilité de dissuader les Hittites de nous envahir.

— Nous te faisons confiance, Horemheb. Si quelqu'un peut réussir, c'est toi.

— J'ai une mission délicate à te confier.

— Je t'écoute.

— Je soupçonne deux notables d'appartenir au parti atonien et de fomenter un complot.

— Ne rêvons pas : les fous d'Aton n'ont pas disparu ! Ils se contentent, pour le moment, de courber la tête. Mais sont-ils réellement dangereux ?

— Ces deux-là ont commis ou commandité un crime, et tu trouveras sans doute le cadavre de leur victime dans un vallon de la rive ouest.

— C'est grave, extrêmement grave… Je m'en occupe immédiatement.

*

* *

Nakhtmin mena son enquête avec une promptitude remarquable. Il interpella personnellement les deux suspects et les interrogea longuement. Les deux hommes avouèrent leur sympathie pour le parti atonien et regrettèrent leur attitude. Surtout, ils donnèrent le nom de l'assassin, un policier fidèle à Aton. Il avait cru bon de les protéger en supprimant les curieux qui les épiaient.

Le tueur fut aussitôt arrêté et emmené devant le juge Bouty. Malgré ses vives dénégations, il fut condamné aux travaux forcés à perpétuité dans un bagne des oasis. Chassés de leur poste, le superviseur des greniers et le ritualiste quittèrent Thèbes pour devenir tâcherons dans des bourgs éloignés de la cité d'Amon.

La détermination et l'efficacité du général Nakhtmin satisfirent Horemheb ; sous sa férule, la sécurité serait assurée avec la vigueur nécessaire, et les atoniens jugulés jusqu'à leur extinction.

Au cours d'un dîner chez Bouty, le juge, Nakhtmin et Shenta se réjouirent de leur succès. Ils avaient supprimé un policier très hostile aux atoniens, enfumé Horemheb et préservé deux membres de leur parti qui continueraient, dans des villages, à répandre la bonne doctrine. Même s'il comprenait la manœuvre, le Divin Père Aÿ n'émettrait aucun commentaire et, surtout, n'entreprendrait aucune démarche. Garder le pouvoir impliquait qu'il tînt à distance Horemheb l'ambitieux. Comment mieux y parvenir qu'en accordant un rôle majeur à Nakhtmin ?

— 36 —

Un scribe à la voix tremblante osa déranger Horemheb, qui examinait l'état des stocks de céréales dans les greniers d'État, réserves vitales en cas de mauvaise crue, trop haute ou trop basse, synonyme de mauvaise récolte.

— Sa Majesté souhaite vous voir de toute urgence.

Sur le chemin de la petite salle d'audience du roi, réservée à son conseil restreint, Horemheb rencontra Nakhtmin.

— Que se passe-t-il ? demanda ce dernier.

— Je l'ignore.

Les gardes s'écartèrent au passage des deux généraux.

À côté de Toutânkhamon, assis sur un trône en bois doré, Aÿ, au visage contrarié. Face à eux, un homme de grande taille, d'une quarantaine d'années, au regard autoritaire, presque dédaigneux.

— Nous sommes fort inquiets, avoua Aÿ. Le prince Houy, vice-roi de Nubie, nous informe que cette vaste contrée risque d'échapper à notre contrôle. Plusieurs tribus deviennent turbulentes. Si elles s'allient, elles attaqueront notre principale forteresse, massacreront la garnison et couperont la voie commerciale par laquelle sont acheminés les produits nubiens, principalement l'or.

Houy approuva d'un signe de tête.

— Notre souverain a nommé deux fidèles à des postes clés, rappela Aÿ. Horemheb est général en chef et reconstitue notre armée ; quant au général Nakhtmin, il assure la sécurité de la province thébaine où réside le pharaon.

— Dois-je comprendre que vous ne pouvez m'envoyer aucune troupe afin d'étouffer une révolte dans l'œuf ?

— Ce sera extrêmement difficile, concéda Aÿ. Grâce à votre expérience et à votre connaissance du terrain, ne parviendrez-vous pas à rétablir l'ordre ?

— Malheureusement non. Depuis le début du règne d'Akhénaton, ni relève ni renfort. Les vétérans décédés n'ont pas été remplacés. Les insoumis constatent que nous nous affaiblissons de jour en jour, et que nous ne résisterons pas à un assaut massif. Quand ils se déchaînent, les Nubiens sont de féroces combattants. Chacun redoute leurs archers.

— S'agirait-il de livrer bataille à l'ensemble des tribus ? demanda Horemheb.

Houy réfléchit.

— Je ne crois pas. Si nous terrassons le meneur, Abilé, ses suiveurs se disperseront. Comme il les a convaincus que nous ne réagirions pas, ils rêvent d'une victoire écrasante qui leur procurerait une totale indépendance.

— Pourquoi ne pas éliminer ce révolté ?

— Sa garde rapprochée le protège fort bien. Seule solution : attaquer sa tribu et le faire prisonnier. Un projet insensé.

— Abilé n'a-t-il que des partisans ?

La question d'Horemheb surprit le vice-roi de Nubie.

— Peut-être pas… Certaines tribus n'approuvent ses desseins que du bout des lèvres. Le voir se désigner lui-même comme chef suprême mécontente ses rivaux.

— L'un d'eux en particulier ?

— Son adversaire de toujours, Tali.

— L'as-tu contacté ?

— Il déteste les Égyptiens.

— Est-il cependant possible de le rencontrer ?

— En prenant des risques considérables !

Horemheb se tourna vers Toutânkhamon.

— Le roi m'autorise-t-il à me rendre en Nubie ?

— Avec une armée ?

— Non, Majesté. Impossible de déplacer nos forces du Nord et de dégarnir notre frontière. Pas question non plus de laisser Thèbes sans défense.

— En effet, appuya le général Nakhtmin.

— Compterais-tu intervenir seul, Horemheb ? s'étonna le pharaon.

— D'une certaine manière. L'aide de Houy me permettra peut-être de réussir.

— Qu'envisages-tu précisément ?

— Utiliser à notre profit les failles de nos adversaires.

Aÿ s'insurgea.

— Cette initiative me paraît insensée. Les Nubiens menacent, mais n'agissent pas. Leur agitation s'éteindra d'elle-même.

— Je ne partage pas votre optimisme, contesta Houy. Cette fois, l'alerte est sérieuse. La négliger aboutira à un désastre.

Un silence pesant s'instaura.

— Qu'Horemheb aille en Nubie et vérifie les craintes du vice-roi Houy. S'il les juge exagérées, nous serons rassurés ; dans le cas contraire, que le général en chef nous propose la meilleure stratégie pour préserver la paix.

Les trois dignitaires s'inclinèrent, Toutânkhamon se retira.

— Pas de folies, dit Aÿ à Horemheb ; le pays a besoin de vous.

Le Père divin quitta à son tour la salle d'audience.

— Notre souverain n'est plus un enfant, observa Houy ; sa parole devient tranchante.

— C'est pourquoi nous lui obéissons, déclara Nakhtmin ; à travers lui s'exprime la sagesse des Anciens.

— La voir renaître me réconforte, confia le vice-roi de Nubie. À cause d'Akhénaton, nous avons frôlé le pire. Ne laissons pas des trublions affaiblir le trône.

— 37 —

Horemheb écrivit une longue lettre à son épouse. Il lui enjoignit de gouverner Memphis avec rigueur et de faire confiance à Paramès. À lui de renforcer l'armée et de la tenir prête à combattre, si le danger hittite se précisait. Connaissant la lucidité d'Amenta, il ne lui cacha pas que sa mission, en Nubie, serait à haut risque et qu'il ne reviendrait peut-être pas vivant de cette terre aride.

Horemheb se méfiait de la poste royale, qu'il n'avait pas encore réformée et qui demeurait sous le contrôle d'Aÿ. Cette missive confidentielle passerait sans doute par les mains du Père divin avant d'être envoyée au Nord.

Aussi, avant son voyage, le général en chef s'arrangea-t-il pour croiser le Vieux, en train de délivrer des jarres au palais.

— As-tu un moyen de faire parvenir une lettre à Memphis en toute sécurité ?

— Ça se pourrait.

— Combien veux-tu ?

— Votre confiance me suffira.

— Et comment procéderas-tu ?

— Un pilote de bateau qui se soigne avec mon rouge médicinal. Sans moi, il est foutu.

Horemheb remit la lettre au Vieux.

— Que ton pilote la confie à Paramès, le directeur de la caserne, et que la réponse emprunte le même canal en sens inverse. Tu me la donneras à mon retour de Nubie.

« Manquait plus que ça, grogna intérieurement le Vieux ; me voilà maintenant à la tête d'un service postal occulte. »

*

* *

Sur le navire de guerre les emmenant vers le Grand Sud, Horemheb et Houy eurent le temps de converser et se trouvèrent des points communs. Tous deux avaient été formés au *kap*, l'école supérieure des scribes, vénéraient l'institution pharaonique, détestaient Akhénaton et ses déviances doctrinaires, se réjouissaient de voir grandir Toutânkhamon malgré l'ombre écrasante d'Aÿ et redoutaient la montée en puissance du parti atonien après la lourde défaite marquée par l'abandon de la cité du soleil.

— Perdre la Nubie serait une catastrophe, insista le vice-roi. Tant que les tribus ne sont pas fédérées et continuent à s'affronter, nous ne craignons rien. Mais si un chef s'impose, nous serons balayés. Et les Nubiens ne s'arrêteront pas à la première cataracte.

Ils envahiront les provinces du Sud et attaqueront Thèbes, qui ne résistera pas longtemps. Jusqu'où iront-ils alors ?

Cette perspective angoissa Horemheb. Forcément informés d'une telle révolte, les Hittites profiteraient de l'occasion pour franchir la ligne de défense des chemins d'Horus et envahir le Delta. Prise en tenailles, agressée au nord comme au sud, l'Égypte serait anéantie.

Avant de songer à détruire les avant-postes hittites en Syrie, avec une mince chance de succès, il fallait d'abord briser les reins des Nubiens insoumis. De nouveau, Horemheb était un général en chef sans armée, contraint de retourner la situation à son avantage, sous peine de voir son pays sombrer.

Tout au long du parcours, il écouta Houy, qui lui offrit sa connaissance de la région, de ses habitants, des chefs de tribu. Le Nil serpentait entre deux déserts, parfois égayés de palmeraies et de villages à l'apparence paisible. À l'abri d'une toile de tente les protégeant d'un soleil écrasant, les deux dignitaires élaborèrent un plan que Houy jugea complètement insensé. Inutile, cependant, de gâcher la parole en déployant des arguments raisonnables contre cette initiative, puisque Horemheb n'y renoncerait pas.

*

* *

Chaque jour, de nouvelles recrues, et des progrès notables dans le maniement des armes. Les instructeurs ne ménageaient pas leurs jeunes troupes, et bientôt serait constitué un régiment d'élite. Paramès se multipliait, ne tolérant aucun manquement à la discipline. C'était ici, à la caserne de Memphis, que se préparait la sauvegarde des Deux Terres.

Le matin même, il avait reçu des mains d'un capitaine de bateau une lettre du général en chef Horemheb destinée à son épouse Amenta. Paramès s'était empressé de la lui remettre. Fébrile, elle l'avait parcourue d'un œil à la fois joyeux et inquiet. Pour le moment, Horemheb se portait au mieux, et Thèbes ne souffrait d'aucun trouble apparent. Pour le moment... La nouvelle mission du général en chef relevait de l'exploit mais, comme il le supposait, Amenta ne tenterait pas de l'en dissuader. Il n'existait pas d'autre chemin.

Elle rédigea aussitôt une réponse, indiquant que l'économie memphite revenait peu à peu à la normale. Ni les diplomates ni les informateurs ne signalaient d'activité hittite inquiétante. Paramès profitait de cette accalmie pour façonner, sur un rythme accéléré, une armée digne de ce nom, en vue d'un inévitable affrontement.

Amenta ne cacha à ce fidèle soutien que quelques mots, très intimes, rédigés de façon poétique, conformément au code d'un scribe royal qui savait parler d'amour en célébrant les charmes incomparables de sa belle. Elle termina sa propre missive sur un ton identique, en lui transmettant sa magie protectrice.

— Es-tu certain que personne d'autre qu'Horemheb ne lira ces lignes ?

— Nous n'utilisons pas la poste royale, indiqua Paramès, mais un capitaine de bateau envoyé par le Vieux, à la fois expéditeur et réceptionnaire. Vous le connaissez ?

— Oh oui ! s'exclama Amenta en souriant. Alors, nous sommes tout à fait tranquilles.

— 38 —

Sur le conseil de la dame Shenta, dont l'influence ne cessait de croître au sein du parti atonien, la réunion mensuelle des dirigeants se tenait tantôt chez l'un, tantôt chez l'autre, sous haute protection. Nul ne contestait l'autorité du général Nakhtmin. Prudent et patient, il tissait une toile dont les ennemis d'Aton ne soupçonnaient même pas l'existence.

— La révolte des Nubiens est un cadeau de Dieu, déclara Nakhtmin. Horemheb ne peut déplacer son embryon d'armée du Nord, par crainte de déclencher une attaque hittite. Quant à Houy, le vice-roi, il ne dispose pas de forces suffisantes pour s'opposer à un déferlement de tribus coalisées. L'arrogant Horemheb croit que sa seule personne suffira à étouffer la sédition. Quelle vanité ! Les Nubiens nous en débarrasseront, et nous aurons le champ libre.

— Les insurgés ne s'en prendront-ils pas à Thèbes ? s'inquiéta le nouveau superviseur des greniers.

— Certainement pas dans l'immédiat. Ivres de leur indépendance retrouvée, ils seront la proie de querelles de pouvoir et nous laisseront le temps de préparer notre système de défense. Je rendrai la première cataracte infranchissable, et nous convertirons les tribus à la religion d'Aton.

— L'épouse d'Horemheb et leur serviteur Paramès contrôlent Memphis, qui nous sera hostile !

— Détrompe-toi, intervint Shenta. Paramès n'est qu'un vieux soldat que nous éliminerons aisément. Si la femme du défunt général en chef ne s'incline pas, je l'étranglerai de mes propres mains.

Un long silence suivit cette déclaration. Tous comprirent que leur chef, Nakhtmin, bénéficierait de l'aide inconditionnelle d'une compagne aussi engagée que lui.

— Au moins, se félicita un membre de la cour, le petit roi reste sous la coupe d'Aÿ, et Horemheb est aveugle.

— Tu te trompes, objecta Shenta avec virulence. Toutânkhamon grandit et manifeste un début d'autorité. Demain, il sera un adversaire redoutable. Par bonheur, son épouse, la fille de notre bien-aimé Akhénaton, continue à croire en Aton et soutiendra notre action. Aÿ, lui, ne croit qu'en lui-même et s'oriente selon la direction du vent. Mais il manie mieux que quiconque les rênes du pouvoir, et nous ne pouvons pas encore nous passer de lui, d'autant plus qu'il ne s'oppose pas à notre progression souterraine. Aujourd'hui, notre ennemi déclaré, c'est Horemheb. Et le voilà en territoire hostile, au péril de sa vie !

— En ce cas, emparons-nous du trône !

— Il est beaucoup trop tôt.

— Pourquoi ?

— Parce que le peuple ne nous aime pas. Il est encore traumatisé et ne souhaite qu'un retour à ses traditions périmées. À nous de l'éduquer et de lui montrer le seul sentier qui mène à la vérité. Cette tâche exige du temps. Quand nous détiendrons un maximum de postes majeurs et que notre doctrine se sera suffisamment répandue, nous régnerons.

*
* *

Les journées étaient tellement rudes que Paramès, la tête à peine posée sur l'oreiller, sombrait dans un profond sommeil. Premier levé, il ordonnait la sonnerie de l'aube qui réveillait la caserne entière.

Le militaire aimait dîner seul en préparant le programme du lendemain. Alors qu'il dégustait une pintade rôtie, on frappa à la porte de son baraquement.

— Entre.

Apparut un petit bonhomme, affublé d'une petite moustache et d'un perpétuel petit sourire. Il était affecté à l'entretien des épées courtes.

— Je peux vous parler ?

— Oui, mais sois bref. J'ai sommeil.

— C'est assez… important.

— Assieds-toi. Une coupe de bière ?

— Non, non… je dois garder les idées claires.

Le moustachu avait une voix traînante qui exaspéra Paramès.

— C'est quoi, tes idées ?

— Tout le monde te respecte, à la caserne, et c'est bien normal. Grâce à toi, on a de nouveau une armée. Grâce à toi, pas à Horemheb. Lui, ce n'est qu'un hâbleur. Notre vrai général, c'est toi.

Paramès cessa de mastiquer son morceau de pintade.

— Intéressant… Qui t'envoie ?

Le moustachu baissa la tête.

— La mort d'Akhénaton fut un grand malheur. Il nous emmenait vers la lumière ; Horemheb nous condamne aux ténèbres. Ton armée ne doit pas servir ce démon. Conquiers Memphis, et tu deviendras notre véritable général en chef.

— Alléchant.

— J'ai senti que tu adhérais à notre cause. Aton a illuminé ton cœur, il est notre unique maître.

— N'aurais-tu pas mal quelque part ?

— Moi ? Non, pas du tout.

— Je vais arranger ça.

Paramès bondit sur le moustachu, le souleva, le projeta contre un mur et le gratifia d'une belle série de coups de pied.

— Tu moisiras en prison, salopard !

— 39 —

Bouhen, la principale forteresse égyptienne au cœur de la Nubie, était en état d'alerte. À l'abri derrière les hautes murailles crénelées, les soldats, en poste depuis longtemps, n'osaient plus s'aventurer à l'extérieur. Jour et nuit, des guetteurs observaient les alentours, craignant de voir déferler des hordes de Nubiens. Les vivres ne tarderaient pas à manquer, le moral s'affaissait… Aussi la garnison se réjouit-elle du retour du vice-roi, accompagné d'un dignitaire à la prestance rassurante. L'Égypte n'abandonnait pas la région à son triste sort.

Houy rassembla les hommes au centre de la cour. Ils n'avaient d'yeux que pour le nouveau venu, qui avait l'allure d'un scribe royal et non d'un militaire.

— Je suis le général en chef Horemheb, nommé par notre pharaon, qui a rétabli l'ordre dans le pays entier. Les fanatiques d'Aton vous avaient oubliés, laissant le champ libre aux insoumis. Je viens éteindre cette rébellion. Quand le calme sera rétabli, permissions et relèves.

Nul sourire. Avec quelle armée cet Horemheb écraserait-il de féroces tribus ? Le scepticisme était total. Il ne s'agissait que d'une visite protocolaire, personne ne fut dupe. Ce général sans troupes repartirait très vite vers le nord, Bouhen et les autres bastions égyptiens seraient pris d'assaut.

Horemheb se dirigea vers la chapelle aménagée à l'intérieur de la place forte, dont il constata l'excellent état. Sous la gouverne de Houy, le bâtiment était entretenu avec soin. Hygiène et discipline régnaient. S'emparer de Bouhen ne serait pas tâche facile.

Le scribe s'inclina devant la statue de son dieu protecteur, Horus, le faucon céleste, et se recueillit longuement en prononçant des formules de puissance qui proclamaient la victoire de la lumière sur les ténèbres. Entre le dieu et l'humain, l'énergie circula.

*

* *

Bouhen n'était pas seulement une forteresse, mais aussi le centre administratif où des spécialistes géraient l'économie de la région qu'avait développée un illustre ancêtre, Sésostris III, après l'avoir pacifiée.

Horemheb examina les comptes, la liste des produits, les bordereaux de livraison entre l'Égypte et la Nubie, la Nubie et l'Égypte, écouta les doléances des fonctionnaires. En quelques jours, avec l'appui du vice-roi qui ne lui cacha rien, Horemheb pointa les imperfections du système et proposa plusieurs réformes afin de fluidifier les échanges commerciaux, d'alléger les taxes et d'augmenter le pouvoir d'achat des populations locales. Autre point important : les conditions de travail dans les mines d'or. Mieux traités et mieux payés, les ouvriers rechigneraient moins à des tâches particulièrement rudes.

Tout en approuvant ces améliorations, Houy émit une objection majeure : elles ne pouvaient s'appliquer qu'à un territoire paisible, suivant les directives de l'État égyptien. Or, le chaos menaçait !

— Je ne l'oublie pas, précisa Horemheb. Demain, je rencontrerai le meneur.

*
* *

Sur le pied de guerre, la tribu de Tali bruissait de vives discussions. Certains voulaient se rallier à Abilé, le seul chef capable de fédérer les Nubiens ; les autres désiraient garder leur indépendance et ne pas se soumettre à un ennemi tutélaire.

Soudain, le son d'une trompe retentit. Les guetteurs signalaient un danger. Chacun s'empara d'un arc, et l'on s'amassa à l'entrée du village pour contempler un étrange spectacle.

Un char égyptien que tiraient deux chevaux. Un écuyer tenait les rênes. À sa gauche, un homme jeune et robuste, au front haut, vêtu d'une tunique blanche au col carré et aux manches courtes, serrée à la taille par une ceinture.

Un seul char et des ennemis sans armes ! Beaucoup se demandèrent s'il ne s'agissait pas d'une hallucination, due à l'abus d'alcool de datte.

Le véhicule s'immobilisa, l'homme à la tunique en descendit.

— Je suis Horemheb, général en chef du pharaon, déclara-t-il d'une voix posée face aux archers qui bandaient leurs arcs, et je désire m'entretenir avec votre chef.

— Où sont tes soldats ? interrogea un incrédule.

— Je suis venu seul, avec mon écuyer.

Ce fut le brouhaha. « Tuons-le », « Faisons-le prisonnier », « Emparons-nous des chevaux », « Amenons-le à Tali »... Des exclamations contradictoires fusèrent, jusqu'à l'intervention du sorcier local, que chacun craignait et respectait.

Il dévisagea Horemheb, puis tourna trois fois autour de lui.

— Qui te protège ?

— Horus le faucon.

— Que veux-tu vraiment ?

— Empêcher la Nubie de sombrer dans la violence.

— Il y a de la magie en toi, beaucoup de magie. Ta pensée est plus forte que les armes, plus perçante qu'une flèche. Mais te voilà bien isolé... Pourquoi courir un tel danger ?

— Pour le bien de tous.

Le sorcier marmonna. L'avenir immédiat d'Horemheb lui appartenait. Soit il ordonnait à sa tribu de massacrer l'intrus, soit il le conduisait à son chef.

— 40 —

Le sorcier leva les bras, les membres de la tribu s'écartèrent, laissant un étroit passage. Suivant son guide, Horemheb évita de regarder les excités qui brandissaient haches et massues, et peinaient à retenir leur désir de frapper.

La tribu de Tali s'était établie dans une palmeraie dominant le Nil. Des huttes de tailles diverses, deux greniers, une basse-cour, des ânes, des chiens. Au centre du bourg, un sanctuaire et la demeure du chef, une bâtisse carrée en bois.

À la vue du sorcier, les gardes baissèrent leurs lances. Horemheb franchit le seuil.

Des dizaines de coussins multicolores et, au fond de la pièce, un siège en bois d'ébène qu'occupait un Nubien au visage de rapace. Torse nu, pagne bariolé, bracelets aux poignets et aux chevilles, passant et repassant l'index sur la lame d'un poignard, il jeta un regard oblique à ses hôtes.

— J'ai rêvé que j'étais un hippopotame, confia Tali, et que mes canines transperçaient un démon à la tête noire et aux jambes de feu. N'est-ce pas un bon présage, sorcier ?

— Sûrement.

— Qui accompagnes-tu ?

— Le général Horemheb.

— Un Égyptien, ici ? A-t-il perdu la tête… ou désire-t-il que je la lui tranche moi-même ?

Tali but de l'alcool de datte, le meilleur de la région. Il lui faisait oublier la montée en puissance de son principal rival, Abilé le fou.

— Il a une voix, cet Horemheb ?

— Je parle au nom du pharaon, déclara le général.

Tali se redressa et fixa son visiteur.

— Ton pharaon, je le hais ! Il opprime mon peuple depuis trop longtemps. Tu paieras pour lui !

— Veux-tu vivre ou mourir ?

La question de l'Égyptien stupéfia le Nubien.

— Toi, seul au milieu de mes guerriers, tu oses me menacer ?

— Méfie-toi, recommanda le sorcier, ce n'est pas un homme ordinaire.

Tali ne négligea pas l'avertissement. Chasseur émérite, il connaissait bien les fauves. Celui qu'il avait en face de lui était rusé et dangereux. Avant de le tuer, il le pousserait dans ses retranchements.

— As-tu soif, Horemheb ?

Le général accepta une coupe d'alcool de datte et y trempa ses lèvres.

— Bel arôme, aussi envoûtant que ta terre.

— Aimerais-tu la Nubie ?

— Elle me fascine, et doit rester dans le giron de l'Égypte. Si tu veux vivre, tu m'y aideras.

Tali éclata de rire.

— Aurais-tu perdu la raison ?

— Ta tribu apporte à la forteresse de Bouhen des peaux de léopard, de l'ivoire, du bois d'ébène, de palmier et d'acacia. À mon avis, ta rétribution est insuffisante. Si la qualité de tes produits se maintient, je suis résolu à l'augmenter. Sois un fournisseur sérieux, et tu deviendras riche.

Le Nubien fut déstabilisé. Ni lui ni le sorcier ne s'attendaient à pareil discours.

— Tu te moques de moi, général ! Ton fameux Bouhen sera bientôt rasé par des milliers de Nubiens !

— C'est le rêve d'Abilé, pas le tien. Et tu n'as pas l'intention de lui prêter main-forte.

— Qu'en sais-tu ?

— Soit Abilé enverra tes guerriers en première ligne, et ils seront décimés ; soit il les exterminera après la victoire et te frappera dans le dos. Si tu choisis le camp d'Abilé, tu mourras.

Le sorcier ne protesta pas, Tali fut ébranlé.

— Toi, tu me sauveras ?

— Combattons ensemble notre ennemi commun.

— Tu veux dire…

— Tes hommes et les miens seront capables de terrasser Abilé avant qu'il ne rassemble ses partisans. Le calme reviendra, le négoce reprendra, et tu tireras les bénéfices de ta loyauté envers l'Égypte.

Soudain furieux, Tali jeta sa coupe au loin.

— Et si je m'alliais quand même à Abilé ? Si, tous les deux, nous redonnions à la Nubie son indépendance ? Si le grand vainqueur et le chef suprême, c'était moi ?

Couteau en main, il ne cachait pas son envie d'égorger Horemheb, qui demeura impassible.

— Trois objections. La première : dans ce plan-là, il y a beaucoup de « si ». La deuxième : en excellent état et dotées de garnisons expérimentées, nos forteresses seront difficiles à prendre, et quantité de Nubiens périront. À supposer que vous réussissiez, vous serez considérablement affaiblis.

La pointe de la lame piqua le front de l'Égyptien.

— Ta troisième objection ?

— Je te le confirme : Pharaon ne supportera pas de perdre la Nubie. Si la révolte triomphait momentanément, il agirait.

Tali eut un mauvais rictus.

— Ah oui… Et de quelle manière ?

— Tu ignores un fait majeur : à Memphis, j'ai levé une immense armée. Même coalisés, les Nubiens ne feront pas le poids. Afin d'éviter de nouveaux troubles, la répression sera terrifiante.

— Si je te tue, cette armée n'aura plus de général !

— Détrompe-toi, j'ai un remarquable commandant, Paramès. À l'annonce de mon exécution, il déclenchera la foudre et se montrera d'une férocité que tu n'imagines même pas. Ni les femmes ni les enfants ne seront épargnés. Pas une seule tribu nubienne ne subsistera. Tu le constates, et je te le répète : ton choix est simple. Ou tu m'aides à éliminer Abilé et à instaurer une paix durable en Nubie, et tu vivras, riche et comblé d'honneurs ; ou tu refuses, et toi et les tiens serez anéantis.

— Réunissons le conseil, exigea le sorcier.

— 41 —

Une matinée de printemps, lumineuse. Un vent agréable, le bleu étincelant du Nil, le vert envoûtant des palmiers, des paysans au travail, des ânes porteurs de denrées diverses et trottinant, des enfants jouant sur le seuil de leurs maisons. « Dieux, pensa Horemheb, que mon pays est beau ! »

Sur le quai principal de Thèbes, une foule nombreuse et joyeuse agitait des palmes en scandant le nom du héros. La guerre de Nubie était terminée avant d'avoir débuté, et le général en chef remportait une éclatante victoire.

Se soumettant à son autorité, Tali avait lancé une offensive éclair contre le village où résidait le rebelle Abilé, avec un impératif : pas de survivants. Au terme d'un déchaînement de violence inouïe, les partisans d'Abilé, redoutant de subir un sort identique, avaient rendu les armes et accepté l'invitation d'Horemheb, qui souhaitait les réunir à Bouhen, recevoir leur serment d'allégeance au pharaon et dévoiler un programme de réformes que le vice-roi Houy, subjugué comme tout un chacun, appliquerait à la lettre. Son but majeur :

renforcer les liens de l'Égypte avec la Nubie, exploiter au mieux ses richesses naturelles, développer son économie au profit des autochtones, garantir la sécurité. Ne voyant que des avantages à court, moyen et long terme, les chefs de tribu oublièrent leurs velléités guerrières, et nombre de jeunes s'engagèrent dans l'armée égyptienne. Aussi le bateau d'Horemheb était-il suivi d'une flottille transportant des archers nubiens qui formeraient un régiment d'élite, à la dévotion du général en chef.

De mauvaises nouvelles pour le parti atonien. S'il fut le premier, au débarcadère, à féliciter chaudement Horemheb en simulant l'enthousiasme, Nakhtmin broyait du noir. Non seulement le général en chef revenait sain et sauf, mais encore bénéficiait-il d'une popularité croissante. Bras armé du pharaon, il s'imposait comme l'homme fort du régime, capable d'affronter les situations périlleuses et de résoudre des problèmes insolubles.

Le colosse lui donna l'accolade.

— Heureux de te revoir, Horemheb ! Notre souverain t'attend avec impatience.

Entre le débarcadère et le palais, une haie d'honneur et des acclamations. Le peuple de Thèbes célébrait son protecteur.

Tout en ressentant de la fierté, Horemheb ne se laissa pas griser par ce succès d'un jour. Si les dieux le lui accordaient, ce n'était pas pour le transformer en vantard stupide, mais en homme d'État, conscient des difficultés à surmonter et des graves dangers qui menaçaient les Deux Terres. Certes, sa force, son pouvoir et son influence s'étaient accrus ; mais saurait-il les utiliser à bon escient ?

Pendant les mois passés en Nubie, il avait vérifié le bien-fondé de ses réformes que le vice-roi Houy conforterait, ravi de leur efficacité. Sans perdre leurs spécificités, les tribus se fiaient à la parole du gouvernement égyptien et tiraient un meilleur profit de relations commerciales élargies, que favorisaient des mesures de sécurité durablement établies. Des fils de chefs pourraient étudier dans les grandes écoles égyptiennes et accéderaient à de hautes fonctions. Désormais, le territoire du Sud lointain serait intégré à la Couronne du pharaon, assurance de prospérité.

Dans la salle d'audience du palais, aux colonnes peintes de couleurs vives, pas un courtisan ne manquait. Parmi ces spectateurs, curieux d'assister à une exceptionnelle remise de décoration, combien d'atoniens hypocrites ?

Très digne, le jeune couple royal trônait sur une estrade, au pied de laquelle se tenait Aÿ, un Premier ministre ventripotent et manquant d'élégance.

Toutânkhamon avait grandi et forci. Son épouse était, à présent, une jeune fille séduisante dont le regard, plutôt glacial, fixait le héros.

Horemheb s'inclina.

— Nous te félicitons, déclara le roi. Grâce à toi, la Nubie demeure sous notre autorité. En évitant un conflit et en instaurant la paix, tu as fait honneur à ton rang et mérites notre pleine confiance. Viens auprès de moi.

Aÿ remit au monarque un collier d'or qu'il passa au cou d'Horemheb, lequel recevait ainsi la plus haute des distinctions.

*
* *

Avant le banquet à la gloire du général en chef, le conseil restreint tint à entendre son rapport détaillé. Nakhtmin espérait que la réalité serait moins brillante que la rumeur, mais Horemheb, sobre et précis, confirma sa victoire et la réorganisation de la Nubie. Sa parfaite entente avec le vice-roi Houy lui garantissait un avenir radieux. L'or du Grand Sud parviendrait toujours aux temples, qui l'offriraient aux dieux, en recouvriraient portes et murs, et le confieraient aux orfèvres, chargés de façonner des bijoux rituels.

— Tranquillité au sud, tranquillité au nord, se félicita Aÿ ; le roi d'Assyrie a réitéré sa volonté de contenir les Hittites, avec notre appui.

— Ne soyons pas naïfs, recommanda Horemheb. Le risque d'invasion n'est pas écarté.

— Ta réputation ne freinera-t-elle pas les Hittites ? demanda Nakhtmin.

— Les freiner, peut-être ; les dissuader, non. Avant de partir pour Memphis et de vérifier l'état de nos troupes, j'aimerais que Sa Majesté assiste au défilé de notre nouveau régiment d'archers nubiens. Cet hommage en fera des serviteurs indéfectibles.

Toutânkhamon donna son accord.

— 42 —

La principale qualité de Souppilouliouma, le souverain des Hittites, était la méfiance. Gouverner un peuple de guerriers, au cœur des montagnes d'Anatolie, impliquait une vigilance permanente. Dès qu'un rival se profilait, il le supprimait sans tarder. Une méthode radicale qui permettait au despote de préserver son trône et de maintenir son autorité sur une armée d'une puissance inégalable.

Inégalable… Était-ce encore le cas ? S'il fallait croire les rapports d'un de ses espions, Toutânkhamon aurait levé de nouvelles troupes. Pourtant, ce roitelet semblait incapable de s'imposer. Le Hittite serait bientôt fixé, grâce à la visite d'un allié inattendu.

Grand, imposant, la voix rugueuse, Souppilouliouma avait une obsession : le complot. C'est pourquoi ses créatures occupaient les postes supérieurs de l'armée et de l'administration. Quant à l'appareil judiciaire, il était entièrement sous sa coupe et condamnait rapidement, sur son ordre, le moindre suspect. Au tyran succéderait son fils Zannanza, aussi cruel que lui. Peut-être mènerait-il les Hittites à la victoire totale, lors de l'invasion de l'Égypte, qui aurait déjà eu lieu si l'aveugle Akhénaton avait vécu plus longtemps. Perdu dans son mysticisme et l'élaboration de sa doctrine, il ne se préoccupait pas de politique extérieure, persuadé que ses prières et le rayonnement de son dieu tiendraient ses ennemis à distance.

Le retour de la cour à Thèbes et la restauration des valeurs traditionnelles avaient freiné l'élan de Souppilouliouma, qui préférait patienter, savoir qui il affronterait et ne frapper qu'à coup sûr. Or, une entente entre l'Assyrie et l'Égypte contrariait ses plans. Ouvrir deux fronts ne l'enchantait guère, car diviser ses forces en coordonnant les attaques serait risqué.

— Votre visiteur est arrivé, le prévint le chef de sa garde rapprochée, composée de tueurs émérites qui lui devaient tout. Plus exactement, votre visiteuse.

— Une femme ?

— Jeune, brune, jolie, petite, farouche.

— L'as-tu fouillée ?

— Bien sûr. Je lui ai ôté son poignard et ses bijoux.

— Place-la à bonne distance de mon trône et ordonne-lui de ne pas bouger.

Une femelle… L'espion syrien qui avait sollicité cette entrevue secrète n'avait parlé que d'un membre éminent du parti atonien, sans préciser ce détail. Mais le souverain hittite n'ignorait pas qu'en Égypte une femme pouvait accéder aux plus hautes fonctions et même diriger l'État, telle la célèbre Hatchepsout. Jamais une telle situation ne se serait produite dans son pays.

La description du chef de la garde rapprochée était exacte. L'adoratrice d'Aton avait du charme et, sans doute, un caractère bien trempé. Obéissant aux instructions, elle ne baissa pas les yeux.

— Ton nom ?

— Shenta.

— Décris-moi ton voyage.

L'épreuve était décisive. Le monarque connaissait chacune de ses étapes : si la brune mentait, elle serait torturée jusqu'à ce qu'elle avoue son véritable but.

Avec calme, Shenta relata son long et pénible périple, depuis Thèbes jusqu'aux montagnes d'Anatolie. D'abord le bateau, puis un char conduit par un atonien de Memphis jusqu'au premier fortin des chemins d'Horus. Un Syrien lui avait permis de franchir la frontière sans être repérée et d'entrer en contact avec son officier traitant, un espion hittite auquel elle avait remis sa demande d'audience. De longues journées d'attente dans un bourg, sous haute surveillance. Enfin, une réponse positive, et le départ en char pour la capitale du Hatti.

Pas un mot de la part des soldats qui l'accompagnaient et ne la quittaient pas des yeux. Nourriture sommaire et, à l'arrivée, une fouille humiliante et une nuit en prison. Prévoyant cet affront, Shenta ne songeait qu'à sa mission, dont dépendait le sort de l'Égypte.

— Pourquoi es-tu venue jusqu'à moi ?

— Pour vous informer.

— Tu trahis donc ton pays ?

— Au contraire, je désire le sauver ! La mort de notre plus grand pharaon, Akhénaton, propagateur de la vraie foi, nous a précipités vers l'abîme. Le choc fut si rude que les atoniens, tétanisés, sont demeurés inertes et n'ont pas contrecarré la vraie trahison, celle de Toutânkhamon, un prince de la cité du soleil qui a renié Aton.

— Un enfant.

— Plus maintenant. Les années ont passé, Toutânkhamon est devenu un jeune homme qui s'intéresse chaque jour davantage à l'exercice du pouvoir, même s'il demeure sous l'influence de son Premier ministre, Aÿ, dont la seule préoccupation est de préserver ses privilèges en se vendant au plus offrant. C'est l'habileté personnifiée, il n'a aucune conviction et retombe toujours sur ses pieds.

— Le parti atonien n'a-t-il pas disparu ?

— Il est entré dans la clandestinité, mais se renforce sans cesse, du haut en bas de la hiérarchie, avec une certitude : Aton régnera à nouveau, et le dieu unique vaincra les incroyants. Nous détruirons les temples, la cité du soleil renaîtra.

« Si tous les atoniens sont aussi fanatiques et possèdent cette force de conviction, pensa le monarque, leur clan n'est pas négligeable. »

— Notre principal adversaire, reprit Shenta, est le général en chef Horemheb. À Memphis, il a reconstitué une armée digne de ce nom. En Nubie, il vient d'obtenir un succès éclatant. Le roi l'écoute, le peuple l'aime. Ses intentions sont claires : éradiquer les atoniens et combattre les Hittites.

— Pourquoi ne pas l'éliminer ?

— Nous sommes en Égypte, rappela la jeune femme, et l'assassinat n'est pas une pratique courante.

— Dans le cas présent, c'est un tort !

— Horemheb est prudent et lucide. Il sait que son pouvoir est menacé à l'intérieur et à l'extérieur des

Deux Terres. Aussi a-t-il adopté une précaution efficace : une escouade de Nubiens, qui lui sont dévoués corps et âme. Nous, les atoniens, nous nous infiltrons partout, mais ne sommes pas encore prêts à renverser le trône de Toutânkhamon. Nous cultivons une jeune pousse qui, en mémoire de son père Akhénaton, nous est très favorable : Ânkhésa, l'épouse du roi.

— Que proposez-vous ?

— L'institution pharaonique est dépassée. C'est Aton, le dieu unique, qui doit régner sur l'Égypte, puis sur l'humanité entière, guidée par le prophète que nous avons désigné. Vous, les Hittites, gérerez les Deux Terres, à condition de vous convertir. Nous vous accueillerons avec joie.

Abasourdi, Souppilioulouma contint son émotion. Comment aurait-il pu imaginer pareille folie ? Mais cette ambassadrice atypique semblait sérieuse et sincère. Autant profiter de la crédulité des adorateurs d'Aton.

— L'union de nos deux peuples et l'extension du culte d'Aton seront de remarquables progrès, estima-t-il. Reste l'obstacle Horemheb.

— Quelle que soit la force de son armée, elle ne sera pas supérieure à la vôtre. Laissez-le vous attaquer, attirez-le dans un piège et écrasez-le. Ensuite, vous entrerez en Égypte sous les acclamations, et nous célébrerons la gloire d'Aton.

Un beau programme, que le maître des Hittites appliquerait de manière sensiblement différente, en éliminant les têtes du parti atonien, à commencer par cette femme, et en réduisant les récalcitrants en esclavage. Son empire s'étendrait de l'Anatolie à la Nubie, il deviendrait le plus puissant souverain que le monde ait jamais connu.

— Ta proposition me séduit, Shenta, et je suis certain qu'Aton brillera bientôt au zénith. Auparavant, mettons en place un système de communication afin d'échanger au plus vite les informations essentielles. À cet effet, j'implanterai des oreilles et des yeux dans le Delta et à Memphis, en réservant à Horemheb une mauvaise surprise.

— 43 —

S'il était un homme que Horemheb désirait voir, c'était le Vieux. Refrénant son impatience, il attendit l'occasion, de manière à ne pas compromettre cet informateur privilégié. Elle se présenta à la fin d'un après-midi au cours duquel le général en chef avait renforcé les mesures de sécurité autour du couple royal, qui le conviait à un dîner privé. Prévenu, le Vieux livrait un rosé si aérien qu'il ne troublerait pas l'esprit de ces jeunes gens.

Les deux hommes se retrouvèrent dans une petite salle à manger, dont la fenêtre donnait sur le jardin.

— As-tu reçu des lettres de Memphis ?

D'une poche de sa tunique, d'ordinaire réservée aux bouchons de paille et d'argile confectionnés avec un soin extrême, le Vieux sortit trois missives et les remit à Horemheb, qui les décacheta aussitôt et dévora les lignes écrites par Amenta.

D'abord, le sourire ; la mairie de Memphis régulait une économie de plus en plus florissante, Paramès se réjouissait d'avoir des effectifs performants, qui ne cessaient de s'améliorer.

Ensuite, la grimace. Des troubles en Palestine et en Syrie, des attaques de caravanes. Ni Amenta ni Paramès ne pouvaient prendre la décision d'intervenir. L'une et l'autre attendaient avec impatience le retour d'Horemheb.

— Une contrariété ? s'inquiéta le Vieux.

— Qu'as-tu remarqué d'anormal, ces derniers mois ?

— Les atoniens distillent lentement leur poison. Pas de critique ouverte contre notre jeune roi, mais des insinuations, des regrets, de bons souvenirs de la cité du soleil et du règne d'Akhénaton. Les membres de sa cour reviennent un à un à celle de Toutânkhamon, avec l'approbation du Divin Père Aÿ. Ça grenouille de tous les côtés.

*

* *

Le char royal roulait à vive allure sur une piste sinueuse.

— Es-tu content de moi, Horemheb ?

— Vous maniez bien les rênes, Majesté, et vos deux chevaux vous obéissent à la moindre impulsion.

— Je me suis entraîné des heures durant ! Souvent, j'ai failli renoncer. Sais-tu pourquoi j'ai persévéré ?

— Parce que vous êtes le pharaon.

— Tu lis dans ma pensée ! J'ai songé au moment où je serai à la tête de mon armée, donnant l'exemple à mes soldats. Maintenant, j'en suis capable !

— La guerre est une abomination. Faisons tout pour l'éviter.

Toutânkhamon ralentit.

— Tu as réussi en Nubie. Les Hittites céderont-ils à la diplomatie ?

— Je ne le pense pas.

— Alors, il faudra les affronter !

— Certes, mais pas n'importe comment. Je redoute des provocations destinées à nous attirer dans un piège.

— Tu sauras les déjouer, j'en suis sûr !

— Je dois retourner à Memphis, car l'on me signale de graves incidents à proximité de notre frontière. En cas de nécessité, m'autorisez-vous à intervenir ?

Le char s'immobilisa.

— Tu sollicites… mon avis ?

— Bien sûr, puisque vous êtes mon roi. Je n'agirai jamais sans votre ordre.

Toutânkhamon regarda au loin. Horemheb sentit que l'enfance en lui venait de s'éteindre.

— L'Égypte, c'est si vaste, le monde extérieur est si dangereux… Mais tu as raison, je suis le pharaon. À moi d'apprendre mon métier de souverain, et vite ! Je n'accepterai plus aveuglément les directives de mon Premier ministre et j'exigerai des explications. Toi, le chef de mon armée, ne me cache rien des périls qui nous guettent. Et s'il le faut, tranche dans le vif.

Toutânkhamon reprit les rênes.

— Lors de notre dîner, indiqua Horemheb, votre épouse n'a pas desserré les lèvres.

— Elle ne t'aime pas.

— Pour quelle raison ?

— La nostalgie de son père et de la cité du soleil.

— Pardonnez-moi cette supposition, mais soutiendrait-elle le parti atonien, aujourd'hui silencieux ?

— Non, elle sait que cette époque est révolue. Mais impossible d'effacer certains souvenirs.

— Les adorateurs d'Aton n'ont pas disparu. J'ignore leur nombre, mais leur capacité de dissimulation m'inquiète. Vous comme moi sommes considérés comme des ennemis.

— Le général Nakhtmin n'assure-t-il pas ma protection ?

— Nul n'en doute, et c'est un homme rigoureux. Néanmoins, des archers nubiens la renforceront.

— Les fanatiques oseraient-ils s'attaquer au pharaon ?

— Leur seul pharaon, c'est Akhénaton. À leurs yeux, vous n'êtes qu'un traître et un imposteur. Les années s'écoulent, ils se remettent de leur défaite et préparent leur revanche.

— N'es-tu pas, toi aussi, en première ligne ?

— C'est le devoir d'un général en chef. Et votre confiance m'honore.

Le roi lança de nouveau ses chevaux à vive allure, le vent lui fouetta le visage.

— 44 —

Amateur de pâtisseries et de jus de caroube[1], Aÿ avait tendance à grossir, et même une ample tunique dissimulait mal son embonpoint. En dépit de soins capillaires, sa calvitie s'accentuait, et la qualité des vêtements n'occultait pas son inélégance naturelle.

Gros dormeur, il ne pénétrait dans le bureau du roi qu'en milieu de matinée. Depuis peu, Toutânkhamon, à l'exemple de ses illustres prédécesseurs, célébrait le rituel de l'aube dans le saint des saints du temple de Karnak. Éveillant la puissance créatrice, il l'implorait de se répandre sur la terre d'Égypte et de perpétuer la vie.

À sa grande surprise, le roitelet était déjà au travail et lisait un papyrus comptable.

— Vous ne vous reposez pas, Majesté ?

— Lorsqu'on gouverne, la journée ne compte-t-elle pas plus de tâches que d'heures ?

— Ma fonction consiste à vous épargner un fastidieux labeur, et je…

1. Il avait la saveur du chocolat.

— Explique-moi pourquoi deux rapports, à bref intervalle, ne mentionnent pas le même nombre de greniers dans la province thébaine. Où est la vérité ?

— Un scribe aura commis une erreur.

— C'est fâcheux, très fâcheux… Ne mérite-t-il pas une sanction ?

— Probablement, Majesté.

— Identifie-le au plus vite, et préviens-le que, s'il se trompe à nouveau, il sera renvoyé.

— Je m'en occupe.

— Je veux la réponse dès aujourd'hui.

— Ce sera difficile, je…

— Aujourd'hui.

— Bien, Majesté.

*

* *

En cette nuit de nouvelle lune, Nakhtmin et sa compagne Shenta s'accordaient un privilège exceptionnel : pénétrer dans la tombe de la Vallée des Rois où reposaient Akhénaton et Néfertiti, et se recueillir devant leurs véritables souverains, dont la pensée les inspirait et les guidait.

Shenta s'agenouilla et pleura. Face aux sarcophages, elle ressentait la cruauté du destin qui privait les Deux Terres d'un couple d'exception. En même temps, elle puisait le dynamisme nécessaire pour poursuivre leur œuvre et l'amplifier.

Jusqu'à cet instant, la jolie brune n'avait rien révélé de son entretien avec le souverain hittite, malgré l'insistance de Nakhtmin.

— Maintenant, murmura-t-elle, je peux parler. C'est à eux, nos glorieux défunts, que je voulais annoncer la bonne nouvelle. Souppilouliouma est notre allié. Il vaincra Horemheb et nous aidera à répandre le culte d'Aton. Avec l'appui des Hittites, nous sommes certains de triompher.

— Ne sont-ils pas des amis… redoutables ? demanda Nakhtmin avec angoisse.

— Sachons les utiliser. Leur chef croit que nous, les atoniens, leur livrerons les Deux Terres. Mais toi, tu le persuaderas que seul un Égyptien de ta trempe bénéficiera de l'indispensable appui du peuple. L'Égypte, province de l'Empire hittite ? Pourquoi pas, si tu la contrôles et qu'elle soit l'ardent foyer de notre religion. Elle s'imposera à tous les pays, et tu seras son prophète. Ton pouvoir spirituel sera supérieur à la puissance temporelle du Hittite, et tu le domineras sans qu'il s'en doute, car la lumière d'Aton t'habite.

Une voix douce, un discours argumenté, une foi convaincante… Shenta envoûtait le colosse et traçait le meilleur des chemins. Manipuler un envahisseur et retourner sa force contre lui : Nakhtmin s'en sentait capable, puisque Aton animait sa pensée et son bras. Ignorant cette dimension-là, Souppilouliouma se surestimait.

Un bruit de pas.

Apparut Nis, le gardien-chef de la Vallée des Rois.

— Il faut partir, avant la relève. Refermons vite le tombeau.

Le trio disposa des pierres qui masquèrent l'étroite entrée de la sépulture. Puis le sexagénaire, toujours chaudement vêtu, les guida vers une sortie de la Vallée que lui seul connaissait.

— Ne revenez plus, recommanda-t-il. L'un des gardes finirait par dénoncer votre présence, et je serais accusé de complicité. De quoi perdre mon emploi.

— Tu pourrais perdre bien davantage, remarqua Shenta.

— Que veux-tu dire ?

— Nous partageons un secret. Aurais-tu envie de le divulguer ?

— Non, bien sûr que non !

— Cette tombe contient le plus précieux des trésors. Quand le culte d'Aton sera restauré, nous célébrerons au grand jour la mémoire d'Akhénaton et de Néfertiti. D'ici là, Nakhtmin et moi continuerons à implorer leur protection. Et tu nous y aideras, tout en gardant ta langue. Car tu la garderas, n'est-ce pas ?

— Oui, bien sûr !

— Ne songe même pas à nous trahir, recommanda la jeune femme, à la fois suave et menaçante. Tu serais mort avant d'avoir ouvert la bouche et ton cadavre brûlerait au fond d'un dépotoir.

Jamais Nis n'avait eu si peur. Il se hâta de conduire ces hôtes encombrants hors de son domaine et se jura de ne parler d'eux à personne.

— 45 —

Horemheb contempla son épouse, remerciant les dieux de lui avoir offert un tel amour. Puis, d'une main douce, il caressa lentement son corps nu, qu'éclairaient les rayons du soleil levant, qui passaient à travers la fenêtre en verre de leur chambre.

— Tu dors ?

— Je ne crois pas, répondit-elle en se lovant contre son amant.

C'étaient les premiers mots qu'ils prononçaient depuis le retour d'Horemheb à Thèbes. Quand elle l'avait aperçu, à l'orée de la villa, après une si longue absence, Amenta s'était jetée dans ses bras, et ils avaient aussitôt gagné leurs appartements, fous de désir. La nuit s'était écoulée comme un instant de plaisir inouï.

— N'as-tu pas cédé aux charmes d'une Nubienne ?

— Certaines sont fort jolies, mais réformer un tel territoire m'a pris tout mon temps.

— Ne mentirais-tu pas un peu ?

— Je déteste le mensonge. Il pourrit l'âme. Et toi, n'as-tu pas été l'objet de multiples convoitises ?

Elle sourit.

— Ce n'est pas impossible, mais je n'aime que toi. Les autres me paraissent trop fades. Être fidèle, voilà mon châtiment !

— Je suis sûr que tu meurs de faim.

Autour d'un copieux petit déjeuner, composé de lait frais, de céréales, de galettes chaudes, de viande séchée et de figues, l'amoureux passionné céda la place au général en chef.

— As-tu rencontré des difficultés en gérant Memphis ?

— Innombrables ! Chaque jour, un nouveau piège, et des fonctionnaires souvent rétifs. Je m'en suis arrangée, et j'ai mis l'accent sur le bon fonctionnement du port et du chantier naval. Nous sommes presque revenus à la normale, et la population s'en félicite. Il a fallu ramener quelques dockers à la raison, j'ai réclamé l'intervention de l'armée, qui ne jure que par toi.

— Les atoniens ?

— Tapis dans l'ombre. Aucun coup d'éclat, juste des rumeurs. Je suis persuadée que les scribes qui m'ont causé des ennuis appartiennent à leur parti, mais je n'ai pas de preuve.

— Et ces troubles, en Syrie et en Palestine ?

— Des attaques de caravanes, des villages pillés. Nous avons reçu des messages d'alerte de nos informateurs, qui supposent des manigances hittites afin de préparer l'invasion. Paramès n'a pas voulu intervenir sans ton ordre formel. Moi, j'ai une autre crainte : que tu me quittes encore, longtemps, trop longtemps.

*

* *

La parade militaire impressionna Horemheb. L'armée avait doublé de volume, la caserne de Memphis également. L'armement était de qualité, et les soldats furent fiers de prouver au général en chef, escorté de Nubiens admiratifs, qu'ils savaient s'en servir. Quant à l'écurie, agrandie et réaménagée, elle abritait des chevaux jeunes et robustes, aptes à tirer des chars légers, récemment sortis des ateliers.

— Félicitations, Paramès, magnifique travail !

— Je n'y croyais pas moi-même. Nous partions de si loin ! Mais les gamins comme les vieux briscards étaient enthousiastes à l'idée de défendre leur pays. Pas besoin de les pousser à l'entraînement ! Le plus dur fut de choisir les officiers supérieurs pour l'encadrement des troupes. Un seul m'a déçu, je l'ai viré. Discipline, hygiène, efficacité : mes mots d'ordre ne varient pas. Maintenant, tous nos régiments sont opérationnels, et les fameux guerriers hittites seront dépités : face à eux, pas de débandade.

— Ne soyons pas naïfs, ils savent certainement que nous disposons à présent d'une force capable de s'opposer à leurs projets.

Paramès eut l'air gêné.

— J'ai un peu bousculé un conducteur de char qui me paraissait douteux, et je ne me suis pas trompé. Ce type a craqué. Adorateur d'Aton, il désirait semer le trouble parmi mes gars en prêchant la bonté universelle au nom de la grandeur du dieu unique, qui n'a pas d'ennemi, et convertira tous les humains à l'amour et à la paix. Ce crétin n'a jamais affronté un Hittite !

— Qui l'avait mandaté ?

— Il a refusé d'en raconter davantage. Mon interrogateur a insisté, l'adorateur d'Aton nous a claqué entre les doigts.

Horemheb ne blâma pas Paramès. Il avait d'autres préoccupations.

— Combien d'autres atoniens dans nos rangs ?

— Très peu, voire aucun. D'abord, à cause de leur idéologie, ils refuseront de combattre ; ensuite, j'ai le flair d'un chien pour repérer les mauvais soldats.

— As-tu analysé les troubles dans les zones difficiles ?

— C'est du sérieux.

— Que suggères-tu ?

— En priorité, rétablir une police du désert, afin d'assurer la sécurité des caravanes. J'ai les bons gars. Les Bédouins sont des trouillards et n'attaquent que les civils désarmés. Côté pillages et villages en péril, je miserais sur des commandos palestiniens et syriens payés par les Hittites. Ils tentent de nous déstabiliser et testent nos réactions. Agir me paraît indispensable.

En sueur, à bout de souffle, un officier de liaison accourut.

— Commandant, un rapport du premier fortin des chemins d'Horus ! Urgence absolue.

Paramès lut les quelques lignes.

— Faut se bouger !

— 46 —

Horemheb, Paramès, un régiment de chars et un second d'infanterie parvinrent au premier fortin des chemins d'Horus au moment où la situation tournait mal. Débordés, les soldats allaient faire usage de leurs arcs non à l'encontre d'adversaires armés, mais d'une foule de civils, où prédominaient vieillards, femmes et enfants, hurlant leur ferme intention de franchir la frontière et de se réfugier en Égypte !

Jamais, depuis le temps maudit des barbares hyksôs[1], une telle vague de migrants ne s'était ainsi lancée à l'assaut de l'Égypte. Sous la direction de Paramès, vigoureux et précis, les fantassins rétablirent l'ordre et divisèrent les civils en plusieurs groupes, sans séparer les mères de leurs rejetons. On leur distribua de l'eau et des vivres, et le calme revint.

Un Syrien aux cheveux blancs, qui se déplaçait péniblement à l'aide d'une canne, demanda une entrevue

---

1. Une coalition qui envahit l'Égypte à la fin du Moyen Empire et occupa le Delta. Nous avons conté sa libération dans *La Reine Liberté*, XO Éditions, 2001.

avec un responsable. Il fut amené auprès de Paramès et d'Horemheb.

— Qui es-tu ? interrogea ce dernier.

— Le chef d'un village, agressé par des pillards. Ils ont tué les hommes, et chassé leurs familles. Nos maisons ont été rasées, nous ne pouvons pas retourner chez nous. Accordez-nous l'hospitalité.

— Qui sont ces criminels ?

— Un mélange de Palestiniens et de Syriens. Parmi eux, des gens de la région. On les a payés pour s'emparer de nos biens et nous détruire. Pourquoi ne nous avez-vous pas défendus ?

— J'ignorais la gravité de la situation. Mon armée mettra rapidement fin à ces troubles.

— Des promesses, de belles promesses ! Quelques semaines de tranquillité, puis vos militaires s'en iront, et nous serons de nouveau livrés à nous-mêmes !

— Je ne promets rien à la légère. Puisqu'il le faut, nous établirons une large bande de sécurité, et les villages seront rebâtis.

— Pour moi, pas d'avenir là-bas ! Ma famille a été massacrée. Accorde-moi l'asile.

— À plusieurs conditions : tu adopteras un nom égyptien, tu respecteras nos lois et nos coutumes. T'y engages-tu ?

— Je m'y engage.

*

* *

Un minutieux travail débuta. Des dizaines de scribes écoutèrent le récit de chaque rescapé, enfants compris, posèrent de nombreuses questions, soulignèrent des contradictions et remplirent des dossiers que leurs supérieurs examinèrent avec attention. Un impératif : la rapidité.

Abrités sous des tentes, des milliers de migrants ne manquèrent de rien. Dès qu'une bagarre éclatait, les agités étaient arrêtés et renvoyés vers le nord, avec une quantité d'eau suffisante pour plusieurs jours de marche. Parmi eux, de jeunes hommes et des femmes agressifs. Deux viols avérés, grâce à plusieurs témoignages, furent immédiatement sanctionnés : peine de mort. Comprenant qu'ils ne seraient pas épargnés, les éventuels délinquants refrénèrent leurs instincts, et la police n'eut qu'à élucider quelques vols de nourriture, eux aussi sévèrement châtiés.

Deux catégories distinctes : celle qui parlait l'égyptien, et l'autre un dialecte. Des interprètes furent convoqués et signalèrent des requérants douteux, qui subirent des interrogatoires approfondis et avouèrent qu'ils n'avaient subi aucun préjudice.

La manœuvre des Hittites était limpide : répandre la terreur dans une contrée proche de la frontière égyptienne, forcer la population à fuir vers la terre des pharaons et y introduire une jolie quantité d'espions et de fauteurs de troubles.

Souppilouliouma avait négligé une donnée majeure : la rigueur de l'administration, surtout sous la férule d'un scribe royal tel qu'Horemheb, qui n'accorda nul répit à ses subordonnés et scruta en personne nombre de dossiers.

Simulateurs finissant par verser de la bile, fausses veuves, adolescents désireux de broyer de l'Égyptien…

Beaucoup furent démasqués. Aussi le nombre de véritables demandeurs d'asile se réduisit-il de manière spectaculaire.

Néanmoins, Horemheb ne pensait pas que les mailles du filet fussent assez étroites pour empêcher toutes les créatures hittites de passer à travers elles. Aussi ordonna-t-il à la police de tenir sous étroite surveillance les heureux élus qui seraient dispersés dans les localités du Delta, avec obligation de travailler, qui aux champs, qui à l'entretien des canaux, qui dans un atelier. Seuls les malades, les vieillards et les jeunes enfants bénéficieraient d'une aide de l'État. À la première incartade, l'expulsion.

Au terme de six mois d'efforts, Horemheb écrivit une lettre à Toutânkhamon pour lui expliquer comment il avait résolu un délicat problème.

La mise en place d'un glacis entre l'Égypte et la Syrie n'avait provoqué aucune mesure de rétorsion. Étonnés par la fermeté d'Horemheb et sa capacité d'intervention, les Hittites n'avaient pas attisé le feu.

Craignaient-ils une confrontation, même indirecte ? La renaissance de l'armée égyptienne les incitait à la prudence. N'était-elle pas synonyme de faiblesse ? Si cette hypothèse se révélait exacte, le général en chef ne devait pas se satisfaire d'avoir stoppé la vague migratoire.

Sans doute fallait-il se montrer plus audacieux, en choisissant le moment juste.

— 47 —

Les nouvelles étaient catastrophiques. Déprimé, le général Nakhtmin buvait plus que de raison. À la frontière nord-est, Horemheb venait de remporter un nouveau succès en gérant au mieux un flot d'étrangers, la mauvaise surprise que promettait Souppilouliouma et que le général en chef avait utilisée à son avantage. À Memphis, sous la coupe d'Horemheb et de son épouse, les atoniens se terraient. À Thèbes, Toutânkhamon prenait de l'assurance et contraignait son Premier ministre à justifier ses décisions et à lui expliquer, en détail, le fonctionnement de l'État. Oubliée, l'insouciance de la jeunesse, le roitelet commençait à régner et n'avait nullement l'intention de préserver la révélation d'Akhénaton. Au contraire, il s'affirmait chaque jour davantage comme le fossoyeur de sa doctrine grandiose.

Shenta caressa le front du colosse.

— Ne te désespère pas.

— Ne vois-tu pas que la bataille est perdue ?

— Bien sûr que non !

— Sois lucide, Shenta. L'influence d'Horemheb ne cesse de s'étendre, le pharaon nous est hostile. À eux deux, ils détiennent tant de pouvoirs que nous sommes incapables de les vaincre.

— Nous traversons une mauvaise passe, je l'admets, mais ce n'est pas une raison suffisante pour baisser les bras. D'abord, Aÿ peut basculer de notre côté si les circonstances nous sont favorables, et il n'entreprendra rien contre nous ; ensuite, il est temps de redonner de l'espoir à notre meilleure alliée, qui nous croit résignés.

— Songerais-tu à…

— La reine Ânkhésa.

— Ce n'est qu'une fillette, elle…

— La Grande Épouse royale est enceinte. Un moment particulier que nous exploiterons.

— De quelle façon ?

— En nous dévoilant.

— Trop risqué !

— Je lui parlerai. Quand elle saura que nous défendons la mémoire de son père, et que sa doctrine se transmet à travers nous, elle nous soutiendra.

— Tu rêves, Shenta ! Elle se confiera aussitôt à son mari, et nous serons arrêtés.

— Non, les âmes d'Akhénaton et de Néfertiti l'habitent et lui dicteront la conduite à suivre.

Nakhtmin vida une coupe de bière forte.

— C'est insensé ! Nous vivons nos dernières heures de liberté.

*

* *

Alors que son époux s'éveillait à l'exercice du pouvoir, Ânkhésa s'intéressait à la Maison de la reine, vaste institution où les jeunes filles étaient initiées à de multiples disciplines, de l'écriture à la musique en passant par le tissage. Cette Maison était aussi un organisme économique, qui gérait des terres, des troupeaux et des ateliers, employant un nombreux personnel.

En discutant avec les administrateurs, la jeune femme apprenait à connaître son domaine et se forgeait des opinions, parfois à l'encontre de ses interlocuteurs. De premières frictions se produisirent, Ânkhésa rappela qu'elle était la reine et que ses orientations seraient appliquées. Vexés ou contrariés, des dignitaires, imbus de leur supériorité, furent cependant contraints de s'incliner.

Éprise de beaux vêtements, Ânkhésa appréciait particulièrement le talent des tisserandes qui créaient d'admirables robes de lin aux couleurs variées ; après les avoir félicitées, elle organisa un repas en plein air. Ravies de côtoyer la reine, les artisanes se confièrent à elle, ne lui cachant pas leurs doléances. Attentive, Ânkhésa leur promit d'améliorer leurs conditions de travail, favorisant ainsi une joyeuse ambiance.

Une jolie petite brune s'approcha.

— Puis-je vous parler en particulier, Majesté ?

— Comment t'appelles-tu ?

— Shenta. Je suis la compagne du général Nakhtmin.

— T'occupes-tu des tisserandes de ma Maison ?

— Non, de la mémoire de votre père et de son idéal.

— Je… je ne comprends pas.

— J'aimerais vous expliquer.

— Non, je n'en ai pas envie.

— Permettez-moi d'insister. C'est aussi important pour vous que pour l'Égypte.

Ébranlée, la reine s'avança dans une allée bordée de sycomores et accepta la compagnie de Shenta.

— Vous, la fille d'Akhénaton, ne sauriez le trahir. Ne désirez-vous pas prolonger son œuvre immense ?

— Mon père et ma mère sont morts, leurs momies abandonnées…

— Non, Majesté. Des fidèles les ont préservées, elles sont en sécurité, ici même, à Thèbes.

Stupéfaite, Ânkhésa s'immobilisa.

— Tu… tu te moques de moi ?

— Nous sommes nombreux à vénérer Aton et vos parents. Qui nous dirigerait, sinon vous-même, l'héritière ?

— « Héritière », répéta la reine, comme si elle prenait brusquement conscience de son véritable rôle. Oublies-tu que je suis l'épouse de Toutânkhamon, le roi qui a aboli le culte d'Aton ?

— Il a été le jouet des événements. À vous de l'éclairer et de le remettre sur le bon chemin. Notre avenir dépend du couple royal.

Bouleversée, Ânkhésa reprit une marche lente.

— Le général Nakhtmin partage-t-il tes opinions ?

— Il ne songe qu'à servir Aton, sa reine et son pays.

— Le Divin Père Aÿ…

— Il ne s'opposera pas au rétablissement de la vraie foi. Nous chasserons les impies, et restaurerons la cité du soleil.

Une vague de souvenirs submergea Ânkhésa. Son père et sa mère parcourant en char la grande artère de la ville, inondée de soleil, les acclamations de la foule, les offrandes à Aton dans les cours à ciel ouvert, les repas en famille, elle et ses sœurs sur les genoux d'Akhénaton… Elle eut l'impression de sortir d'une longue nuit et de renaître.

— Mes parents… Pourrais-je les honorer ?

— Nous devons être prudents, mais vous les reverrez.

— 48 —

Le déplacement ne fut pas facile à organiser. Pour traverser le Nil et se rendre sur la rive d'occident, la reine inventa un prétexte, à savoir le désir de rendre hommage aux ancêtres inhumés dans le temple de Thoutmosis III. Son époux approuva cette démarche, conforme à la tradition.

Le plus difficile consista à former une escorte exclusivement composée d'atoniens, qui jurèrent au général Nakhtmin de garder le silence sur ce qu'ils verraient et entendraient. Autre point délicat : remplacer par d'autres atoniens les gardes habituels de la Vallée des Rois auxquels leur chef, Nis, avait accordé un congé.

En voyant la reine accompagnée de Nakhtmin et de Shenta, Nis comprit qu'une nouvelle révolution se préparait et qu'il avait intérêt à rester du bon côté. Cette fois, il ne s'agissait pas d'un simple complot, mais d'un changement de régime que favorisait la Grande Épouse royale en personne. Afin d'asseoir son pouvoir, le parti atonien ne commettrait pas les erreurs du passé et se montrerait impitoyable envers ses adversaires.

En ce milieu d'après-midi, le soleil écrasait la Vallée, creuset entre des falaises. Pas un oiseau ne s'y aventurait, un silence minéral l'accablait.

Nis guida le trio jusqu'à l'entrée occultée de la tombe secrète. Il ôta les pierres, qu'il prenait soin de recouvrir de sable. Shenta fut la première à emprunter l'étroit accès, suivie de la reine et du général.

Face aux deux sarcophages, Ânkhésa frôla l'évanouissement. Elle ressentit la présence de ses parents, entendit leurs voix, revécut les grands moments de leur règne. Sa propre existence en fut illuminée.

Shenta fut obligée de briser sa longue méditation.

— Majesté, ce sera bientôt le couchant. Il faut rentrer au palais.

— Voici mon serment, déclara la reine d'une voix ferme : moi, reine d'Égypte et adoratrice d'Aton, je restaurerai son culte.

*

* *

La convocation surprit Horemheb, mais il ne pouvait s'y soustraire. Pourquoi le Grand Voyant, le supérieur du temple d'Héliopolis, le plus ancien du pays, désirait-il le voir ? Assumant une fonction transmise depuis le temps des pyramides, il ne sortait pas de l'enceinte sacrée d'Atoum, le Créateur, « Celui qui est et qui n'est pas ».

Au début de son règne, Akhénaton avait éprouvé de la fascination pour Héliopolis, la première cité du soleil réservée à de rares initiés aux grands mystères, mais s'en était détourné et avait préféré fonder sa propre ville, ouverte à la population entière. Néanmoins, il ne s'était pas attaqué au Grand Voyant qui, autrefois, consacrait le pharaon en lui insufflant une puissance spécifique.

À Héliopolis avaient été conçus les *Textes des pyramides*, permettant à l'âme royale d'accomplir d'incessantes mutations, de parcourir les espaces célestes et de vivre éternellement parmi les étoiles.

À l'abord du temple d'Atoum, Horemheb oublia son statut de général en chef et redevint un simple scribe, que des ritualistes purifièrent avant de le conduire dans une cour à ciel ouvert où, sur un socle, se dressait un obélisque.

— Ce rayon de lumière pétrifié perce le ciel et dissipe les énergies négatives, dit le Grand Voyant qu'Horemheb n'avait pas entendu s'approcher.

Âgé, de taille moyenne, vêtu d'une sobre robe de couleur or, il paraissait presque insignifiant. Mais sa voix profonde et son regard de faucon impressionnaient le plus déterminé des interlocuteurs.

— Ton roi et toi êtes en péril, affirma-t-il. Je devais t'en informer.

— Auriez-vous identifié les ennemis de la Couronne ?

— Il n'existe qu'un ennemi, aux multiples visages : *isefet*, la force de destruction qui, à chaque instant, tente d'anéantir Maât, la règle d'harmonie. À l'institution pharaonique de la préserver. Et ce n'est pas en négligeant l'un de ses principaux devoirs que Toutânkhamon y parviendra.

— Lequel, Grand Voyant ?

— Bâtir sa demeure d'éternité. Son jeune âge importe peu. Qu'il prépare sa chambre de résurrection, dans la Vallée des Rois. Aimes-tu ton souverain, Horemheb ?

— Ma fidélité lui est acquise.

— Sache que la matière première de l'Œuvre alchimique, la vie qui renaît à chaque instant, est la lumière. En repoussant les ténèbres d'Akhénaton, Toutânkhamon a rouvert le canal qui permet à cette lumière de circuler et de féconder les Deux Terres. À ce titre, il restera à jamais un pharaon exceptionnel. Honorons-le comme tel. Voici ta mission majeure, Horemheb : assurer son au-delà, en raison de l'imminence du danger.

— Oserais-je demander des précisions ?

— Les atoniens n'ont pas renoncé à reprendre le pouvoir. Leur poison se répand partout, dissimulation et patience sont des armes redoutables. Toi et Toutânkhamon êtes leurs cibles prioritaires. Peut-être ne parviendras-tu pas à parer toutes leurs agressions. Pourtant, c'est en lui que s'incarne l'esprit lumineux qui a créé notre civilisation. En cas de malheur, prévois une seconde demeure d'éternité, un reliquaire secret où ses trésors demeureront à l'abri des profanateurs.

— Vous avez ma parole.

— Ne souille pas ta propre destinée en brûlant ta jeunesse et en oubliant la porte de l'au-delà. Érige-la sur cette terre, sans tarder. Rappelle-toi que la vérité a besoin du mystère pour se protéger des humains.

— 49 —

Depuis le miracle d'Aton, le général Nakhtmin débordait d'énergie. Dans toutes les cellules du parti, la formidable nouvelle : Ânkhésa était désormais à leur tête ! La succession d'Akhénaton assurée, l'espoir renaissait. Surtout, ne pas succomber à l'ivresse du moment et admettre que le chemin serait encore long. Mais les atoniens disposaient à présent d'un appui majeur au sommet de l'État. Future mère d'un garçon, selon le gynécologue du palais, Ânkhésa réussirait peut-être à convertir son mari, qui abandonnerait son nom maudit de Toutânkh*amon* pour revenir à celui de Toutânkh*aton*, et se rattacher ainsi à Akhén*aton*.

L'avenir s'ouvrait. Encore fallait-il l'organiser. Aussi Nakhtmin et son infatigable compagne Shenta déployèrent-ils de considérables efforts afin de s'assurer le concours de nombreux responsables de l'économie, sous le regard impavide du Premier ministre Aÿ, qui n'informa pas le roi de ces péripéties administratives sans importance. Pourtant, de la collecte des impôts à la récolte du bois de chauffage, les atoniens régissaient de plus en plus de secteurs. Même la fabrication des barques ne leur échappait pas, et leur trésor de guerre augmentait quotidiennement. Obnubilé par le danger hittite et la sécurité du pays, Horemheb, installé à Memphis, ne discernait pas ces évolutions presque invisibles.

*

* *

Depuis trente ans policier à Thèbes, Tête-de-bois avait eu la chance de ne pas être réquisitionné lors du transfert de la cour et des administrations de la cité du soleil. Calfeutré dans un commissariat en sommeil, il avait cultivé son jardin et vivoté en interpellant, de temps à autre, des chapardeurs.

Lors de l'avènement de Toutânkhamon et de la résurrection de Thèbes, Tête-de-bois avait été nommé inspecteur principal, affecté au maintien de l'ordre public. La cinquantaine fatiguée, peu enclin à se décarcasser, il ne s'était pas réjoui de cette promotion, quoique l'augmentation de salaire fût appréciable. En échange, il était contraint de se remuer.

Tête-de-bois détestait les atoniens et redoutait leurs actions souterraines. Ayant perdu toute naïveté, il ne doutait pas que beaucoup d'entre eux se dissimulaient sous le masque de la probité et de la fidélité au pharaon, de façon à mieux comploter.

Le policier aimait son métier. Il envoyait en prison les petits malfrats, les bagarreurs des tavernes et les voleurs, et ne boudait pas son plaisir en les arrêtant. Exerçant un sens aigu de l'observation, il s'étonna peu à peu de mutations surprenantes. À la cour, à la campagne, au chantier naval, dans certains ateliers, de vieux Thébains, hostiles à Akhénaton, étaient remplacés par d'anciens dignitaires de la cité du soleil. Quelques cas, rien d'anormal ; plus d'une cinquantaine, une conquête programmée !

Ce constat dépassant le cadre de ses compétences, Tête-de-bois se confia à son supérieur, le général Nakhtmin, qui l'écouta avec attention, nota les noms des suspects, et promit à son subordonné de poursuivre les investigations.

*

* *

Une fois par semaine, Tête-de-bois déjeunait dans une auberge dont le cuisinier servait de succulentes côtes de porc, accompagnées d'une gouleyante bière locale. C'était l'occasion de discuter avec de grandes gueules et de recueillir les derniers ragots.

L'irruption d'une vingtaine de policiers, armés de gourdins, surprit les consommateurs. Sous les ordres d'un borgne, plusieurs empoignèrent Tête-de-bois, abasourdi. D'ordinaire, c'est lui qui commandait ces hommes-là !

— Qu'est-ce qui vous prend ?

— Désolé, chef, balbutia le borgne, on a reçu des instructions. Ça vient de haut, de très haut. Paraît que vous êtes mouillé dans une sale affaire. On vous emmène au tribunal.

L'interpellation n'avait duré que quelques minutes, le cuisinier servit ses plats, les conversations repartirent.

*
* *

Tête-de-bois comparut libre devant le juge Bouty.

— Si tu t'engages à te tenir tranquille, pas de menottes.

— Bien sûr que je m'y engage ! Mais qu'est-ce que je fais ici ?

— Aucune idée ?

— Vraiment aucune ! Que me reprochez-vous ?

— Un acte indigne, surtout de la part d'un policier. Qu'on fasse entrer la plaignante.

Une femme âgée, pauvrement vêtue, fut introduite par deux vigiles.

— Parle sans crainte, dit le juge. Reconnais-tu cet homme ?

Elle regarda Tête-de-bois et pointa un index accusateur.

— Oui, c'est lui, c'est bien lui qui m'a volé une pièce d'étoffe !

— Moi, protesta le policier, je n'ai jamais vu cette femme ! Elle ment !

— Vu la gravité de l'accusation, nous avons perquisitionné chez toi. Et voici ce que nous y avons trouvé.

Un assesseur exhiba une pièce d'étoffe neuve.

— C'est la mienne ! s'exclama la plaignante.

— L'affaire est close, conclut le juge. Le vol est un crime. Circonstance aggravante, tu es un policier chargé d'arrêter les voleurs. C'est pourquoi je te condamne aux travaux forcés. Gardes, emmenez le coupable.

— Je… je suis innocent !

Décomposé, Tête-de-bois fut entraîné hors du tribunal vers la prison où il séjournerait, jusqu'à son départ pour l'oasis de l'Ouest.

Le juge restitua son bien à la vieille femme, une atonienne qui recevrait une récompense pour son faux témoignage. Invité à déjeuner par le général Nakhtmin, Bouty serait ravi de lui apprendre que leur manœuvre était un plein succès. Tête-de-bois représentant un réel danger, il fallait l'éliminer au plus vite. Si un autre policier se montrait trop perspicace, il subirait un sort identique.

— 50 —

Dotés de renforts, les fortins des chemins d'Horus seraient en état d'alerte pendant le bref mais indispensable séjour d'Horemheb à Thèbes. Lui comme Paramès ne croyaient nullement à la fin des menées hittites. Au contraire, ils avaient la conviction qu'un mauvais coup se préparait. Parmi les immigrés en voie de régularisation, les contrôleurs n'avaient-ils pas identifié plusieurs espions ? D'autres leur échappaient et renseignaient l'ennemi sur l'état des forces égyptiennes. Aussi l'accès à la caserne de Memphis était-il strictement réglementé.

Horemheb n'accosta pas le débarcadère principal de la cité d'Amon. Il descendit de son bateau rapide à un endroit désert et, en char, accompagné d'une garde rapprochée, se rendit à la vigne du Vieux.

Saby, son assistant, était devenu un jeune homme costaud, à la tête d'une équipe de travailleurs agricoles qu'il menait à la dure. Satisfaits de leur salaire et de leur habitat, ils ne cherchaient pas d'autre employeur.

— Le Vieux est chez lui ? demanda le général en chef.

— Il teste des vins, à la cave.

Horemheb descendit des marches de pierre. L'endroit était digne de la crypte d'un temple. Il y régnait une constante fraîcheur, et les grands crus y mûrissaient en toute quiétude. Soigneusement rangées, amphores et jarres composaient un décor admirable dont le Vieux, en plein travail, ne se lassait pas.

— Une urgence, général ? Goûtez-moi ça d'abord.

Les arômes d'un blanc aussi fruité que charpenté touchaient au sublime.

— Qu'as-tu à signaler ?

— Beaucoup de mutations dans l'administration, ces temps-ci. Quantité de têtes de la cité du soleil réapparaissent. À la cour, tout semble calme. La reine accouchera bientôt.

— J'ai besoin de ton aide.

— Allons sous la pergola.

Un endroit idyllique, avec une vue apaisante sur la campagne environnante. Une servante apporta un pichet de rosé et des beignets aux fleurs d'acacia qui réveillèrent Vent du Nord, lequel fut le premier à les déguster pendant qu'Horemheb lui caressait le cou.

— Il me faut un bâtisseur, confia-t-il.

— Ah… Vous songez enfin à la demeure d'éternité de Toutânkhamon. Akhénaton méprisait les rites osiriens de résurrection au point de ne prévoir qu'un simple tombeau. Aucune scène rituelle, uniquement des représentations de scènes familiales et profanes. Sa petite existence, non la vie en éternité. Construire la chambre de résurrection de notre souverain dans la Vallée des Rois, voilà, en effet une tâche essentielle.

— Essentielle et délicate. Très délicate. Les atoniens tenteront de saboter l'entreprise, voire de l'empêcher. J'assurerai la sécurité des tailleurs de pierre et des autres artisans, mais il me faut un homme de confiance, aux compétences avérées et capable de garder le secret, quoi qu'il advienne. Aurais-tu un nom à me proposer ?

Le Vieux ne réfléchit pas longtemps.

— Un seul. Mais j'ignore s'il acceptera.

— Qui est-il ?

— Néferhotep l'Ancien, un contremaître qui habitait naguère dans le village des bâtisseurs de la Vallée des Rois. Taiseux, rugueux, instruit des secrets de métier.

— Où se trouve-t-il, aujourd'hui ?

— À proximité de Thèbes. Il fabrique des meubles incomparables, et je lui livre du vin.

— Réponds-moi franchement : lui accorderais-tu une totale confiance ?

Le Vieux n'eut pas le loisir de répondre, car l'oreille droite de Vent du Nord se dressa, en signe d'approbation.

*

* *

La description du Vieux était exacte. Horemheb n'avait jamais rencontré un personnage si rébarbatif. Rabotant les pieds d'une chaise, il tournait le dos à son visiteur.

— Je suis le général en chef du roi.

— Tant mieux pour vous.

— Ne dirigeais-tu pas le village de la Place de Vérité[1], celui des artisans chargés de creuser et de décorer les tombes royales ?

— À cause d'Akhénaton, il a été fermé, et mes compagnons dispersés.

— Le pharaon a décidé de le rouvrir.

Le rabot se figea.

— Pour quelle raison ?

— La création de sa demeure d'éternité.

Néferhotep l'Ancien posa son outil, se retourna et dévisagea l'intrus.

— Vous êtes un militaire.

— Également un initié aux mystères, grâce au Grand Voyant d'Héliopolis. Sa confrérie m'a accordé l'honneur insigne de contempler la lumière dans les ténèbres et de voir le soleil au cœur de la nuit, au moment du redressement du pilier et du réveil d'Osiris.

L'artisan en resta bouche bée. Ils avaient vécu les mêmes rites, que proscrivait Akhénaton. Ainsi, ce général n'était pas un homme ordinaire, mais un frère en esprit.

— Si nous buvions une coupe ?

— Le vin du Vieux ?

— Vous le connaissez ?

— Il m'a conseillé de m'adresser à toi. D'après lui, tu es le seul bâtisseur digne de confiance.

— Qu'a dit son âne ?

— Il a levé l'oreille droite.

À plusieurs reprises, Vent du Nord avait évité à Néferhotep l'Ancien des erreurs qui auraient pu lui

---

1. Connue sous le nom de Deir el-Médineh.

coûter cher. Farouche opposant à Akhénaton, il dissimulait mal ses opinions, et avait frôlé l'emprisonnement.

L'artisan claqua la porte de son atelier, déboucha une jarre de rouge et emplit deux coupes.

— Le trône de Toutânkhamon est fragile, déclara Horemheb. Je le protégerai au mieux, mais les atoniens rêvent de le renverser et ne manquent pas de ressources. Sans doute s'attaqueront-ils, au moins magiquement, à son tombeau, en y répandant leurs maléfices. Impossible de dissimuler à tous le site officiel. Si tout se passe bien, Toutânkhamon y sera inhumé. Comme je crains le pire, prévoyons une cache, dont l'emplacement restera secret. Le Grand Voyant m'a confié une mission précise : faire de ce roi un passeur de lumière pour l'éternité, à l'abri des fanatiques d'Aton et des bassesses humaines. Mission peut-être impossible.

Néferhotep l'Ancien but très lentement le nectar du Vieux.

— Je reconstituerai deux équipes. L'une travaillera à la tombe visible, l'autre au reliquaire de secours. Le secret sera bien gardé. Je n'ai qu'une parole.

— 51 —

Le visage de Toutânkhamon s'assombrit.

— La mort… Y songer déjà ?

— Pas la mort, Majesté, mais votre vie éternelle, répondit Horemheb. Souvenez-vous des paroles d'un sage du temps des pyramides : « La demeure de la mort est celle de la vie. » Construire votre chambre de résurrection est un acte majeur de votre règne.

Le jeune roi caressa un chat noir qui ronronnait sur ses genoux.

— As-tu envisagé un emplacement ?

— D'abord, il convient de ranimer la Place de Vérité, le village où seront rassemblés les artisans qui œuvreront pour vous. Ensuite, leur supérieur, Néferhotep l'Ancien, reconnu par eux comme un maître d'œuvre exceptionnel, vous proposera un lieu adéquat.

— Comme j'aurais aimé être jeune longtemps, très longtemps ! Tu me prives de ce plaisir-là, général.

— Pas moi, Majesté, votre fonction.

— Agis pour le mieux, mon ami. Je ne me soustrairai pas à mes devoirs.

*

* *

Un vallon désertique, deux collines encadrant un petit village peuplé de maisons blanches à un étage. Abandonné pendant le règne d'Akhénaton, il ressuscitait. Là, sous la gouverne de Néferhotep l'Ancien, se réunirent des tailleurs de pierre, des sculpteurs, des peintres, des dessinateurs, des plâtriers, avec leurs familles. Considérée comme une élite, cette communauté méritait toutes les attentions de l'État. Il lui livrait eau, bière, vin, huile, viande, poisson, légumes, fruits, onguents, vêtements et même des jouets pour les enfants.

Néferhotep l'Ancien avait passé au crible les heureux élus. Leur travail ne supporterait pas d'imperfection. Huit jours de labeur, deux de repos, prise en charge en cas de maladie ou de blessure.

Des militaires assureraient la sécurité du village ; Horemheb s'adressa à l'ensemble des artisans pour souligner l'importance de leur tâche. Ce discours les honora et suscita leur désir de se montrer à la hauteur de la confiance accordée.

Néferhotep l'Ancien emmena son hôte à l'écart.

— J'ai choisi les deux sites, l'officiel et le secret.

*

* *

Une équipe était déjà au travail quand, au milieu de la matinée, le supérieur des artisans conduisit son hôte dans le vallon occidental de la Vallée des Rois.

Un lieu obscur, resserré, presque étouffant, au cœur de la montagne, mais une option qu'Horemheb approuva sans réserve, car la tombe de Toutânkhamon serait creusée à proximité de celle d'Amenhotep III, le créateur de deux temples, Louxor sur la rive est, et son gigantesque sanctuaire « de millions d'années », sur la rive ouest[1]. Hélas, son fils Amenhotep IV n'avait pas suivi ses traces et s'était transformé en Akhénaton.

Un emplacement idéal, et d'une forte valeur symbolique, puisqu'il rattacherait directement Toutânkhamon à Amenhotep III, comme si le tyran fanatique n'avait jamais existé. Mais aussi une injure pour les atoniens.

Après de brèves explications sur la conduite du chantier, Néferhotep l'Ancien emmena Horemheb à la Vallée des Rois proprement dite.

À l'entrée, Nis, le gardien-chef, salua les deux hauts personnages.

— L'endroit est rigoureusement surveillé, affirma-t-il ; nos illustres souverains reposent en paix. Je suis ravi de revoir le maître des artisans ! La tombe de notre roi sera donc bientôt bâtie ici.

— Par ici, rétorqua Horemheb, mais dans le vallon de l'ouest. Je tenais à inspecter les demeures d'éternité de ses prédécesseurs afin d'ordonner des réfections, si nécessaire.

— Je comprends, je comprends…

— Des incidents à signaler ?

— Aucun, seigneur. Tout est calme et sous contrôle.

1. Il n'en subsiste que les célèbres colosses de Memnon, mais des fouilles, toujours en cours, ont permis d'exhumer de remarquables vestiges.

Néferhotep l'Ancien et Horemheb passèrent un long moment dans la Vallée. Ils examinèrent les accès aux sépultures des pharaons, sous l'œil de Nis et de ses guetteurs, les uns à l'intérieur de ce creuset surchauffé, les autres en poste sur les éminences qui le dominaient.

Sans s'y arrêter, l'artisan montra au scribe royal l'emplacement du futur sanctuaire destiné aux trésors de Toutânkhamon et à sa momie. Un choix qui étonna Horemheb. À la réflexion, une excellente idée, tant l'endroit était facile à dissimuler.

Le soir tombait, les deux hommes quittèrent la « grande prairie », ainsi nommée car, malgré son caractère aride, elle offrait à l'âme royale la contrée de l'éternelle jeunesse, à l'inaltérable verdeur.

— J'approuve tes décisions, déclara Horemheb, mais une difficulté se présente.

— J'espère pouvoir la résoudre.

— C'est à moi de le faire. Le gardien-chef me déplaît fortement. À mon avis, c'est un parfait hypocrite. Que sais-tu de lui ?

— J'ai horreur des ragots.

— Moi de même. Je ne te demande que des faits et ton avis.

— Nis a profité du décès prématuré d'un brave surveillant pour s'imposer et engager ses proches. Tels sont les faits. Mon avis ? Un type douteux, vénal et lâche.

— Nous avons besoin d'une nouvelle équipe pour que notre secret soit bien gardé. Je te charge du recrutement.

— 52 —

Prévenu par l'un de ses espions, qui filaient en permanence Horemheb, le général Nakhtmin ne cacha pas son inquiétude à Shenta.

— Avec l'aide du maître d'œuvre Néferhotep l'Ancien, il prépare la tombe de Toutânkhamon, qui sera bâtie à proximité de celle d'Amenhotep III, pour effacer tout souvenir d'Akhénaton, dont le règne n'aura jamais existé.

La colère de la jolie brune explosa.

— C'est une infamie, une offense à Dieu ! Horemheb nous le paiera cher.

— Tout aussi graves, sa longue visite de la Vallée des Rois, et son entretien avec le gardien-chef.

Shenta blêmit.

— Tu crois que Nis… nous a trahis ?

— Pas encore, sinon Horemheb aurait fait immédiatement ouvrir le tombeau où sont cachées les momies d'Akhénaton et de Néfertiti.

— Il faut agir très vite. Je convoque notre tueur.

Nakhtmin ne protesta pas. Même si cette solution radicale lui déplaisait, il n'en existait pas d'autre.

*
* *

Engoncé dans son manteau usagé, Nis mâchonnait des morceaux de souchet sucrés. Le gardien-chef de la Vallée des Rois n'avait guère dormi depuis son entrevue avec Horemheb et Néferhotep l'Ancien. À l'évidence, ni l'un ni l'autre ne l'appréciaient. Ils songeaient probablement à le remplacer et à licencier son équipe.

Sans rouler sur l'or, Nis tirait de menus avantages de sa position et ne les déclarait pas au fisc. Jamais il ne retrouverait une telle sinécure.

Et puis cette inspection de la Vallée l'avait troublé. Horemheb soupçonnait-il des irrégularités ou, pis encore, avait-il eu vent de la dissimulation des momies du couple hérétique ? En ce cas, il entreprendrait des recherches approfondies et finirait par les découvrir. Nis serait alors lourdement condamné.

Seul moyen d'éviter ce désastre : tout avouer au général en chef, dénoncer Nakhtmin et Shenta, affirmer qu'ils le menaçaient de mort s'il osait parler et qu'il n'avait retiré aucun bénéfice de cette collaboration forcée.

Demain matin, il se rendrait au palais et demanderait à voir Horemheb.

Soulagé par cette décision, Nis vida une petite jarre de rouge médiocre, mais revigorant. En échange de ces informations inestimables, il réclamerait un emploi stable et bien payé. Son intervention ne sauvait-elle pas l'État, en décapitant le parti atonien ?

La modeste demeure du gardien-chef présentait une particularité : elle dominait la Vallée des Rois. Légèrement ivre, il sortit de chez lui pour contempler une dernière fois ce site unique.

À quelques pas de la falaise, dans la lumière du couchant, il admira cet univers minéral, écrin d'éternité. Sa mystérieuse puissance lui manquerait, mais il n'avait pas le choix. En priorité, sauver sa peau.

Soudain, une douleur atroce et l'impossibilité de respirer : un lacet de cuir lui enserrait le cou ! Vainement, il tenta de glisser ses doigts ; sa vision se brouilla, il tomba à genoux.

— As-tu révélé à Horemheb l'emplacement de la tombe secrète ? questionna le tueur. Si tu ne mens pas, tu auras la vie sauve.

La pression fut moins forte, Nis eut un peu d'air et put s'exprimer.

— Non, non, je n'ai rien dit ! Je te jure que j'ai gardé le secret et que je le garderai toujours.

— J'en suis certain.

Un instant, Nis crut qu'il allait survivre. Mais le lacet se resserra avec violence, la langue du gardien-chef jaillit hors de sa bouche, ses yeux se révulsèrent.

*
* *

Néferhotep l'Ancien avait choisi un vieux contremaître à la retraite comme nouveau gardien-chef, un homme d'une probité absolue et d'une grande rigueur. Son équipe se composerait de ses fils et de ses anciens apprentis, qui lui obéissaient au doigt et à l'œil, et se réjouissaient de garantir la sécurité de la Vallée des Rois. Tous seraient soumis au secret lorsque le maître d'œuvre, avec quelques artisans d'élite, entreprendrait de creuser la tombe-reliquaire de Toutânkhamon. En Égypte, qui trahissait son serment voyait son âme condamnée à l'anéantissement.

Au moment où Horemheb apposait son sceau sur le papyrus entérinant cet engagement, l'officier lui apprit une étrange nouvelle : Nis était tombé du haut de la falaise jouxtant sa maison et avait fait une chute mortelle. Selon plusieurs employés, il buvait jusqu'à l'ivresse depuis quelque temps et perdait parfois l'équilibre.

Pressentant peut-être son licenciement, Nis avait-il forcé la dose, s'approchant trop près du bord, butant dans une roche et basculant dans le vide ? Sa brutale disparition n'émut personne.

*

* *

Les caresses de Shenta apaisèrent la nervosité de Nakhtmin. Cette diablesse savait extraire de son corps la moindre parcelle de plaisir, et le géant ressortait exténué de la joute amoureuse qu'elle lui imposait.

Selon le tueur, à l'efficacité remarquable, Nis n'avait rien révélé à Horemheb, et nul ne contestait la thèse de l'accident dû à un abus d'alcool. Soulagée, Shenta avait libéré son trop-plein d'énergie en épuisant son amant.

Mais cette petite victoire ne masquait pas une réalité déprimante : la dernière demeure d'Akhénaton et de

Néfertiti devenait inaccessible. Impossible, désormais, de se recueillir devant leurs momies.

— Nous surmonterons cette épreuve, promit Shenta. Nos modèles sont tout proches, leurs convictions nous habitent. Quand nous aurons triomphé, nous les sortirons de leur cachette, et le soleil d'Aton les illuminera.

— 53 —

Malgré son huitième mois de grossesse, la reine Ânkhésa continuait à s'occuper de sa Maison, qu'elle dirigeait d'une poigne de plus en plus ferme. Après avoir examiné les comptes avec son superviseur des troupeaux, elle croisa la route de Shenta qui lui présenta des papyrus relatifs aux heures de présence des employés. Un bon prétexte pour s'isoler et s'asseoir à l'ombre d'une pergola, en buvant un jus de fruits.

— Désolée, Majesté, je suis porteuse de mauvaises nouvelles. Vu votre état, préférez-vous les apprendre après votre accouchement ?

— Parle.

— Horemheb a fait assassiner le gardien-chef de la Vallée des Rois et l'a remplacé par l'une de ses créatures.

— La tombe de mes parents…

— Inviolée. Le secret est préservé.

— Mais la voilà inaccessible !

— Pour le moment. Espérons que cette triste période sera la plus courte possible. Grâce à votre appui, le parti atonien, sûr de sa victoire, se renforce chaque jour. Une extrême prudence nous impose de progresser pas à pas. Le roi vous écoute-t-il ?

— Peu, si peu… Il a oublié la cité du soleil et ne se soucie que d'Amon, dont il célèbre le culte chaque matin.

Shenta posa doucement ses mains sur celles de la reine.

— Vous êtes notre avenir, Majesté.

*

* *

Autour d'une table bien garnie, l'atmosphère était sinistre. Ni la qualité des vins ni celle des mets ne déridaient le Vieux, son apprenti Saby, Ousil le gardien des singes et une dizaine d'employés qui entretenaient les vignes.

— Un fils mort-né, marmonna Ousil ; notre souveraine n'a pas eu de chance.

— Elle est très jeune et se remettra, estima un vigneron. C'est arrivé à ma femme. Après, nous avons eu deux beaux enfants.

— Ânkhésa a l'air fragile, objecta un collègue, et notre roi n'est pas un colosse. Moi, je suis pessimiste.

— Pas de mauvaises pensées, recommanda Ousil. Un coup dur, d'accord, mais Toutânkhamon a ramené l'ordre et prouvé son courage.

— Le vrai chef, objecta un vendangeur, c'est Horemheb. Ce général-là, personne ne lui marchera dessus.

*
* *

Douce et rassurante, l'épouse du Divin Père Aÿ avait réconforté la jeune Ânkhésa. Restant de longues heures à son chevet, et veillant à la qualité des soins, la vieille dame se réjouissait de l'attitude de la reine, qui ne sombrait pas dans le désespoir et envisageait l'avenir avec optimisme. Cette force de caractère hâterait son rétablissement.

De son côté, Aÿ soutenait Toutânkhamon, très affecté par la perte de son enfant. En s'intéressant moins aux affaires de l'État et en cherchant à oublier sa peine grâce à des promenades en char, il facilitait la tâche de son Premier ministre qui, de nouveau, gérait seul la haute administration, sans bousculer les habitudes et en flattant les dignitaires, qui lui en savaient gré.

Certes, les deux fauves, Horemheb et Nakhtmin, poussaient leurs pions et tentaient d'élargir leur zone d'influence. Mais leur jeunesse et leur fougue les handicapaient. Les réformes déjà accomplies par Horemheb n'étaient pas contestées, mais n'irait-il pas trop loin ? Avec Aÿ, rien ne bougeait, et l'équilibre, miraculeusement rétabli après le règne troublé d'Akhénaton, se perpétuerait. Irremplaçables, l'expérience et la pondération du vieux courtisan garantissaient la cohésion de la société.

Elle impliquait la nomination d'ex-responsables atoniens qui grimpaient dans la hiérarchie en évitant de manifester leur foi en Aton. En se coulant dans le moule, préparaient-ils une nouvelle révolution ? Pas de signe concret. Si la situation évoluait dans cette direction, Aÿ s'adapterait.

Horemheb tenait l'armée, certes, mais serait-il capable de freiner les ardeurs des Hittites, voire de les affronter ? Son succès, qui n'était peut-être que temporaire, risquait de s'éteindre dans une tourmente guerrière où disparaîtrait le général en chef. Si le souverain hittite, après avoir conquis le Delta, se présentait aux portes de Thèbes, qui d'autre que le Divin Père saurait négocier avec lui ?

Informé du projet d'Horemheb concernant la future demeure d'éternité de Toutânkhamon, Aÿ ne s'y était pas opposé, malgré le caractère provocant du choix de cet emplacement aux yeux des atoniens. Au général Nakhtmin, qui avait réorganisé la police thébaine, d'éviter des incidents et de garantir la sécurité des artisans. Fait majeur, la création de cette tombe dans la Vallée des Rois respectait la tradition.

La résurrection de la Place de Vérité et le choix de Néferhotep l'Ancien étaient d'excellentes initiatives. Dans ce domaine-là aussi, un retour à la normale.

Néanmoins, ce calme momentané n'apaisait pas totalement le Premier ministre, attentif au moindre soubresaut. Soucieux, il avait tendance à déguster trop de plats en sauce et de desserts, régime qui provoquait une visible prise de poids. C'était pourtant son meilleur remède à l'anxiété.

L'Égypte, un rêve devenu réalité, une réalité si solide qu'elle avait traversé les siècles ; mais pour combien de temps encore ?

— 54 —

La réputation de Néferhotep l'Ancien n'était pas usurpée. Tandis qu'une vingtaine d'artisans travaillaient à la tombe officielle de Toutânkhamon dans le vallon de l'ouest, le maître d'œuvre et une équipe restreinte creusaient le reliquaire secret au cœur de la Vallée des Rois.

Horemheb prenait soin de se montrer fréquemment sur le premier site, à présent connu de tous, que protégeait la police du général Nakhtmin, dont les Thébains approuvaient la fermeté.

Grâce au circuit de correspondance garanti par le Vieux, le général en chef recevait de véritables informations de Memphis que lui transmettait son épouse Amenta, de plus en plus inquiète. Selon les rapports adressés à Paramès, une agitation militaire croissait en Syrie du Nord, et le retour d'Horemheb était attendu avec impatience.

Quant à ce dernier, il ne pouvait quitter Thèbes avant l'arrivée d'un bateau en provenance de Nubie. Il accosta enfin le quai du port de commerce, le jour même où Néferhotep l'Ancien dissimulait l'entrée de la tombe-reliquaire, prête à recevoir les trésors de Toutânkhamon.

Horemheb grimpa à bord du navire de transport. Commandant l'équipage, Houy en personne. Les deux hommes se donnèrent l'accolade.

— Tes réformes ont porté leurs fruits, déclara le vice-roi. Jamais nos relations avec les Nubiens n'ont été meilleures. Je t'en apporte la preuve.

Horemheb découvrit une cargaison aussi abondante qu'à l'époque d'Amenhotep III, avant la révolution ; fort prisés, les produits exotiques seraient vite vendus sur les marchés. Un seul, non destiné au commerce, intéressait le général en chef, et il ne fut pas déçu : sous bonne garde, un stock d'or d'une qualité exceptionnelle.

*

* *

L'un des petits singes verts d'Ousil vola une datte dans l'assiette de la reine Ânkhésa et dévora son larcin en s'asseyant sur le bras de Toutânkhamon, lequel rit de bon cœur.

Pour la première fois depuis le triste événement qui l'avait endeuillé, le couple royal apparaissait lors d'un banquet organisé par Aÿ. Il le voulait aussi joyeux que possible, notamment grâce à un orchestre féminin jouant des airs guillerets. Un vin jeune et pétillant, production du Vieux, n'était pas étranger à la gaieté ambiante.

Manquait un personnage de premier plan, Horemheb, parti la veille pour Memphis, avec plusieurs bateaux rapides. Selon la rumeur, la cause de ce voyage précipité était une montée de la tension en Syro-Palestine.

Le Premier ministre n'avait pas démenti, tout en atténuant les craintes. Le retour d'Horemheb et la parade de son armée suffiraient probablement à désamorcer un début de crise.

Nakhtmin et Shenta, pimpante et séduisante, espéraient le contraire. L'idéal serait un affrontement sanglant entre les Hittites et les troupes égyptiennes, dont personne ne sortirait vainqueur. Si Horemheb succombait ou était grièvement blessé, les atoniens se réjouiraient au plus haut point. Même un simple échec, qui briserait sa carrière, les comblerait d'aise.

La politique des petits pas fonctionnait à merveille. Horemheb ne s'apercevait pas de l'infiltration du parti atonien et de son contrôle progressif des provinces de Haute-Égypte, sous le regard neutre d'Aÿ.

De plus, en toute discrétion, Shenta était devenue la confidente de la Grande Épouse royale. Ensemble, elles récitaient des prières à Aton, se remémoraient les fastes et la fièvre religieuse de la cité du soleil, rêvaient d'abattre les ennemis de la vraie foi. Élément non négligeable : fragile, la santé de Toutânkhamon se dégradait, le médecin du palais était souvent à son chevet. De multiples douleurs limitaient la capacité de travail du jeune homme, qui tenait cependant à ses promenades en char, afin de se fortifier.

Dans un proche avenir, Ânkhésa ne tiendrait-elle pas seule la barre du navire de l'État, elle, l'atonienne ?

*

* *

Les régiments hittites défilèrent devant leur maître vénéré, Souppiloulliouma, de méchante humeur. Détestant la défaite, il devait pourtant se rendre à l'évidence : déstabiliser l'Égypte en déclenchant une vague migratoire avait échoué. D'abord, la frontière se révélait d'une rare solidité, et la ligne des chemins d'Horus, à la suite de la réforme d'Horemheb, jouait pleinement son rôle. Ensuite, les contrôles demeuraient très stricts, et quantité de migrants étaient refoulés. Enfin, les vérifications se poursuivaient à l'intérieur des Deux Terres, et de nombreux suspects avaient été expulsés. Sur les ordres d'Horemheb, Paramès ne témoignait aucune indulgence. Certes, quelques espions s'étaient implantés dans le Delta et fournissaient des renseignements utiles au souverain hittite ; mais oubliée, la belle idée de développer une cohorte de saboteurs, capables de commettre des attentats et d'affaiblir l'armée égyptienne, dont Souppiloulliouma se méfiait tant.

Ses généraux croyaient à leur supériorité, mais hors de question de se lancer à l'aveuglette dans un conflit frontal. Horemheb le scribe et Paramès le soldat expérimenté formaient un duo redoutable, qui saurait allier la force à la ruse.

Une seule solution : les tester. Comment réagiraient-ils face à des troubles sanglants, véritable défi lancé à leur supposée puissance ? Souppiloulliouma disposait d'un vassal adéquat, qui remplirait cette mission avec l'ardeur nécessaire.

— 55 —

Amenta n'en crut pas ses yeux. Incapable de compter les lingots d'or provenant des mines de Nubie, elle se laissa absorber par leur pureté et leur éclat.

— L'or, la chair des dieux, commenta Horemheb, qui avait ouvert à son épouse la salle du Trésor du temple de Ptah, le patron des artisans. Celui-ci est destiné à la création du masque de la momie de Toutânkhamon, son visage d'éternité, et à des chapelles dont les textes révéleront l'enseignement du Grand Voyant d'Héliopolis. Conformément à ces inscriptions, notre souverain deviendra un passeur de lumière.

La jeune femme en frissonna. Ce qui se préparait ici ne concernait ni son époque ni les humains, mais un au-delà présent sur terre, seulement accessible à des êtres dont les rites avaient ouvert le regard. Dans le secret de sa tombe, le masque d'or de Toutânkhamon rayonnerait pour le bien-être du pays entier.

*

* *

L'atelier d'orfèvres de Memphis étant le plus ancien et le meilleur d'Égypte, Horemheb lui confia le précieux matériau. Le Grand Voyant en personne leur fournirait le plan d'œuvre et surveillerait la bonne marche des travaux.

Le général en chef n'emmena pas sa compagne à leur résidence. Un architecte les guida jusqu'à l'immense nécropole de Saqqara, que dominait la pyramide à degrés du roi Djéser, premier monument en pierre de taille qu'avait conçu son génial maître d'œuvre Imhotep. Là reposaient les nobles et les sages du temps des grandes pyramides, un âge d'or gravé dans le cœur de chacun. Nul sentiment morbide : au contraire, l'expression revigorante d'une vie victorieuse de la mort. La présence des ancêtres engendrait une sérénité si difficile à atteindre dans les aléas et l'agitation du quotidien.

Des ritualistes entretenaient les jardinets précédant les tombes et assuraient un service d'offrandes à l'esprit de ceux qui n'étaient pas des défunts, mais des « justes de voix », reconnus comme tels par le tribunal d'Osiris.

L'architecte mena le couple jusqu'à un endroit encore vierge, et s'immobilisa.

— Cet emplacement vous convient-il ?

Horemheb regarda autour de lui et s'imprégna de l'atmosphère du lieu, pendant qu'Amenta, interloquée, l'observait.

— Ici se dressera notre ultime demeure, décida-t-il.

La gravité de son mari impressionna la jeune femme. Elle, qui ne songeait qu'à l'aimer et à vivre de toutes ses forces, se trouvait confrontée à l'inéluctable.

— Vous avez redonné la prospérité à Memphis, déclara l'architecte, et mon supérieur, le Premier serviteur de Ptah, désire vous témoigner sa reconnaissance en vous offrant un monument exceptionnel[1], qui ressemblera à un temple : une succession de deux pylônes – celui d'accès visible de loin – et de trois cours. À l'extrémité de la dernière, une chapelle réservée au culte de votre *ka*, puissance créatrice immortelle, et surmontée d'une petite pyramide. Nous bâtirons des murs en brique blanchie à la chaux. À l'intérieur, nous les recouvrirons partiellement de calcaire, de sorte que les sculpteurs puissent y inscrire les scènes rituelles.

— Combien de temps dureront les travaux ?

— Environ cinq ans.

*

* *

Ce projet inattendu avait bouleversé Amenta. Brutalement arrachée à une insouciance qui ne l'avait pas empêchée de gérer au mieux la mairie de Memphis en matant les hauts fonctionnaires, elle prenait conscience du caractère éphémère de l'existence et de sa brièveté. Elle n'en aima que davantage Horemheb, et savoura chacune de leurs étreintes comme s'il s'agissait de la dernière. Le bonheur que lui accordaient les dieux était un privilège rare qu'elle devait honorer en

---

1. La tombe memphite d'Horemheb mesure 65 m de long et 19 m de large. Aujourd'hui visitable, elle a été en partie dépecée. Les éléments de son décor sont répartis dans treize musées à travers le monde. Celui de Leyde, aux Pays-Bas, en préserve le plus grand nombre.

goûtant chaque instant avec un profond sentiment de reconnaissance.

— Je crois tenir une piste sérieuse menant à un chef de clan atonien qui réside à Memphis.

— N'entreprends rien sans m'informer, recommanda Horemheb. Un fanatique est forcément dangereux.

— Et si je voulais t'éblouir ?

— C'est déjà fait.

*

* *

À la vue du général en chef, Paramès fut soulagé. La caserne entière se mit aussitôt au garde-à-vous, et chaque soldat adopta une allure martiale, digne de son rang. Horemheb prit le temps d'inspecter les troupes, et constata avec satisfaction que tous les régiments, de l'infanterie à la charrerie, s'étaient renforcés.

À moment remarquable, repas amélioré. Ration supplémentaire, bière forte, après-midi de repos. Pour Paramès et Horemheb, déjeuner en tête à tête.

— Des troubles graves en Syrie ? demanda le général en chef.

— Oui et non. On s'agite, là-bas, mais ça n'outrepasse pas encore les bornes.

— Ton intuition ?

— C'est plus grave que d'habitude.

L'aide de camp de Paramès accourut. Les joues rouges, les narines pincées, il peina à s'exprimer.

— La guerre… c'est la guerre !

— 56 —

— Emmène-moi, supplia Amenta.

— Impossible. La mairie de Memphis est un enjeu stratégique. Paramès et moi au loin, tu n'auras d'autre appui que le Premier serviteur de Ptah. Souhaitons que les atoniens ne déclenchent pas une guérilla. Je te laisse un régiment qui t'aidera à maintenir l'ordre. Ne tolère aucun incident.

— Si… Si tu ne reviens pas ?

— Ma personne importe peu. L'essentiel est que notre armée soit victorieuse et que les Hittites renoncent à envahir l'Égypte.

— Penses-tu vraiment que Toutânkhamon soit apte à gouverner ?

— Il faut le penser.

*

* *

Discipline, excellente condition physique, nourriture abondante et de qualité permirent à l'armée égyptienne de progresser très vite vers la Syrie du Nord. Bien calculés, les temps de repos suffirent à reconstituer les forces des soldats, chaleureusement accueillis dans les villages traversés, qui redoutaient la cruauté des barbares hittites.

D'après des renseignements fiables, le chef des fauteurs de troubles était Tette, le prince de la province de Noukhassé, un pro-hittite déclaré.

— Aucun doute, estima Paramès ; ce gaillard est le bras armé de Souppilouliouma, qui se cache derrière lui et teste notre capacité de réaction.

Horemheb étudia longuement la carte.

— Si nous attaquons le Noukhassé, nous serons contraints de passer derrière les postes avancés de l'ennemi, installés dans des bourgs signalés par nos éclaireurs.

— Autrement dit, un superbe piège ! s'exclama Paramès.

— En agissant ainsi, nous serons pris en tenailles.

— Quelle stratégie préconisez-vous ?

— Démanteler chaque avant-poste avec la totalité de nos forces. Aucun ne nous résistera, et nous subirons un minimum de pertes. De plus, chaque conquête renforcera le moral de nos troupes. La rapidité est la clé du succès. Nous devrons nous déplacer très vite et ne pas accorder à nos adversaires la moindre chance de se regrouper. Cette opération-là terminée, nous envahirons le Noukhassé.

Admiratif, Paramès n'émit aucune objection.

*

* *

Horemheb appliqua son plan avec la précision d'un arpenteur. Vétérans et jeunes recrues remercièrent les gradés qui leur avaient infligé un entraînement harassant. Hier, ils les maudissaient ; aujourd'hui, en déployant des efforts intensifs, ils saluaient leurs exigences.

Tirs précis et dévastateurs des archers, charge des chars, assaut final de l'infanterie : rigoureusement coordonnées, les attaques furent aussi rapides qu'un vent déchaîné. Paramès insista sur un point : tous les fuyards devaient être abattus, afin d'éviter qu'ils ne gagnent l'objectif suivant et donnent l'alerte.

Ignorant la fatigue, se contentant de brefs moments de détente, les régiments répétèrent la même tactique avec la même efficacité, jusqu'à la destruction complète des positions hittites.

Enfin, à deux jours de marche de Noukhassé, une trêve à l'abri de tentes plutôt confortables. Horemheb, lui, interrogea les officiers syriens prisonniers, et ses espoirs ne furent pas déçus. L'un d'eux serait peut-être un pion décisif.

— Pourquoi obéis-tu à un supérieur hittite ?

— C'est ça ou la décapitation.

— Tu n'aimes pas les Hittites ?

— Quand ils n'auront plus besoin de nous, ils nous boufferont tout crus.

— Je te propose un marché. Tu portes un message à Tette, le prince de Noukhassé. Quand tu reviendras ici, tu auras droit à un cheval, deux ânes, dix sacs de grain et deux pots d'onguent. Et tu seras libre d'aller où bon te semble.

— Vous… vous m'accorderez l'asile en Égypte ?

Horemheb hésita.

— Tu m'en demandes beaucoup. Mais j'accepte.

*

* *

Tette était un chef brutal que ses soldats redoutaient. Combien en avait-il amochés, parce qu'ils n'exécutaient pas ses ordres assez promptement ? Zélateur de la puissance militaire hittite, il se réjouissait d'avoir attiré l'armée égyptienne dans le piège du Noukhassé et trépignait en attendant l'instant de déclencher l'offensive qui l'écraserait.

— Un messager, seigneur, annonça l'officier de liaison.

Sans prêter attention au porteur, Tette dévora le court texte inscrit sur un tesson de calcaire et eut un sourire carnassier. Général en chef de pacotille, Horemheb, comme prévu, avait contourné les avant-postes, croyant ne pas être repéré, et se préparait à attaquer le Noukhassé par le sud, à l'endroit où étaient massées les troupes syriennes. Elles n'auraient guère de peine à le repousser en lui infligeant de lourdes pertes. Le surprenant par-derrière, les garnisons des avant-postes finiraient le travail. Un carnage dont Tette se réjouissait déjà. Il apporterait lui-même la tête d'Horemheb au souverain hittite.

— Du vin ! réclama-t-il.

*

* *

Les guetteurs de Tette n'avaient encore rien signalé. Pas étonnant, la pauvre armée égyptienne se traînait, sans doute morte de peur, en terrain inconnu.

— Seigneur, l'alerta l'officier de liaison, décomposé, nous sommes attaqués !

— Enfin ! On va les broyer.

— Pas par le sud, par le nord !

— Par le nord… Tu divagues ?

— Non, seigneur, et nous sommes presque encerclés. Leurs archers ont détruit plus de la moitié de nos effectifs. Si nous voulons avoir la vie sauve, il faut nous rendre.

*
* *

Quand Tette, agenouillé, les mains liées derrière le dos, vit apparaître Horemheb, il comprit la raison de sa déroute. Non, cet homme-là n'était pas un général de pacotille, mais un authentique chef de guerre, à l'autorité innée. Et l'indulgence ne figurait pas parmi ses éventuels défauts.

— Tu as deux solutions, Tette : te soumettre, ou mourir. Fais immédiatement allégeance à l'Égypte. Sinon, tu rejoindras les malheureux soldats qui ont eu tort de t'écouter.

— J'accepte.

— Qu'on le délivre et qu'on le relève, afin qu'il prête serment.

Horemheb n'avait aucune confiance en la parole du Syrien. Mais s'il la trahissait, elle se retournerait contre lui.

— Tu t'engages à rompre ton alliance avec les Hittites, précisa-t-il. Si tu la renoues, mon armée dévastera ta province. Et, cette fois, tu ne seras pas épargné. Sache que, désormais, nous contrôlons le nord de la Syrie et que le Noukhassé sera sous surveillance permanente.

Les poignets douloureux, Tette garda la tête baissée.

— Dès demain, tu partiras pour le Hatti et tu remettras à son roi la lettre que je vais te confier.

— 57 —

Souppilouliouma relut la lettre d'Horemheb, se demandant s'il rêvait. Au lieu de se ruer vers le Hatti, le général en chef de soldats victorieux, dont le triomphe résonnait dans nombre de contrées, lui proposait… un accord de paix !

Un an auparavant, le souverain hittite aurait éclaté de rire. Mais la situation avait beaucoup évolué, en sa défaveur. Maintenant, il savait que l'armée égyptienne était capable non seulement de le combattre, mais aussi de le vaincre, surtout si les Assyriens, et peut-être d'autres peuples, se joignaient à elle afin d'écarter définitivement la menace hittite.

Pourquoi Horemheb, qui venait de donner une preuve éclatante de sa valeur militaire, ne poussait-il pas son avantage ? Une seule explication : la faiblesse d'un jeune roi et les tensions au sein du premier cercle du pouvoir, gangrené par le parti atonien qui rêvait de s'emparer du trône.

Horemheb avançait sur des sables mouvants et craignait, à tout moment, de s'y enfoncer. Belle lucidité, que Souppiloulliouma, moins robuste que supposé, devait partager. Dans les circonstances actuelles, agresser l'Égypte serait insensé et conduirait le Hatti à sa perte.

En signant cet accord de paix, il se donnerait le temps nécessaire pour augmenter le nombre de ses guerriers, assujettir l'Assyrie et préparer une invasion sans le moindre risque d'échec. De longues années en prévision, certes, mais la conquête des Deux Terres était à ce prix.

Le roi convoqua son secrétaire et lui dicta sa réponse : entre l'Égypte et le Hatti, échange de cadeaux et paix durable.

*

* *

Oui, le bonheur existait. À bord du bateau qui les emmenait à Thèbes pour y célébrer la fête d'Opet, symbole de fécondité spirituelle et matérielle, Amenta et Horemheb avaient laissé libre cours à leur amour.

Pas un Égyptien n'ignorait la conclusion d'un accord de paix avec le Hatti, à la suite de la surprenante victoire du général en chef en Syrie du Nord. Avenir riant, fin des angoisses, prestige restauré… Que ne devait-on pas à Horemheb !

Profitant tantôt du paysage et des acclamations des villageois massés sur les berges, tantôt de leur luxueuse cabine propice à leurs ébats, Amenta et Horemheb savouraient ces moments.

À l'approche de la cité d'Amon, il brisa la quiétude.

— La gloire revient au pharaon, pas à moi. C'est lui qui a vaincu en Syrie et obtenu la paix. Le voici adulte, maintenant, assis sur un trône qui ne vacille plus.

— Les atoniens n'ont pas disparu, tempéra la jeune femme.

— Ton enquête a-t-elle progressé ?

— Très lentement. Une extrême prudence s'impose ; je n'ai que des soupçons, pas de preuves.

— En notre absence, Memphis ne bougera pas. Paramès y veillera.

*

* *

La cérémonie fut grandiose et marqua les esprits des privilégiés qui eurent la chance d'y assister. Conformément à la tradition, le dieu Amon, sous la forme d'une statue, quitta son temple de Karnak pour se rendre à son sanctuaire de Louxor où, lors de rituels secrets, le roi et la reine célébreraient un mariage sacré dont dépendait l'équilibre des Deux Terres. La partie publique de la fête réunit un grand concours de population, ravie de consommer nourritures et boissons offertes par l'État. Musique, chants et danses rythmèrent plusieurs journées de réjouissances.

Le héros de cette fête-là, c'était Horemheb. On ne parlait que de ses exploits, et les atoniens, qui continuaient à s'implanter à la cour, dans la haute administration et chez les petits fonctionnaires, faisaient grise mine. Nakhtmin et Shenta soulignaient les progrès notables de leur action souterraine et rappelaient l'influence, qui irait croissant, de leur soutien majeur, la Grande Épouse royale.

Au dernier jour de la fête, le moment attendu, tant des dignitaires que de la population : la remise d'une décoration exceptionnelle au général en chef, qui avait freiné les ambitions hittites et instauré une paix solide.

Encadré du Premier ministre Aÿ et du général Nakhtmin, le couple royal apparut à la fenêtre principale du palais. La foule massée au pied de l'édifice les acclama longuement, notant le maintien du jeune pharaon et la beauté de son épouse. Puis le couple sortit du bâtiment et se dirigea vers une estrade où avaient été installés deux trônes sur lesquels ils prirent place.

Alors, se frayant un chemin grâce à sa garde personnelle, Horemheb s'avança. Des murmures admiratifs parcoururent l'assistance, fascinée.

Le général en chef grimpa lentement les marches de l'estrade et s'inclina devant les souverains.

— Je t'ai envoyé au loin comme messager royal, déclara Toutânkhamon, en t'enjoignant de ne revenir qu'après avoir triomphé. Nul pays n'a osé se dresser contre toi, tu as terrorisé nos ennemis, les Hittites ont peur de prononcer ton nom. Viens près de moi, Horemheb.

Toutânkhamon sourit, la reine n'exprima aucun sentiment. Le général en chef s'immobilisa à un pas de son roi. Deux ritualistes passèrent autour de son cou des colliers d'or, la plus haute distinction accordée à un serviteur du pays.

Shenta se mordit les lèvres pour ne pas hurler de dépit. À cet instant, Horemheb semblait être le maître du pays. Simple illusion, qui ne tarderait pas à se dissiper.

— 58 —

La fête s'acheva dans le jardin du palais royal où des rafraîchissements furent servis à l'élite du pays. Toutânkhamon invita Horemheb à le rejoindre sous un kiosque fleuri.

— J'ai adoré cette cérémonie ! Moi, te décorer, quelle joie ! Tu les as tous subjugués.

— L'important, Majesté, c'est de maintenir la paix. Les Hittites ne la veulent pas et n'ont aucune parole. Ils profiteront de cette trêve pour recruter de nouveaux soldats et se doter d'une armée invincible, avec deux objectifs : briser les reins de nos alliés assyriens, puis nous attaquer.

Le visage du jeune pharaon s'assombrit.

— Comment éviter ces calamités ?

— En agissant comme Thoutmosis III, votre illustre prédécesseur, dont les exploits sont narrés sur les murs de Karnak[1]. Il ne lui fallut pas moins de dix-sept campagnes pour faire cesser les troubles en Syro-Palestine.

1. Voir *Pharaon, Mon royaume est de ce monde*, XO Éditions, 2018.

Un impératif : se montrer à la tête de ses régiments. Sa seule présence effrayait l'adversaire et prouvait la détermination de l'Égypte.

— Tu souhaiterais… que j'apparaisse sur *mon* char, à la tête de *mon* armée ?

— Exactement.

Ému, imaginant la scène qui l'imposerait comme maître des Deux Terres et chef de guerre, Toutânkhamon ferma les yeux et s'interrogea longuement.

De nouveau, son regard brilla.

— J'agirai comme mes ancêtres et je materai les Hittites.

— À condition de vous installer à Memphis. C'est là que vous découvrirez vos troupes. C'est de là que vous partirez pour une tournée d'inspection jusqu'en Syrie du Nord. Souppilouliouma comprendra que vous avez déjoué ses plans, et qu'il devra respecter l'accord de paix.

— Tu… tu m'accompagneras ?

— Bien entendu, Majesté.

*

* *

Thèbes bruissait encore des louanges adressées à Horemheb et de la remise des colliers d'or, au cours de laquelle sa stature d'homme d'État avait impressionné la foule. Le général en chef était présent à la grande audience royale qui réunissait les dignitaires dans la principale salle à colonnes. Sans doute le roi allait-il encore le féliciter en lui ordonnant de retourner à Memphis et de veiller au bien-être de l'armée.

La reine étant souffrante, Toutânkhamon apparut seul. La gravité de son visage étonna le général Nakhtmin, entouré de hauts responsables appartenant au parti atonien. Le roi mûrissait vite, ses gestes et sa voix s'affirmaient.

— Voici ma décision, déclara-t-il avec une intonation virile. La cour s'installera à Memphis. J'y inspecterai mon armée et je la guiderai jusqu'à la limite des territoires que nous contrôlons.

L'assistance se statufia. Aÿ fut le premier à sortir de l'hébétude.

— Ne serait-ce pas une initiative prématurée, Majesté ? Un tel déménagement présente de nombreuses difficultés et…

— J'ai tranché la parole, Père divin.

*

* *

La réunion secrète des atoniens se tint chez le superviseur des denrées alimentaires offertes au temple de Karnak pour y être purifiées, puis redistribuées en guise de salaire, selon un barème strict correspondant aux catégories professionnelles et à leur hiérarchie.

Vu le bouleversement en cours, pas un des principaux dirigeants du parti ne manquait. La décision inattendue du petit roi ne nuisait-elle pas à la reconquête ?

— Memphis, c'est le territoire d'Horemheb, rappela le superviseur. Là-bas, il manipulera Toutânkhamon à sa guise !

— Vrai et faux, répondit Shenta. Vrai, parce que ce général, ivre de sa victoire, utilise le pharaon comme un jouet, en ne songeant qu'à accroître son propre pouvoir. Faux, car notre parti est mieux implanté à Memphis qu'il ne l'imagine. En nous y installant, nous nous rassemblerons. Sans s'en douter, Horemheb nous procure une magnifique occasion !

Le juge Bouty atténua l'enthousiasme de la jolie brune.

— Toutânkhamon n'est plus un enfant. Il vient de piétiner Aÿ et de le réduire au silence. Horemheb compte sur lui pour nous démasquer et nous détruire.

— Tu oublies la reine ! protesta Nakhtmin.

— Elle déteste Horemheb, j'en conviens, mais ne fera pas le poids. Le général en chef n'est plus seul. Il a éduqué ce pharaon, qui lui accorde une confiance totale. Peu à peu, ce dernier a pris conscience de ses prérogatives et commence à les exercer. Ne nous trompons pas de cible. Notre principal ennemi, aujourd'hui, c'est Toutânkhamon.

Des conciliabules suivirent cette constatation, que beaucoup jugèrent inquiétante.

— Merci pour ta lucidité, approuva Shenta. Tirons-en toutes les conséquences.

— Que veux-tu dire ?

— Un bon médecin pose le diagnostic juste. Ensuite, grâce au médicament approprié, il éradique le mal. Le diagnostic étant posé et le mal identifié, nous allons donc l'éradiquer.

— 59 —

Heureusement, Saby était un bon gars, travailleur et digne de confiance. Au fil des années, il s'imposait comme un spécialiste de la vigne, et le Vieux lui avait laissé la sienne sans trop de crainte. Vu ses compétences, le personnel le respectait.

De la cité du soleil à Thèbes, et maintenant de Thèbes à Memphis ! Ayant horreur des voyages, le Vieux, en tant qu'échanson, était néanmoins obligé de suivre la cour, d'autant qu'Horemheb ne voulait personne d'autre pour alimenter la table royale en grands crus, sévèrement sélectionnés. Comme Vent du Nord ne s'opposait pas à cette aventure, impossible de refuser.

La première capitale de l'Égypte, il est vrai, ne manquait pas d'attraits. Les temples, les jardins, les grandes villas, les ruelles animées… De quoi susciter admiration et curiosité. Le Vieux, lui, se préoccupa des caves officielles, dont il examina le contenu avec une rigoureuse conscience professionnelle. Par bonheur, les productions du Delta se montraient à la hauteur de leur réputation, et le banquet d'accueil fut dignement arrosé.

*
* *

Du plus âgé des vétérans à la plus jeune des dernières recrues, tous les soldats éprouvèrent une intense fierté lorsqu'ils défilèrent devant Toutânkhamon, ébloui par son armée. Encadré d'Horemheb et de Paramès, il aurait aimé que cette parade militaire, qui lui donnait un sentiment de puissance inespéré, ne cessât jamais.

Le jeune roi n'était pas au bout de ses surprises. Horemheb l'emmena à l'atelier des orfèvres, occupés à parfaire le masque d'or, le sarcophage et les chapelles du même métal. Sur leurs parois se déployaient des textes relatifs à la création de la lumière.

En quelques heures, le monarque passa du monde de la force à celui de l'esprit et comprit que, en tant que chef d'État, il devait les associer en privilégiant le second. De son vivant, il contempla la beauté inaltérable de son éternité.

*
* *

Aÿ peinait à trouver ses marques, mais l'essentiel était préservé : contrairement à ce qu'il craignait, Toutânkhamon ne l'avait pas congédié pour le remplacer par Horemheb, et il demeurait Premier ministre.

Seuls le général Nakhtmin, chargé de la sécurité, et quelques hauts fonctionnaires étaient restés à Thèbes afin d'assurer le bon fonctionnement de la cité d'Amon. Au Père divin d'établir des liens harmonieux entre responsables memphites et thébains, gens du Nord et du Sud.

Avec tact et doigté, Aÿ organisa déjeuners et dîners, tantôt restreints, tantôt élargis, sans oublier de brillantes réceptions où les singes verts d'Ousil distrayaient les convives, qui se délectaient des vins choisis par le Vieux.

Le Premier ministre félicita chaudement Amenta pour sa remarquable gestion de la mairie de Memphis et le redressement économique de la ville. Quoique l'onction du courtisan madré lui déplût fortement, la jeune femme se montra exquise.

L'épouse d'Horemheb avait une autre préoccupation : suivre la piste qui menait au chef du parti atonien de Memphis.

*

* *

Surmontant les atermoiements de plusieurs partisans, Shenta et Nakhtmin avaient fixé une ligne de conduite : éliminer Toutânkhamon, le pire des traîtres, ressusciter le Grand Conseil et y introduire des atoniens qui voteraient pour Nakhtmin.

En tant que servante proche de la reine, Shenta l'avait accompagnée à Memphis, et logeait dans une chambre non loin des appartements de la souveraine. Malgré les apparences, cette dernière ne s'était pas remise de la mort de son bébé, et seule Shenta lui redonnait le goût de vivre en lui rappelant l'importance de sa mission : rétablir la vraie foi, faire de nouveau briller Aton de toute sa splendeur. Hélas, Toutânkhamon s'en éloignait chaque jour davantage et devenait le disciple aveugle d'Horemheb.

La cour prenant ses aises sous la houlette d'Aÿ, qui s'adaptait à la grande cité et en maîtrisait les codes, Shenta contacta les membres influents du parti atonien de Memphis. Ils n'y occupaient encore que des postes subalternes, à l'exception du chef du réseau local, un notable préposé à l'acheminement des bois de qualité, destinés aux sculpteurs, aux menuisiers et aux charpentiers.

Ils se rencontrèrent chez l'un de ses amis, atonien convaincu, qui possédait une petite maison dans un faubourg de la ville. L'endroit était facile à surveiller et, en cas d'alerte, un trajet de fuite avait été prévu.

Le quadragénaire, grand et sec, semblait tendu.

— Je suis Shenta, la compagne du général Nakhtmin, et je viens renforcer notre parti. Les atoniens de la cour aideront les tiens à grimper dans la hiérarchie. Memphis, comme toutes les localités d'Égypte, appartiendra bientôt à Aton, notre religion régnera sans partage.

— Je le souhaite comme toi, mais un sérieux obstacle se présente. Depuis plusieurs mois, je suis observé, et même filé. Ces dernières semaines, j'ai évité de rencontrer des membres de mon réseau. Si les sbires d'Horemheb m'arrêtent, je ne résisterai pas à la torture. Ils m'arracheront les noms de nos partisans, et nous n'en aurons plus aucun à Memphis. J'ai appris que c'était Amenta, l'épouse du général en chef, qui voulait ma peau.

La voix du notable tremblait.

— Nous nous débarrasserons de cette gêneuse, promit Shenta, et tu m'aideras à concrétiser notre projet. Puisque tu assures la livraison de bois coûteux aux ateliers royaux, tu connais forcément les ouvriers qui fabriquent les chars du roi.

— En effet.

— L'un d'eux te semble-t-il achetable ? Un homme endetté, en instance de divorce, un révolté ou je ne sais quoi d'autre.

— Je songe à un bougon qui dépense plus qu'il ne gagne.

— Paie-le grassement, et qu'il permette à l'un des nôtres de pénétrer dans l'entrepôt où sont conservées les pièces détachées.

— Les chars du roi… vous voulez…

— Éliminer notre principal ennemi, Toutânkhamon. Il périra dans un accident, la reine proclamera la renaissance de la dynastie d'Aton, sa lumière nous inondera de ses bienfaits. Quant à cette peste d'Amenta, ne t'en soucie plus. Voici comment nous allons procéder.

— 60 —

Souppilouliouma dormait mal. D'après l'un de ses espions, le petit Toutânkhamon avait beaucoup grandi et, sous l'influence d'Horemheb, souhaitait commander en personne une redoutable armée. Réalité ou forfanterie ?

Une seule façon de le savoir et d'agir en conséquence : provoquer le roi et constater sa réaction. À cause de l'accord de paix, il était exclu de ranimer un avant-poste hittite en Syrie du Nord. Il fallait que les Égyptiens éprouvassent un minimum de confiance en la parole de Souppilouliouma.

Il manipulerait donc des alliés qui, en échange de cadeaux à des chefs de clan, seraient ravis de causer quelques dommages à un gouvernorat égyptien : les Palestiniens. Bien que leurs territoires fussent gérés de manière équilibrée depuis Thoutmosis III, des insoumis remâchaient leur hargne contre la tutelle du pharaon.

Le souverain convoqua ses émissaires et leur donna ses instructions.

*
* *

Le Vieux s'épongea le front, but une coupe de blanc fruité et remplit celle d'Ousil. Le nectar soulignait la fraîcheur des filets de perche grillés, pêchés le matin même.

— Ça n'en finit pas, se plaignit le Vieux ; Aÿ préside chaque jour des repas allant de cinq à trente convives, et réclame les meilleurs vins ! Si ça continue, il me videra les caves de Memphis.

— Mes singes sont fatigués, confessa Ousil ; ils amusent tellement la bonne société qu'ils n'ont pas eu un jour de repos depuis notre arrivée. Et ces chenapans grossissent à force de trop manger ! Que veux-tu… Notre Premier ministre veut séduire le Tout-Memphis, et pas de meilleur moyen que la bonne chère !

— La reine devrait s'offrir un doigt de rouge. Tu as vu sa tête ? Blafarde !

— La mort de son enfant l'a presque détruite. Elle tente de donner le change, mais personne n'est dupe. Sa jeunesse la sauvera. Le couple royal aura un autre rejeton, et la joie reviendra.

— Pour le moment, nota le Vieux, notre souverain est tout à ses amours militaires ! Il n'imaginait pas disposer de telles forces.

— Les réformes d'Horemheb ont porté leurs fruits. Moi, je suis drôlement content de ce séjour à Memphis !

— Pas le temps de s'ennuyer, tu as raison. Bon, on y retourne. Encore des jarres à choisir pour le banquet de ce soir.

Un petit singe vert discutait avec Vent du Nord, à l'écoute de ses prochaines facéties. Mais l'on ne pouvait éternellement plaisanter, et l'un comme l'autre reprirent leurs tâches respectives.

*

* *

Une maison à deux étages, proche du centre de Memphis. Y vivait un atonien, au service du chef du parti local. Son patron l'avait averti que trois personnes se réuniraient chez lui à la tombée du jour et que la ruelle serait étroitement surveillée par leurs camarades.

Une jolie brune, accompagnée d'un homme vêtu d'une épaisse tunique. Une bande de lin couvrait partiellement son visage. Puis arriva un artisan plutôt corpulent et très nerveux.

Le propriétaire introduisit le trio dans la pièce principale du rez-de-chaussée et se retira dans sa chambre. Il préférait ne rien entendre.

L'artisan s'assit sur une banquette, face à Shenta, qui resta debout, l'homme masqué derrière elle.

— Je n'aurais pas dû venir, geignit le corpulent. Je me suis trompé. Je m'en vais.

— Si tu nous aides, dit Shenta, tu seras riche. Une ferme, cinq vaches, des porcs, une basse-cour.

— Tu… tu te moques de moi !

— Tu as ma parole. Ce sera ton salaire.

Le crâne de l'artisan bouillonna. Il n'aurait même pas osé rêver d'un tel avenir, aujourd'hui à portée de main. Une occasion inespérée qui ne se représenterait certainement pas.

— Qu'attends-tu de moi ?

— Que tu ouvres la porte de l'entrepôt où sont conservées les pièces composant les chars qu'utilisera le roi.

— Tu désires en voler une ?

— Moins tu en sauras, mieux cela vaudra.

L'artisan acquiesça.

— Quand ?

— Cette nuit. Nous dînerons ici, puis tu partiras avec mon ami. Tu lui permettras de pénétrer dans l'entrepôt, dont tu garderas la porte.

— Ce sera long ?

— Le plus bref possible.

— Ensuite ?

— Mon ami disparaîtra. Toi, tu reviendras ici, afin de recevoir ton titre de propriété.

— Tu n'exiges vraiment rien de plus ?

— Rien. Ne te pose aucune question, garde ta langue, et tu vivras heureux.

L'artisan croisa les doigts. Trop tard pour reculer. La vision de sa future ferme l'enivrait.

Jusqu'au milieu de la nuit, le temps s'écoula lentement. Les complices burent de la bière légère et mangèrent du poisson séché, sans prononcer un mot.

— Au travail, ordonna Shenta.

Le tueur patenté du clan atonien suivit l'artisan. Causer la mort de ce pharaon lui procurait un plaisir particulier. Il saurait rendre son sabotage invisible et attendrait avec impatience un heureux résultat.

— 61 —

Horemheb attentif à sa gauche, Toutânkhamon démontra son talent de tireur à l'arc. Cinq flèches dans la cible, dont trois en plein centre. Le jeune roi bondit de joie.

— Ne suis-je pas digne des Nubiens ?

— Pas encore, Majesté, mais vos progrès sont remarquables.

Le roi fut contrarié, puis sourit. Ce qu'il appréciait le plus chez son général en chef, c'était son franc-parler. Jamais de flatterie, des paroles qui rectifiaient.

Horemheb lui présenta cinq nouvelles flèches.

— Essayez de vous améliorer.

Toutânkhamon n'en eut pas le loisir. Paramès accourut.

— Révolte en Palestine, annonça-t-il. Les bureaux de notre gouvernorat ont été incendiés, plusieurs fonctionnaires massacrés. Un clan est à l'origine de ce soulèvement.

— Je propose une intervention immédiate, dit Horemheb. Sans nul doute, une manipulation hittite. La présence du pharaon, des châtiments exemplaires et le retour rapide à la normale prouveront à Souppiloulio uma que nous défier ainsi est inutile.

Les mains de Toutânkhamon se crispèrent sur son arc.

— Quand partons-nous ?

— Immédiatement.

*

* *

Comme de nombreux habitants de Memphis, Shenta assista au déploiement de l'armée égyptienne, à destination de la Palestine. Des forces impressionnantes et disciplinées, qui n'auraient aucune peine à terrasser les révoltés. À leur tête, Toutânkhamon, en proie à l'exaltation. Qui n'était pas enthousiaste à la vue d'un roitelet transformé en montagne autoritaire, suivi du général en chef Horemheb et de son éternel bras droit, Paramès ?

Avec ces hommes-là, la population se sentait en sécurité. Les folies d'Akhénaton oubliées, la prospérité revenue, l'ordre rétabli, l'Égypte s'affirmait à nouveau comme une grande puissance.

À côté de Shenta, le tueur du clan atonien, à l'instar de milliers d'admirateurs, acclama le défilé.

— As-tu réussi ? demanda-t-elle.

— Ce fut délicat, car le sabotage ne devait pas être visible, et les chars sont fabriqués avec précision. Néanmoins, l'une des roues ne résistera pas à la vitesse.

— Une seule roue ? Le roi disposera d'au moins trois chars !

— Je sais, mais impossible de faire davantage sans éveiller l'attention des charpentiers qui assembleront les pièces.

— Cela réduit nos chances de succès, déplora la jeune femme.

— Aton nous favorisera.

— T'es-tu débarrassé de notre brave collaborateur ?

— L'imbécile n'a pas senti sa mort venir. Dès qu'il a refermé la porte de l'entrepôt, je lui ai brisé la nuque et j'ai jeté son cadavre dans le canal. On croira à un accident.

*

* *

Dans le hall d'accueil de la résidence d'Amenta, un sexagénaire maigrichon en pleurs que surveillait un garde.

— Qui est cet homme ? interrogea-t-elle.

— Je l'ignore. Il n'arrête pas de gémir et ne veut parler qu'à vous. Il a juste déclaré qu'il s'agissait d'une question de vie ou de mort.

Amenta toucha l'épaule du désespéré.

— C'est bien moi que tu désirais voir ?

L'homme à la silhouette émaciée leva les yeux.

— Oui, oui… c'est grave, si grave !

— Eh bien, je t'écoute.

— Vous, et vous seule !

D'un regard, Amenta intima au garde l'ordre de s'éloigner. L'éploré baissa la tête.

— Je suis coupable et je mérite la prison.

— Quel crime as-tu commis ?

— Je suis resté fidèle à Aton et je travaille pour ses partisans, plus nombreux que vous ne l'imaginez. Leur chef, à Memphis, est un haut dignitaire, dont la parole porte. Jusqu'à présent, je suivais ses directives. Mais je n'approuve pas sa dernière décision. C'est affreux, abominable… Aton ne saurait exiger pareille horreur ! Il nous maudirait.

La jeune femme le questionna avec douceur.

— Quelle est cette décision qui te contrarie tant ?

— Je n'ose pas, je…

— Ne souhaitais-tu pas te confier à moi ?

De nouveaux sanglots.

— Le parti atonien va assassiner le roi.

La révélation pétrifia Amenta. Vu l'état de son interlocuteur, elle ne doutait pas de sa sincérité.

— Comment compte-t-il s'y prendre ?

— Je l'ignore, mais je sais où les dirigeants sont réunis pour mettre la dernière main à leur plan.

— Acceptes-tu de m'y conduire ?

— Trop dangereux ! Il y a des guetteurs partout. Et puis…

Il l'observa longuement.

— Vous êtes trop élégante.

— Difficulté facile à résoudre.

— Impossible de s'approcher de la maison. Nous serons repérés.

— Peux-tu au moins me la montrer de loin ?

Le bonhomme hésita.

— De très loin… À une condition.

— Qu'exiges-tu ?

— Disparaître. Vous ne m'avez pas rencontré, je ne vous ai rien dit.

— Entendu.

*
* *

Les cheveux dénoués, une tunique grossière, des sandales à bas prix : Amenta ressemblait à une banale maîtresse de maison. Son compagnon, lui aussi, passait inaperçu.

Dès qu'il aurait indiqué l'endroit, la jeune femme se ruerait à la caserne et ordonnerait à une escouade d'interpeller les atoniens. Elle aurait dû s'adresser au général Nakhtmin, responsable de la sécurité, mais ce légaliste en référerait au Premier ministre qui, en l'absence d'Horemheb, tergiverserait. Si le délateur avait menti, peu importait. La jeune femme préférait une bavure à l'inaction. Et s'il lui avait confié la vérité, ce serait la fin du parti atonien à Memphis et sans doute au-delà, grâce aux interrogatoires. De retour de Palestine, Horemheb serait fier de son épouse.

Près du port, un quartier populaire formé de ruelles, certaines animées, d'autres tranquilles.

— Je ne vais pas plus loin, marmonna le guide d'une voix chevrotante.

— Désigne-moi le repaire atonien.

— À l'angle, penchez-vous sur votre gauche. Vous apercevrez l'entrée d'une ruelle plutôt sombre. À l'entrée, un porteur d'eau assis. Un guetteur. La maison se trouve au milieu de cette petite artère. Il y a une marque rouge sur la porte.

— Tu as mérité ta liberté, jugea Amenta.

— Je croirai toujours en Aton, mais je ne veux pas la mort du pharaon.

Alors que son informateur feignait de s'éloigner, Amenta respecta ses consignes.

Au moment où elle se penchait, deux paires de bras puissants la soulevèrent du sol, une main calleuse se plaqua sur sa bouche pour l'empêcher de crier. Une porte s'ouvrit, et les sbires enfournèrent leur prisonnière dans une demeure aux murs décrépits, sous l'œil ironique du comédien qui toucherait une belle prime.

L'otage se débattit en vain, elle n'avait pas la force d'échapper à la poigne de ses agresseurs.

La pièce baignait dans l'obscurité, mais Amenta finit par distinguer deux silhouettes. Celles de Shenta et du tueur patenté du parti atonien.

— L'épouse de notre général en chef ! s'exclama la petite brune, grinçante. Quelle bonne idée de nous rendre visite. Tu nous as causé beaucoup de soucis, ces derniers temps. Beaucoup trop.

— 62 —

Désinformés par un émissaire hittite qui leur avait promis que le faible Toutânkhamon, occupé à sauver son trône, n'interviendrait pas, les Palestiniens révoltés ripaillaient dans les ruines du gouvernorat égyptien, pris d'assaut avec une joie féroce. La fête n'avait pas cessé depuis qu'ils avaient massacré des gardes et des civils sans rencontrer de résistance, une semaine plus tôt.

— Chef, avertit le moins ivre, une armée en vue.

— Une armée de quoi ?

— Des Égyptiens. Fantassins, archers, chars… Et l'étendard du pharaon à leur tête.

— Tu as trop bu !

— Venez voir vous-même.

Deux compatriotes aidèrent le chef de clan à se relever et à monter au sommet d'une tour de guet à moitié intacte.

Le spectacle le dégrisa. Jamais il n'avait contemplé une telle vague.

— Deux lignes de défense, ordonna-t-il. Les autres se replient.

*

*   *

Encadré des chars d'Horemheb et de Paramès, plutôt inquiets, Toutânkhamon donna le signal de l'attaque, après que les archers eurent décimé les rangs adverses. Exalté, le roi lança son propre char à pleine vitesse.

Paramès se maintint à sa hauteur, et les tireurs d'élite embarqués décochèrent des flèches d'une précision mortelle. La première ligne de défense palestinienne céda d'un bloc, et la seconde se débanda.

À l'instant où le pharaon se démobilisait, Paramès aperçut un séditieux qui brandissait sa fronde. Placé à bonne distance, il pouvait ficher un silex pointu dans la tempe du monarque. Son casque bleu en tissu ne suffirait pas à le protéger.

Extirpant une épée courte de son fourreau, Paramès s'en servit comme d'une lance. Elle transperça la gorge du Palestinien, qui s'effondra sans lâcher sa fronde.

La bataille dura moins d'une heure, les Égyptiens ne déplorèrent que des blessés légers. Au milieu des troupes, Paramès fut à l'honneur.

— Tu m'as sauvé la vie, déclara le roi. Je te nomme supérieur de la cavalerie, des bouches du fleuve, des postes-frontières, et scribe royal. Ta statue, proclamant tes titres, sera déposée dans le temple de Karnak.

Une acclamation salua le rude soldat, ému aux larmes. Comment aurait-il imaginé une telle carrière ? La chaleureuse accolade d'Horemheb ajouta encore à l'émotion.

*
* *

Relativement sobres, les réjouissances furent de courte durée, car le général en chef voulait rattraper les fuyards, les châtier et, si possible, interroger leur chef et obtenir la preuve d'une manipulation hittite.

— J'ai un mauvais pressentiment, avoua Paramès. Est-ce vraiment nécessaire de poursuivre cette campagne ?

— Tes nouveaux titres te déprimeraient-ils ? s'inquiéta Horemheb.

— Non, simple question de flair.

— Un piège tendu par les Palestiniens ?

— Quelque chose dans ce genre-là.

— Notre souverain dort, mais il se réveillera avec l'envie d'aller au terme de sa victoire. L'en dissuader sera difficile.

— Alors, prenons nos précautions. Avant qu'il ne s'élance, je sécuriserai le terrain. Retenez-le jusqu'à mon signal.

*
* *

Horemheb cauchemarda et se réveilla migraineux. L'inquiétude de Paramès était contagieuse. Pourtant, les rapports des éclaireurs ne mentionnaient rien d'anormal. La bande de révoltés s'était refugiée dans un village que Paramès investirait sans nulle peine, et qu'il écraserait s'ils ne se rendaient pas.

Comme prévu, Toutânkhamon trépignait. Les mêmes chevaux, parfaitement dressés, et un nouveau char, dont le caisson étincelait.

— L'ennemi a-t-il été localisé ? demanda-t-il à Horemheb.

— Il se terre dans un bourg voisin. Paramès s'assure qu'il est bien isolé. Votre vie et celle de vos soldats sont trop précieuses pour courir des risques inconsidérés.

Se rendant à la raison, le jeune monarque maîtrisa son impatience. Enfin, au milieu de la matinée, un cavalier égyptien apparut à l'horizon, lance levée.

— Champ libre, Majesté, déclara Horemheb.

Un archer à ses côtés, le roi empoigna les rênes et lança ses chevaux au grand galop, la charrerie à sa suite. Un ciel d'un bleu limpide, une superbe lumière. Le premier triomphe de Toutânkhamon sur le terrain.

Soudain, l'horreur.

Alors qu'il n'existait aucun obstacle, l'une des roues du char se détacha. L'archer tomba hors du caisson, le roi demeura attaché aux rênes. L'un des chevaux entraîna l'autre dans sa chute, et le monarque fut écrasé sous le véhicule.

D'abord, la sidération et le silence ; personne ne croyait au pire. Ensuite, le cri d'un officier qui se rua vers le lieu de l'accident, bientôt imité par de nombreux soldats.

— 63 —

La nouvelle de la mort de Toutânkhamon s'était vite répandue dans l'Égypte entière et les pays avoisinants. La poitrine enfoncée, le cœur éclaté, une fracture ouverte du fémur, le jeune roi n'avait pas survécu à un accident de char, roulant à trop vive allure.

Transporté à Memphis, le cadavre avait aussitôt été confié aux momificateurs pour qu'ils le transforment en corps osirien, support de résurrection.

Se conformant aux exigences du deuil national, les hommes ne se raseraient pas pendant soixante-dix jours, et toutes les festivités étaient annulées.

Ivres de joie, comme tous les atoniens, Shenta et le général Nakhtmin adoptaient néanmoins une attitude éplorée, après avoir félicité le tueur du parti pour son excellent travail.

Avant l'élection d'un nouveau pharaon, le pouvoir revenait à la Grande Épouse royale, qui, en tant qu'Horus féminin, pouvait gouverner seule.

Prostrée dans ses appartements, elle refusa de voir quiconque pendant une longue semaine. Enfin, Ânkhésa céda aux sollicitations quotidiennes du Premier ministre.

Assise dans un fauteuil à dossier bas, la jeune femme, d'une pâleur inquiétante, contemplait les temples de Memphis à travers la fenêtre de sa chambre.

— Merci de me recevoir, Majesté, dit Aÿ d'une voix suave. Je partage votre peine, mais les affaires de l'État, quelles que soient les circonstances, fussent-elles tragiques, ne s'interrompent pas. J'ai besoin de votre sceau pour entériner plusieurs décisions.

— Est-ce si urgent ?

— Malheureusement oui. N'ajoutons pas du désordre au malheur.

— Je te fais confiance, j'apposerai mon sceau.

Aÿ s'empressa de présenter des documents. La reine s'exécuta.

— J'ai une vision claire de l'avenir, annonça-t-elle.

Son regard était fixe, son ton tranchant. Cette attitude inquiéta le vieux courtisan.

— Acceptez-vous de m'éclairer, Majesté ?

— Je déteste Horemheb, je ne le laisserai pas s'emparer de l'Égypte. Mon père et ma mère sont morts, mon mari est mort, et je ne crois pas que les Deux Terres soient assez puissantes pour préserver leur autonomie. Il leur faut un véritable protecteur.

— À qui songez-vous, Majesté ?

Sans regarder Aÿ, la reine lui tendit une lettre rédigée de sa main.

— Lis.

Un texte court, précis, hallucinant. Le Père divin fut au bord du malaise.

— Impossible, Majesté, totalement impossible !

— Ce double est destiné à tes archives.

— L'original…

— Je l'ai confié à un messager qui le portera à son destinataire.

— Renoncez, je vous en supplie !

— Trop tard. J'ignore qui a tué mon époux, Horemheb, toi ou le parti atonien. Je l'aimais et vous me l'avez enlevé. Il est juste que vous soyez tous châtiés.

Comprenant qu'Ânkhésa avait sombré dans la folie, Aÿ se retira. Il était encore temps d'intervenir.

*

* *

Général en chef d'une armée profondément affectée, Horemheb avait conduit à l'atelier d'embaumement le roi défunt, puis rencontré les artisans responsables de son équipement pour l'au-delà, du masque d'or aux chapelles, en passant par d'innombrables objets qu'il utiliserait dans les paradis de l'autre monde.

La tombe de la branche occidentale de la Vallée des Rois n'étant pas terminée, Toutânkhamon serait inhumé dans le reliquaire secret et ses trésors, préservés des prédateurs. Ce décès prématuré ouvrait une période troublée, à l'issue incertaine.

Décès… ou crime ? Les charpentiers ne comprenaient pas pourquoi une roue neuve s'était ainsi détachée. Mis en cause, les techniciens avaient vivement protesté. Aucun indice n'autorisait à les taxer d'incompétence.

Le parti atonien était-il coupable de sabotage ? En ce cas, le pays était gangrené à un point qu'Horemheb n'osait envisager. Les fanatiques avaient-ils osé assassiner le pharaon ? Si cette abominable hypothèse se révélait exacte, les meurtriers ne tarderaient pas à se manifester en réclamant le trône, afin de rétablir le règne d'Aton. Aÿ l'opportuniste pencherait-il de leur côté ?

Quoi qu'il advienne, Horemheb combattrait les atoniens avec les armes dont il disposait. Si l'armée lui restait fidèle, la partie n'était pas encore perdue.

Le front creusé d'une nouvelle ride, plus profonde que les autres, Paramès l'aborda.

— Une mauvaise nouvelle de plus ?

— Général…

Une larme coula sur la joue du vétéran.

— Que se passe-t-il ?

Les lèvres de Paramès tremblaient. Jamais Horemheb ne l'avait vu dans cet état.

— Général, je ne sais pas comment vous dire…

Horemheb ressentit un déchirement si brutal qu'il lui coupa le souffle.

— Amenta ?

— Votre femme… votre femme est morte.

— 64 —

Étendue sur un lit à pattes de taureau, Amenta, les yeux grands ouverts, semblait paisible. Les momificateurs avaient déjà commencé leur travail, préservant la beauté de la jeune femme.

Horemheb ne pleura pas, mais se recueillit une nuit entière devant l'épouse qu'il avait follement aimée. Il désirait s'imprégner de son être avant qu'elle ne reposât dans leur tombe de Memphis, dont le caveau venait d'être creusé. Il se remémora leurs joies, leurs rires, leurs étreintes, leurs angoisses, leurs victoires. Comme toutes les personnalités d'envergure, Amenta serait irremplaçable. Sans elle, Horemheb aurait-il envie de lutter ?

Au petit matin, un désir le stimula : connaître la vérité. Aussi convoqua-t-il le policier qui avait découvert le cadavre de son épouse à l'extrémité d'un quai.

Les constatations : nuque brisée, cheveux défaits, vêtement grossier. Aucun témoin. Pourquoi Amenta avait-elle modifié son apparence, sinon pour se rendre à un rendez-vous secret et urgent, visant à identifier le chef du parti atonien à Memphis ? Sans nul doute, elle était tombée dans un piège. Et si son assassinat était lié à la mort brutale de Toutânkhamon ? Peut-être fallait-il la faire taire, afin qu'elle ne déjoue pas un attentat, hélas réussi.

Horemheb ne laisserait pas ce meurtre impuni. Seules les têtes pensantes atoniennes pouvaient avoir ordonné ces deux exécutions. Les identifier serait l'obsession du général en chef.

Le secrétaire d'Aÿ interrompit ses réflexions.

— Le Premier ministre veut vous voir de toute urgence.

*

* *

Le confortable bureau du Père divin, des fauteuils munis de coussins, des peintures murales figurant des lotus et des oiseaux, des coupes de bière fraîche sur des guéridons, un doux parfum agrémentant la pièce, et deux généraux, Horemheb et Nakhtmin, assis face à un Premier ministre au visage tendu.

Aÿ dégusta une pâtisserie, seul moyen d'apaiser un peu ses nerfs et de l'aider à choisir ses mots.

— La situation est d'une extrême gravité. Nous sommes au bord du gouffre.

— Ânkhésa refuserait-elle de régner ? demanda Horemheb.

— Non, elle désire assurer sa fonction… mais pas seule.

— Pourtant, rien ne l'oblige à s'unir à un nouveau pharaon.

— Rien, en effet. Elle a néanmoins décidé d'en appeler un auprès d'elle.

Horemheb et Nakhtmin évitèrent de se regarder. N'étaient-ils pas les seuls prétendants sérieux ? Restait à connaître le préféré de la Grande Épouse royale.

Aÿ ressentit la rivalité entre les deux fauves.

— La reine a perdu la raison, assena-t-il.

— Qu'est-ce que ça signifie ? questionna Nakhtmin, redoutant que la veuve eût avoué son adhésion au parti atonien, en citant son nom.

— La mort de son mari l'a plongée dans le désespoir. Elle n'accepte pas la cruauté du destin et pense que nous sommes responsables de cette tragédie.

— Du délire !

— Certes, mais aux conséquences redoutables, déplora Aÿ.

— Si vous vous expliquiez ? suggéra Horemheb.

Le Père divin reprit une pâtisserie. Lui-même peinait à croire ce qu'il allait révéler. Mais impossible de se taire. Seul, il ne parviendrait pas à sortir de cette terrifiante impasse. Les deux fauves lui procureraient-ils l'aide indispensable, trouveraient-ils une solution ?

— La reine m'a montré le double d'une lettre. Une lettre… épouvantable.

— Adressée à qui ? interrogea Nakhtmin.

— À Souppilouliouma, le roi des Hittites.

Cette fois, Horemheb et Nakhtmin se regardèrent, interloqués.

— Elle lui parle probablement de notre accord de paix qu'elle souhaite maintenir, avança le général en chef.

— La vérité est bien différente, indiqua Aÿ. La reine désire se venger de l'Égypte, l'humilier, la vendre à l'ennemi. Elle demande à Souppiloulioma de lui envoyer son fils aîné, qui deviendra le nouveau pharaon. Ainsi, les Deux Terres tomberont dans le giron des Hittites sans le moindre combat. Et nous deviendrons leurs esclaves. Célébré au nom de l'harmonie entre nos deux peuples, ce mariage fera de notre pays une province hittite.

— La Grande Épouse royale a-t-elle vraiment envoyé une pareille lettre ? s'étonna Horemheb.

— Un messager est parti pour le Hatti. Trop tard pour l'intercepter.

— Convainquons la reine de changer d'avis, proposa Nakhtmin. Qu'elle écrive une seconde lettre, qui contredira la première. Cette volte-face dissipera les illusions de Souppiloulioma, son fils restera chez lui.

— N'y compte pas, objecta Aÿ. Ânkhésa ne changera pas d'avis. Le destin de notre pays est scellé, je n'entrevois aucune échappatoire.

Le mutisme des deux dignitaires désespéra le Premier ministre.

— Je négocierai au mieux avec les Hittites, promit-il. J'espère éviter de trop rudes conditions.

— La situation est peut-être moins tragique qu'il n'y paraît, estima Horemheb. Souppiloulioma est un fin renard, qui ne s'engagera pas à la légère. D'abord, il croira à une sorte de provocation ; ensuite, il se renseignera ; enfin, s'il suppose que la démarche de notre reine est sérieuse, il lui écrira. Ces précautions prendront du temps. À réception d'un document officiel hittite la priant de confirmer ses intentions, la Grande

Épouse royale prendra alors une décision définitive. D'ici là, à nous de lui ouvrir les yeux.

Aÿ fut soulagé, Nakhtmin approuva.

— Notre premier devoir, reprit Horemheb, consiste à célébrer les funérailles de Toutânkhamon. Le Père divin et moi-même nous acquitterons de cette tâche. En mon absence, Paramès dirigera l'armée, et le général Nakhtmin assurera la sécurité de Memphis.

— Et sa veuve ? questionna ce dernier.

— La reine ne me semble pas en état de voyager, et doit rester ici, à la tête de l'État, en attendant la réponse à sa lettre.

— Je lui parlerai dès aujourd'hui en ce sens, promit Aÿ. Si elle accepte, Horemheb et moi partirons pour Thèbes. Il est un triste sujet que nous n'avons pas abordé : la mort d'Amenta. Au nom de la cour, reçois nos sincères condoléances. La grande voleuse l'a emportée trop jeune.

— Ce n'est pas une mort naturelle, affirma le général en chef, mais un crime. J'identifierai le ou les coupables et j'en appellerai au châtiment suprême.

— 65 —

Doté d'une longue expérience, Souppilouliouma croyait tout savoir des turpitudes humaines. À la lecture de la lettre de la reine d'Égypte, il constata qu'il se trompait lourdement. La veuve de Toutânkhamon ne lui proposait rien de moins que de lui envoyer son fils Zannanza, qu'elle désirait épouser, l'élevant ainsi à la dignité suprême de Pharaon.

Zannanza régnerait sur l'Égypte, promise à devenir une province de l'Empire hittite, sans qu'une goutte de sang soit versée ! Fort occupé à déjouer des complots et à commander son armée d'une poigne inflexible, Souppilouliouma rêvait peu. Et ce rêve-là lui paraissait particulièrement risible.

Les rapports de ses espions nourrirent sa réflexion. L'accident de char dont avait été victime Toutânkhamon n'en était peut-être pas un. Pas davantage que la subite disparition de l'épouse d'Horemheb. Habitué aux éliminations nécessaires, le souverain conclut que le parti atonien était à la manœuvre, avec une figure de proue : la reine d'Égypte elle-même, qui désirait rétablir le culte d'Aton et se débarrasser des traîtres, Horemheb en tête, tout en évitant une guerre qui causerait des milliers de victimes.

L'Égypte, un curieux pays, où une femme pouvait gouverner seule. Jamais une telle aberration ne se produirait dans les montagnes d'Anatolie. Aujourd'hui, elle servait les desseins de Souppiloulíouma. Horemheb était contraint d'obéir à la reine et d'ordonner à ses soldats de garder l'arme au pied. Quant à Ânkhésa, nourrie par la lumière universelle d'Aton, elle pensait qu'en unissant le Hatti et l'Égypte la religion du dieu unique aurait une base solide pour s'étendre progressivement au monde entier.

Il fallait exploiter cette extraordinaire occasion. Dès qu'ils seraient implantés en Égypte sous des allures pacifiques, les Hittites supprimeraient les ex-dirigeants, Ânkhésa comprise, et s'empareraient des Deux Terres. Que de richesses en perspective !

Sceptique, le tyran réclamerait de nouveaux rapports sur l'évolution de cette situation insolite. Si elle se révélait favorable, il écrirait à la reine pour la prier de confirmer très officiellement ses intentions.

*

* *

La flottille transportant la momie et les trésors de Toutânkhamon bénéficiait d'un vent du nord soutenu. À bord du bateau de tête, le Premier ministre, qui mangeait comme quatre, et Horemheb.

— Notre entrevue fut délicate, indiqua Aÿ. La reine s'est montrée cassante, me rappelant que, maintenant, c'est elle qui gouverne et que moi comme les autres dignitaires lui devons obéissance. Elle a décidé de ne plus se rendre à Thèbes, la cité d'Amon, qu'elle souhaite vouée à l'abandon et à la décrépitude.

— Un parfait discours atonien.

— De vieilles rancœurs, bien compréhensibles.

— Est-elle toujours déterminée à épouser un Hittite ?

— D'après elle, il n'y a pas de meilleur avenir pour l'Égypte ! Notre souveraine est persuadée que Souppilouliouma lui répondra et que son projet aboutira. En ce cas…

Le Premier ministre parla plus bas.

— En ce cas, je te conseille de quitter le pays. Sa Majesté n'a pas beaucoup d'affection pour toi.

*

* *

Tout au long du voyage, Horemheb n'avait cessé de songer à son épouse, à présent inhumée dans sa tombe de Memphis, dont les travaux avaient beaucoup avancé. Comme lui paressait dérisoire le premier bas-relief le figurant lors de la cérémonie de remise des colliers d'or ! La gloire, le bonheur, l'illusion de la puissance… La mort d'Amenta lui décapait l'âme et brisait l'élan qui l'avait amené jusqu'au premier cercle du pouvoir.

Avant de quitter la demeure d'éternité où, le moment venu, il rejoindrait son épouse, Horemheb avait cassé des vases rouges à l'entrée du sépulcre. Cet ancien rite magique visait à conjurer les forces du mal et à éloigner du caveau les énergies destructrices.

Malgré la peine qui le rongeait, le général en chef ne baisserait pas les bras. Plusieurs missions à remplir :

venger Amenta, convaincre la reine de renoncer à son projet insensé, garantir à Toutânkhamon son voyage dans les paradis célestes.

Au débarcadère de la rive ouest de Thèbes, Horemheb et Aÿ furent accueillis par le maître d'œuvre Néferhotep l'Ancien.

— Tout est prêt, déclara-t-il. Les porteurs d'offrandes seront des artisans. Aucun profane ne sera admis dans la Vallée.

Une longue procession s'organisa. Des milliers d'objets, du sarcophage à une simple canne, furent acheminés jusqu'à la tombe reliquaire, dont le Père divin découvrit l'emplacement. Il lui revint de prononcer les formules de transformation en lumière, pendant que les éléments de l'équipement pour l'au-delà étaient entassés dans la petite sépulture.

La tâche terminée, l'équipe de Néferhotep l'Ancien occulta son accès.

— Nous avons juré de garder le secret, précisa Horemheb. Les artisans le respecteront. Ni un Hittite ni un atonien ne violeront cette demeure d'éternité. J'attends votre serment, Père divin.

Ce qu'Aÿ perçut dans le regard du général en chef l'incita à s'exécuter sur-le-champ.

— Par le nom de Pharaon, je m'engage à ne révéler à personne ce que j'ai vu.

Horemheb fut apaisé. Même un homme aussi tortueux que le Premier ministre ne courrait pas le risque de trahir sa propre parole, sous peine de condamner son âme à l'anéantissement.

— 66 —

Le Vieux massa le dos de Vent du Nord avec un onguent que l'âne appréciait.

— Tu sais ce qu'on raconte ? La reine aurait demandé à un prince hittite de l'épouser ! N'importe quoi.

L'oreille gauche du quadrupède se dressa.

— Comment, non ? Cette histoire de fous ne tient pas debout !

L'oreille droite affirma le contraire.

— Bon sang de bon sang… Cette pauvre femme a perdu la raison ! Heureusement, ça n'ira pas plus loin.

L'oreille droite ne se baissa pas. Cette fois, le Vieux eut besoin d'un remontant. Un rouge trois fois bon, à l'arôme puissant.

— Manquait plus que ça… Un barbare sur le trône d'Égypte !

*

* *

Dès son retour à Memphis, Aÿ se rendit chez la reine. Une joyeuse mélodie émanait de ses appartements. Une harpiste, une hautboïste et une joueuse de mandoline ravissaient la veuve, allongée sur des coussins et dégustant des grains de raisin noir.

— Ah, Père divin ! Avez-vous fait bon voyage ?

— Dans les circonstances présentes, le meilleur possible. Votre époux repose en paix.

Ânkhésa congédia les musiciennes, se redressa et fixa Aÿ.

— Toutânkhamon n'aimait pas la paix. Il ne rêvait que de devenir un chef de guerre, debout sur son char, acclamé par ses soldats ! Quel dédain pour le message d'Aton. Moi, je le préserve.

— Sauf votre respect, Majesté, ne vous exprimez pas ainsi devant un autre que votre fidèle serviteur. Vos paroles pourraient être mal interprétées.

La jeune femme sourit.

— Bientôt, je les prononcerai devant une nouvelle cour ! Souppiloulliouma m'a répondu. Il a pris ma lettre au sérieux, s'étonne de ma démarche et me demande de la confirmer.

— Avez-vous réfléchi, Majesté ?

— Je n'ai pas changé d'avis. Zannanza, le fils du souverain des Hittites, sera le prochain pharaon.

— Pourquoi désirez-vous détruire notre pays ?

— J'envisage le contraire. Le destructeur, c'est Horemheb !

— N'écrivez pas de nouvelle lettre, je vous en supplie !

— Tu es un homme du passé, Aÿ. Puisque tu as bien servi mon père et ma mère, je te garde comme Premier ministre jusqu'à l'arrivée du prince Zannanza. Ensuite, tu te retireras dans une belle villa de province et y vivras une vieillesse tranquille. Sache que l'étape d'un simple échange de lettres entre monarques est dépassée. J'ai nommé un ambassadeur qui délivrera un message très clair à Souppiloulіouma : qu'il m'envoie son fils au plus vite. Notre mariage scellera une véritable paix entre nos deux peuples, réunis sous le soleil d'Aton.

*

* *

Informé, comme Horemheb, de l'initiative de la reine, le général Nakhtmin avait adopté, devant Aÿ, une mine déconfite et formulé sa vive inquiétude. En revanche, dans les bras de sa compagne, ce fut une explosion de joie !

— Ânkhésa ne faiblit pas. Le Père divin sera évincé, Horemheb démis de ses fonctions.

— Et s'il préparait un coup d'État, en soulevant l'armée contre la reine ? s'inquiéta Shenta.

— Je n'y crois pas. Très éprouvé par la mort de sa femme, il a compris qu'Ânkhésa demeurerait inflexible. De plus, ce scribe royal est un légaliste, qui ne s'opposera pas à sa souveraine. Si Horemheb ne s'enfuit pas avant le couronnement du prince hittite, elle me chargera de l'arrêter.

Lovée contre son géant qu'elle caressait avec un art consommé, Shenta paraissait contrariée.

— Douterais-tu de notre succès ?

— C'est toi qui devais devenir pharaon, pas ce Hittite. Notre parti t'a désigné comme le successeur d'Akhénaton.

— Ne dois-je pas m'effacer au profit de notre cause ?

La jolie brune s'étendit sur son amant et prit son visage entre ses mains.

— Tu as été désigné, tu régneras. Le Hittite nous servira à éliminer Horemheb. Ce prince étranger ne sera qu'un intermède fort utile.

— S'il installe ses réseaux, s'il…

— Il n'en aura pas le temps.

*

* *

À présent, les soldats savaient. Et la caserne entière broyait du noir. Bientôt, ils seraient sous les ordres d'un roi hittite, de ses généraux et de ses officiers. Beaucoup seraient renvoyés dans leurs foyers et remplacés par des hommes venus du Hatti. Une guerre perdue sans avoir combattu.

Malgré ses titres ronflants, Paramès n'avait pas quitté son baraquement. Il ne se sentait à l'aise qu'au milieu de ses troupes, et la modestie de ce logement lui convenait. C'est là qu'il reçut Horemheb, auquel il offrit une bière robuste.

— Alors, c'est confirmé ? La reine va bien épouser un prince hittite ?

— Notre ambassadeur présentera à Souppilouliouma un document officiel. Puis il reprendra la route en compagnie de Zannanza et de son escorte.

— Avez-vous essayé de la convaincre qu'elle commettait une erreur fatale ?

— Ânkhésa refuse de me recevoir. Nakhtmin et même Aÿ, en dépit de ses dons de négociateur, ont échoué.

— Général, vos réformes ont ranimé l'armée et ramené la prospérité. Sans vous, j'aurais dépéri dans un coin de cette caserne et je serais mort depuis longtemps. C'est pourquoi je vous dois la vérité.

Paramès but une longue gorgée.

— Je refuse de baisser la tête. Avec un commando de gars sûrs et expérimentés, je partirai à la rencontre de ce Zannanza. Il n'arrivera jamais en Égypte.

— Si tu échoues ?

— J'aurais au moins essayé de sauver mon pays.

— Si tu abats Zannanza, son père déclenchera la guerre.

— Nous sommes prêts à combattre pour notre liberté. Et vous serez à notre tête.

— Je ne peux pas te laisser agir ainsi.

— Ne me l'interdisez pas, général ! C'est notre unique chance de survivre.

— Tu m'as mal compris : je pars avec toi, et je tenterai de parlementer avec Zannanza, afin qu'il rebrousse chemin.

— Les Hittites vous tueront !

— Ici, je suis promis au bagne. Si mon entrevue tourne au désastre, attaque. Que les dieux nous soient favorables.

— 67 —

Le palais était en ébullition.

— Pas la peine de livrer ton vin, dit un intendant au Vieux. Banquets et réceptions ont été annulés.

— Que se passe-t-il ?

— Horemheb et Paramès ont disparu. On les recherche dans toute la ville. Le général Nakhtmin a bouclé la caserne, ses policiers ont désarmé les soldats sur ordre de la reine. La situation est sous contrôle, le Premier ministre a rassuré la cour. Il n'y a plus qu'à accueillir le prince hittite. Ce sera une énorme fête, et tu feras d'énormes bénéfices en vendant tes grands crus.

Perplexe, le Vieux rejoignit Vent du Nord. Horemheb et Paramès détaler comme des lapins ? Ça ne leur ressemblait pas. Leurs ennemis les avaient probablement liquidés et, avec eux, toute opposition au projet dément de la veuve.

— On s'est déplacés pour rien, dit-il à son âne. Retour à la maison et repos forcé avant la catastrophe. À ton avis, Horemheb est-il encore vivant ?

L'oreille droite se dressa.

— S'est-il enfui ?

L'oreille gauche signifia que non.

— Qu'est-ce qu'il mijote…

L'âne se mit en marche.

*

* *

Correctement logé et nourri, l'ambassadeur égyptien avait été bien reçu par un proche du souverain hittite. Le message officiel remis à Souppiloulioума, il espérait une décision rapide, car la capitale fortifiée du Hatti, peuplée de soldats au faciès rébarbatif, n'avait rien d'enchanteur.

Trois jours de patience, et un officier supérieur le conduisit à une salle d'audience remplie de courtisans. À la droite du tyran, assis sur son trône, un jeune homme debout, plutôt musclé.

L'ambassadeur s'inclina.

— Moi, Souppiloulioума, accède à la requête de la reine d'Égypte. Mon fils Zannanza sera couronné pharaon, et nos deux grands pays vivront désormais en paix. Aujourd'hui, nous célébrerons cet heureux accord. Demain, Zannanza et toi partirez, sous bonne escorte.

*

* *

Vingt hommes, dix chars, des armes, des vivres, des nattes et d'indispensables filets à mailles très étroites qui servaient de moustiquaires. Horemheb était le moins entraîné des membres du commando, qui avait quitté Memphis peu avant l'aube, mais il se plierait aux directives de Paramès et endurerait l'épreuve physique sans broncher.

Ses arguments impressionneraient-ils Zannanza au point de le faire reculer et d'annoncer à son père que ce mariage était impossible ? Fort improbable. Le prince ordonnerait de supprimer l'importun, Paramès interviendrait. Comment se comporteraient les Égyptiens intégrés à l'escorte hittite, de quel côté pencherait l'ambassadeur ?

Malgré la quasi-certitude d'un massacre, Horemheb gardait espoir, en raison d'un message d'Amenta, dont il avait entendu la voix pendant son sommeil. Sa beauté, son sourire, et des mots mystérieux : « Il naîtra du ciel. »

Connaissant parfaitement l'emplacement des fortins de surveillance de la frontière, Paramès fit sortir d'Égypte le commando en échappant aux guetteurs et aux patrouilles. Il longea ensuite la piste qu'empruntaient les caravanes. Plusieurs nuits à la belle étoile, des repas frugaux. Avant une nouvelle étape, deux éclaireurs, qui évitaient les villages.

— Nous y sommes, jugea Paramès, au pied d'une route passant entre deux collines. Zannanza suivra cet itinéraire, le plus direct et le plus sûr.

*

* *

Cinquante soldats hittites, l'ambassadeur égyptien et ses dix accompagnateurs, le prince Zannanza. Au sein de ce groupe, l'atmosphère était glaciale. On se méfiait les uns des autres, on ne se parlait pas. Le trajet semblait interminable. Une halte à chaque coucher de soleil, des tentes résistant au vent, une tension permanente. L'ambassadeur avait hâte de regagner son pays, sa villa et sa famille. À son avis, cohabiter avec les Hittites serait impossible. Mais cet avis-là ne comptait pas. Ainsi vanterait-il auprès de sa souveraine les qualités de leur nouveau maître, un jeune prince méprisant et brutal.

En vue, les deux collines qui marquaient l'entrée de la route menant à la frontière. Au premier fortin, l'ambassadeur présenterait au commandant le document qui lui permettrait de la franchir en compagnie des Hittites.

— Là-bas, quelqu'un ! avertit le gradé à bord du char de tête.

Le cortège s'immobilisa.

— Toi, exigea Zannanza en s'adressant à l'ambassadeur, va à sa rencontre et demande-lui ce qu'il veut.

— Majesté, je ne suis qu'un diplomate et...

— Justement. Démontre tes compétences.

La main sur le pommeau de son épée, le prince jeta un regard dédaigneux au cloporte.

Les jambes molles, redoutant d'être abattu, l'ambassadeur émergea du cocon protecteur et marcha à pas hésitants vers le suspect.

— Vous, général en chef ! Mais... Mais... Ah, je comprends ! Vous commandez un bataillon qui assurera notre sécurité jusqu'à Memphis.

— Pas exactement.

— Mais alors...

— Je désire m'entretenir avec le prince Zannanza.

— Ici ?

— Ici même. Qu'il s'avance avec sa garde personnelle.

— S'il refuse ?

— Dis-lui qui je suis. Seul, je ne représente aucun danger.

Un conciliabule de courte durée.

Entouré de plusieurs soldats d'élite, Zannanza vint à la rencontre d'Horemheb.

— Le prestigieux général en chef de l'armée égyptienne me souhaite-t-il la bienvenue ?

— Au contraire, prince. Oubliez la proposition absurde de notre reine et rentrez chez vous. Pardonnez-lui d'avoir perdu la raison. Respectons notre accord de paix, et tout ira pour le mieux.

Zannanza dévisagea longuement Horemheb, puis sortit son épée du fourreau.

— À genoux, chien ! Tu n'es qu'un traître. Je trancherai moi-même ta tête et l'apporterai en cadeau à ma future épouse.

— M'écouter serait préférable.

— À genoux !

Une dizaine de pas séparaient les deux hommes. Horemheb n'était pas armé. Zannanza savourait déjà l'exécution de ce rebelle.

Au moment où il brandit son épée, un éclair jaillit du ciel, sous la forme d'un faucon qui fonça en piqué vers sa proie. Son bec se planta à la racine du nez de Zannanza. Foudroyé, il tomba en arrière, tandis que l'oiseau aux ailes immenses regagnait le zénith.

Hébétés durant de longues secondes, les soldats hittites s'arrachèrent à leur torpeur et se ruèrent sur Horemheb.

Du haut des deux collines, les archers de Paramès eurent des cibles faciles. À l'arrière, l'escorte égyptienne de l'ambassadeur batailla avec l'ennemi.

Cinq morts parmi les Égyptiens, aucun survivant hittite.

— Horemheb, « Horus est en fête », rappela Paramès. Votre dieu, celui des pharaons, nous a donné la victoire.

— 68 —

Aÿ écouta le récit de l'ambassadeur.

— Un immense faucon a tué Zannanza, tu en es certain ?

— Je l'ai vu de mes yeux !

— Horemheb ne serait donc pas responsable de ce drame ?

— En aucune façon. Il a tenté de négocier, seul et sans armes. Comme les Hittites l'agressaient, nos archers l'ont protégé.

— Où est-il, à présent ?

— À la frontière. Il organise le rapatriement du corps de Zannanza qui sera transporté au Hatti par des Palestiniens. Une lettre relatera les circonstances de la mort du prince. Ce qu'un dieu a décidé, aucun homme, même Souppiloulliouma, ne saurait s'en offusquer.

Aÿ fut moins optimiste. Le souverain hittite n'aurait plus qu'une obsession : se venger. D'ici peu, la guerre débuterait. Et qui pourrait conduire l'armée égyptienne, sinon Horemheb ?

Premier impératif : prévenir la reine.

*
* *

Horemheb, Paramès et leurs hommes se présentèrent à la porte de la caserne de Memphis à la fin d'une matinée ensoleillée. Une dizaine de policiers en interdisaient l'accès.

— Écartez-vous, exigea Paramès.

— Nous avons des ordres, répondit un bourru.

— De qui ?

— Du général Nakhtmin.

— L'armée ne dépend pas de lui, mais du général en chef Horemheb.

Le bourru reconnut le haut dignitaire, dont le regard le glaça. La situation le dépassait.

— Je fais quoi, moi ?

— Tu t'écartes, insista Paramès.

Les policiers libérèrent le passage.

À la vue d'Horemheb et de Paramès, la garnison sortit de sa torpeur et se rassembla autour de ses deux chefs. Des cris enthousiastes jaillirent des poitrines, et l'on se bouscula pour s'assurer que le général en chef et son bras droit étaient bien de retour.

— Nos armes ont été confisquées, déclara un officier, et nous sommes consignés jusqu'à nouvel ordre.

— Le prince hittite ne viendra pas, révéla Horemheb.

Des acclamations fusèrent.

*
* *

— Votre diagnostic, docteur ? demanda Aÿ.

— Profonde dépression. Longue cure de sommeil indispensable. J'ai administré des sédatifs à notre reine.

— Se remettra-t-elle ?

— Probablement. Surtout, que personne ne l'importune. Toute mauvaise nouvelle aggraverait son état.

Un scribe croisa le thérapeute qui se retirait.

— Père divin, venez vite, Memphis est envahie !

Aÿ courut à la fenêtre. Des centaines de soldats occupaient la grande artère menant au palais.

À leur tête, Horemheb.

Les gardes n'osèrent pas lui barrer le passage. Le général en chef grimpa les marches du palais et se heurta à Nakhtmin.

— La rumeur prétend que Zannanza est mort.

— C'est la vérité.

— L'as-tu exécuté, Horemheb ?

— La décision est venue du ciel. L'Égypte ne sera pas livrée aux Hittites.

Aÿ accourut.

— Du calme, je vous en prie ! Ne nous donnons pas en spectacle. Venez dans mon bureau.

Les deux fauves suivirent le Premier ministre, qui s'empressa de refermer sa porte.

— As-tu l'intention de provoquer une émeute, Horemheb ?

— Pourquoi avoir désarmé nos troupes ?

— Afin d'éviter une révolte lors de l'arrivée du prince hittite.

— Puisque cette catastrophe ne se produira pas, rendons-leur dignité et capacité d'action. Notre pays a besoin d'être protégé.

Aÿ hocha la tête.

— Notre reine est souffrante. Ce drame l'a gravement ébranlée.

— N'est-ce pas la conséquence de sa démarche insensée ?

— Ne l'accable pas !

— Désolé, Père divin, mais je n'ai pas l'intention de l'épargner. Ânkhésa voulait nous détruire, Horus nous a sauvés. J'accuse la reine de haute trahison. Qu'elle comparaisse devant un tribunal et qu'elle soit jugée.

Ni le Premier ministre ni Nakhtmin n'avaient prévu une telle exigence.

— Après sa condamnation, poursuivit Horemheb, nous aurons un nouveau pharaon, auquel nous jurerons fidélité.

— La reine n'est pas vraiment coupable, objecta Aÿ, et ce procès affaiblirait l'État.

— L'injustice le fragilisera plus encore.

— Allons, allons, pas de grands mots !

— Le général en chef oublie que la mort de Zannanza déclenchera la colère de son père et une guerre sanglante, ajouta Nakhtmin. Notre reine, elle, voulait la paix.

— À quel prix ! rétorqua Horemheb.

— Ne nous divisons pas, recommanda Aÿ. L'heure est grave, il faut rassembler nos forces face à l'adversité. L'un et l'autre exercez des responsabilités majeures, il me revient de coordonner vos efforts dans l'intérêt supérieur du pays.

— Me confirmez-vous comme général en chef ?

— Mais bien sûr, Horemheb ! Ramène nos braves soldats à leur caserne, et qu'ils se tiennent prêts à combattre.

— Quand leurs armes leur seront-elles restituées ?

— Aujourd'hui même. Nakhtmin s'en chargera, n'est-ce pas ?

Crispé, ce dernier acquiesça.

— L'armée repoussera les Hittites, affirma Horemheb. Et la reine sera jugée pour haute trahison.

— 69 —

Contrairement à ses habitudes, Aÿ devait agir vite et trouver une solution qui éviterait un conflit ouvert entre Horemheb et Nakhtmin, aussi féroces l'un que l'autre, et visiblement décidés à gouverner les Deux Terres. Aucun autre concurrent ne se mesurait à eux. Horemheb tenait l'armée et Memphis, Nakhtmin la police et Thèbes.

Donner à l'un les moyens d'éliminer l'autre ? Piste intéressante, mais ces moyens-là, le Premier ministre ne les possédait pas. Cela valait peut-être mieux, car la première décision du vainqueur aurait consisté à se débarrasser de lui.

Au fond, Horemheb n'avait pas tort : la reine avait trahi son pays. Un tribunal serait obligé de le reconnaître et de la condamner, ce qui provoquerait un séisme. Mais s'il n'obtenait pas satisfaction, le général en chef n'envisagerait-il pas un coup d'État ? Nakhtmin réagirait, et ce serait la guerre civile, l'occasion rêvée pour les Hittites d'envahir l'Égypte.

Perdu, le Père divin rejoignit sa vieille épouse qui passait le plus clair de son temps à sommeiller sur la terrasse du palais, à l'abri d'un parasol. Un serviteur leur apporta des jus de fruits et des pâtisseries qu'Aÿ ne tarda pas à déguster.

— Tu perds tes cheveux, lui dit Tyi, tu manges trop, tu grossis et tu as du mal à t'habiller.

— Trop tard pour changer de régime. Les gâteaux m'aident à penser. La situation est si dramatique…

— Raconte-moi.

Le Premier ministre dévoila ses états d'âme, sachant que son épouse se tairait. Après l'avoir écouté attentivement, elle but le jus de caroube et, de sa voix lasse, lui proposa une issue.

Aÿ fut stupéfait.

— Tu… tu ne parles pas sérieusement ?

— Très sérieusement. Malgré ton expérience, tu ne vois pas de remède à la crise. En voilà un.

*

* *

Sous la conduite du général Nakhtmin, un long cortège de policiers avait restitué leurs armes aux soldats d'Horemheb, dans une atmosphère pesante. Aucun mot échangé entre les deux hommes, mais des regards qui en disaient long.

La venue du Vieux et de Vent du Nord, à la tête d'une équipe d'ânes transportant des jarres de vin et de bière, fut saluée avec chaleur.

— C'est de l'ordinaire, mais de qualité, expliqua le Vieux à Paramès. Le banquet de la caserne sera correctement arrosé. C'est vraiment vrai que le faucon d'Horus a ratatiné le prince hittite ?

— J'en suis témoin.

— Il vous a filé un sacré coup de bec ! Ça va chauffer, au Hatti. Souppi sera en rogne. Pas de pharaon, et plus de fils ! De quoi vous cogner dessus, non ?

— Inévitable.

— Nourris tes gars, je me charge de les hydrater.

Pendant le déchargement, Paramès rejoignit un Horemheb morose qui examinait une carte de la Syro-Palestine.

— Vous recherchez le bon endroit pour disposer nos troupes ?

— Prévoyons une réaction violente des Hittites et ouvrons plusieurs fronts, loin de l'Égypte, afin de disperser leurs forces.

— Notre infériorité numérique vous préoccupe ?

— Pas autant que les visées de Nakhtmin. Dès que nous aurons franchi la frontière, il s'emparera du pouvoir. N'accordera-t-il pas une place majeure au parti atonien ?

— Vous pensez que…

— S'il n'est pas l'un de leurs chefs, cette bande de fanatiques lui accorde probablement son soutien. Partir en guerre reviendrait à leur livrer les Deux Terres.

— Alors, nous sommes coincés, et tout est fichu !

— Je le crains.

Surmontant un moment de découragement, Paramès formula ce qu'il avait sur le cœur.

— Accomplissez votre destin, général, et cessez de tourner autour du pot.

— Que veux-tu dire ?

— Devenez le pharaon que vous êtes depuis longtemps, sans oser vous l'avouer à vous-même.

— Tu te trompes !

— Non, je ne me trompe pas ! Si Amenta était auprès de vous, elle vous aurait parlé comme moi, et vous l'auriez écoutée.

— Amenta…

— Vous êtes seul et vous en souffrez. Mais un chef d'État n'est-il pas toujours seul, quel que soit son entourage ? Enfoncez-vous dans votre chagrin, oubliez l'Égypte, et vous finirez, à juste titre, par vous mépriser. Quelle que soit la puissance de vos adversaires, ne renoncez pas.

Paramès quitta la pièce, abandonnant Horemheb à ses interrogations. En peu de mots, le rugueux soldat avait déchiffré ses sentiments.

À quoi bon, en effet, envisager une stratégie, si elle n'était pas applicable ? Pourquoi déployer des régiments devenus inutiles, si un nouveau monarque le désapprouvait ? La disparition de Zannanza, pourtant nécessaire, ne réglait pas le problème majeur : qui succéderait à Toutânkhamon ?

Lui, le protégé d'Horus, monter sur le trône des vivants… N'était-ce pas le meilleur moyen pour anéantir le parti atonien, contraindre les Hittites à réfléchir, et se montrer digne d'Amenta ?

— 70 —

Memphis n'était calme qu'en apparence. Chacun savait qu'un duel impitoyable opposait Horemheb à Nakhtmin, deux forts caractères qui ne manquaient pas d'arguments pour s'imposer comme maîtres des Deux Terres. Malade et recluse, la reine ne comptait plus. Et le Père divin, vieux et fatigué, se contentait d'expédier les affaires courantes.

À la suite de la mort du prince Zannanza, le temps pressait. La réaction des Hittites serait forcément violente, et seul un pharaon à poigne repousserait une tentative d'invasion.

Le palais vivait au ralenti. Pas la moindre réception. Le Vieux profitait de cette accalmie pour s'occuper de sa cave, son ami Ousil soignait ses petits singes verts. Ce jour-là, il était invité à déjeuner chez le Vieux, en compagnie de Saby, autorisé à prendre une semaine de congé à Memphis, qu'il découvrait avec étonnement.

— On est mal, dit Ousil. Pas de pharaon, une reine alitée et les Hittites bientôt à nos portes !

— Moi, je suis optimiste, déclara le jeune Saby. On résistera aux barbares !

— Sans un roi costaud, ce ne sera pas facile.

— Notre destin se joue en ce moment, indiqua le Vieux. Le Père divin reçoit les deux prétendants.

— Horemheb, c'est l'armée, rappela Saby, et l'armée nous sauvera.

— J'aimerais partager ton enthousiasme, tempéra Ousil, mais je redoute le pire.

*

* *

Horemheb et Nakhtmin se saluèrent froidement.

— Entrez, les pria le Premier ministre en ouvrant lui-même la porte de son bureau, baigné d'une douce lumière.

Aÿ s'assit lourdement dans un fauteuil qui gémit sous son poids. Ses hôtes, à bonne distance, restèrent debout.

— J'ai beaucoup réfléchi, avoua le Père divin. Vous comme moi n'avons qu'un but : la sauvegarde de l'Égypte. Nous diviser la conduirait à sa perte. Conclusion : il nous faut rester unis, quels que soient nos tempéraments.

« Toujours le même discours lénifiant », pensa Nakhtmin.

— L'un et l'autre possédez des qualités rares, continua Aÿ, et je ne doute pas de vos capacités à gouverner. Néanmoins, la période ne me paraît pas opportune pour vous appeler à la fonction suprême. Je craindrais que le vainqueur ne piétine le vaincu, nous privant ainsi de forces nécessaires, alors que nous sommes menacés.

— Maintenir Ânkhésa à la tête de l'État est inacceptable, intervint Horemheb.

— Sa santé le lui interdit pour le moment, admit Aÿ, mais j'espère que Sa Majesté se rétablira.

— Refusez-vous de la mettre en accusation ?

— J'ai une meilleure solution et je souhaite que vous l'approuviez.

Les deux fauves furent intrigués. Qu'avait encore inventé ce spécialiste des compromissions ?

— La seule façon de sortir de l'impasse, estima ce dernier, consiste à convoquer le Grand Conseil, formé des neuf Amis uniques. À lui de nommer notre prochain pharaon. Ces sages, notamment le Grand Voyant d'Héliopolis, traceront notre avenir.

— N'ont-ils pas choisi Akhénaton ? s'indigna Horemheb.

— Ils ont élu le quatrième des Amenhotep, rectifia Aÿ, et c'est lui qui a changé de nom pour devenir Akhénaton, fonder sa capitale et promouvoir son dieu unique. Qui aurait pu imaginer pareille défiance ? Akhénaton a supprimé le Grand Conseil ; restaurons son autorité, conformément à la tradition. Celle-ci implique une élection par les neuf.

— Je vous approuve, dit Horemheb.

— Moi aussi, l'imita Nakhtmin, obligé de se comporter en parfait loyaliste, sous peine d'être soupçonné d'atonisme.

Ce premier pas franchi, Aÿ ne se détendit pas pour autant, car l'essentiel restait à venir. Horemheb l'y amena.

— Si ni Nakhtmin ni moi ne vous semblons dignes d'être présentés au Grand Conseil, quel est votre candidat ?

Le vieux courtisan regarda au loin.

— Un seul dignitaire, doté d'une indispensable expérience, peut assurer l'équilibre des Deux Terres et préserver leur cohésion : moi-même. Je n'ai aucune envie de monter sur le trône, mais ce sacrifice s'impose. Si le Grand Conseil me reconnaît comme pharaon, vous serez mes deux bras. Toi, Horemheb, régiras l'Égypte du Nord et garantiras notre sécurité extérieure, grâce à l'armée ; toi, Nakhtmin, l'Égypte du Sud, et tu assureras notre sécurité intérieure.

Un interminable silence suivit cette déclaration surprenante. Chacun des deux fauves attendit que l'autre s'exprimât.

— Demeure le cas Ânkhésa, rappela Horemheb.

— Il est facile à résoudre, jugea le Père divin. Elle sera officiellement ma Grande Épouse royale. Aux yeux de la population, l'être de Pharaon sera reconstitué. Nous éviterons un procès infamant et des troubles déstabilisateurs. Bien entendu, je ne prendrai aucune décision sans vous avoir consultés, l'un et l'autre. Nous gouvernerons ensemble, pour le bien de l'Égypte.

Aÿ avait déployé ses pièces maîtresses sur la table de jeu du pouvoir. Victoire ou défaite ?

— Je me rangerai à l'avis des neuf sages, promit Horemheb.

— Moi de même, renchérit Nakhtmin.

L'esprit libéré, Aÿ songea à l'énorme gâteau au miel et au jus de datte qui couronnerait son dîner.

— 71 —

Vu la satisfaction de la garnison qui sirotait avec un plaisir non dissimulé le vin ordinaire du Vieux, Paramès l'avait invité à dîner à la caserne en compagnie d'Horemheb qui, en ces moments incertains, demeurait proche de son armée.

— C'est vous ou Nakhtmin ? demanda le Vieux qui, à son âge, n'avait plus la langue dans la poche de sa tunique.

— Ni l'un ni l'autre.

— Elle est bonne, celle-là ! Ce n'est quand même pas la traîtresse qui va nous gouverner ?

— Non, rassure-toi. Aÿ rappelle le Grand Conseil pour désigner notre nouveau pharaon : lui-même.

Le Vieux en eut la gorge sèche.

— Là, c'est le summum ! Et vous acceptez le coup de force de cette vieille ganache ?

— Justement parce que c'est une vieille ganache, intervint Paramès. À force de s'empiffrer, il finira par s'étouffer ! Il a tellement menti et louvoyé qu'il ne sait plus comment il s'appelle. Lui, pharaon ? Un simple intermède qui ne durera pas longtemps.

— Comment le peuple me juge-t-il ? questionna Horemheb.

— Comme un sauveur et un protecteur, répondit le Vieux. Surtout, ne le décevez pas.

— Et Nakhtmin ?

— Un homme d'ordre, sévère, compétent, mais sec de cœur.

— Amenta a été assassinée, dit Horemheb avec gravité, parce qu'elle est tombée dans un piège tendu par les atoniens. Elle était sur le point d'identifier le chef du réseau memphite. Au-dessus de lui, le maître du parti. C'est lui que je veux atteindre.

— Vous ne songeriez pas à… Nakhtmin ?

— Je n'ai aucune preuve. Mais le parti atonien ne se contentera pas d'une opposition dissimulée et stérile. Il convoite le trône et, avec lui, le retour à la tyrannie d'Aton. Ouvre tes yeux et tes oreilles, le Vieux, en souvenir de mon épouse. Sois d'une extrême prudence, car le monstre tapi dans les ténèbres n'hésite pas à tuer. Si tu déniches un indice, même minime, informe-moi immédiatement.

*

* *

— Magnifique ! s'exclama Shenta quand son amant, l'air dépité, l'informa de la tactique du Premier ministre.

— Désastreux, au contraire ! Nous espérions qu'il condamnerait Horemheb pour avoir assassiné le prince hittite !

Rieuse, la jolie brune déshabilla son géant en quelques secondes, l'obligea à s'allonger sur des coussins et réveilla sa virilité. Oubliant sa rancœur, Nakhtmin fut, une nouvelle fois, un simple objet entre les mains expertes de cette démone qui lui offrait tant de plaisir. Quand la tempête s'apaisa, un semblant de raison lui revint.

— Aÿ, pharaon… Et tu te réjouis ?

— Ce vieux courtisan n'a plus longtemps à vivre. Il nous accorde le délai nécessaire pour conforter notre parti et préparer ton avènement. Incapable de choisir entre Horemheb et toi, il laisse agir le destin. À nous de le maîtriser.

— Tu oublies le Grand Conseil !

— Au contraire, quelle fameuse idée ! Tous les hommes sont achetables, il suffit d'y mettre le prix.

— Et s'il y avait des incorruptibles ?

Shenta éclata de rire.

*

* *

Le bûcher brûla toute la nuit. Du corps du prince Zannanza, promis au trône d'Égypte, ne subsisteraient que des cendres, dispersées au vent.

Une rage froide empêchait Souppiloulioума d'éprouver le moindre chagrin. Le récit de la mort de son fils l'intriguait. Le coupable, un faucon descendu du ciel… Seul un insensé aurait méprisé un tel signe. Qui n'écoutait pas la voix des dieux courait au désastre.

L'armée hittite était sur le pied de guerre, prête à s'élancer vers les Deux Terres et à laver l'affront. Cependant, avant de donner le signal du départ, le souverain attendait un rapport détaillé sur ce qu'il se passait en Égypte. En saine logique, la reine Ânkhésa avait dû destituer Horemheb, banni ou emprisonné, et rédiger une lettre d'excuses, en implorant la clémence d'un roi humilié.

Le supérieur des services de renseignements se présenta devant son maître.

— J'ai recoupé de multiples informations, Majesté, et je peux vous fournir une vision claire de la situation chez notre ennemi. La reine est tombée gravement malade et n'exerce plus aucun pouvoir. L'annonce de la mort du prince Zannanza est certainement la cause de ses souffrances.

— Qui dirige ?

— Le Grand Conseil a désigné un nouveau pharaon : le Divin Père Aÿ.

Souppiloulliouma peina à masquer sa surprise.

— Et Horemheb ?

— Il reste général en chef.

Une très mauvaise nouvelle. Privé du soutien de la reine, Aÿ n'avait pas osé briser les reins du chef de l'armée, qui le laissait accéder à la fonction suprême pour apaiser les tensions internes.

Contrairement aux souhaits du souverain hittite, l'Égypte ne se délitait pas, et Horemheb, craignant une attaque imminente, maintiendrait ses troupes en état d'alerte.

Le pseudo-règne d'Aÿ serait probablement bref. À sa mort, le chaos ? En ce cas, ce serait l'occasion d'attaquer. La patience s'imposait.

— 72 —

Horemheb contempla sa nouvelle palette, une petite merveille en bois de sycomore. De sa partie creuse, il préleva un calame à la pointe fine et la trempa dans un godet contenant une encre rouge qu'il avait lui-même préparée. Cette couleur-là servait à rédiger les titres des paragraphes[1]. Il écrivit : « Instructions aux superviseurs des greniers royaux », nettoya son calame, en choisit un autre, qu'il imprégna, cette fois, d'encre noire afin d'écrire un long texte visant à réformer des comportements trop laxistes. En cas de mauvaise crue, les réserves de l'État servaient à nourrir la population. Éviter une famine était la priorité d'une administration dont Horemheb, jour après jour, pointait les défaillances qu'il tentait, non sans difficultés, de combler.

Mais sa capacité d'action se limitait à la Basse-Égypte, et il eût fallu des décrets royaux pour éradiquer de déplorables habitudes, notamment celles de petits chefs qui, dans les provinces, étaient à la fois inefficaces

1. De cette pratique égyptienne provient le terme « rubrique », c'est-à-dire « la rouge ».

et tyranniques. Or, depuis son accession au trône, voilà plus d'une année, le pharaon Aÿ n'en avait pris aucun.

Le cheveu de plus en plus rare et le ventre de plus en plus rond, le roi adoptait un mode de gouvernement consensuel : l'inertie. À soixante-treize ans, il se levait tard, se couchait tôt, mangeait trop, et laissait ses deux bras, Horemheb et Nakhtmin, s'occuper au mieux de leurs domaines respectifs. Les deux fauves ne s'étaient pas revus et ne communiquaient que par messages officiels, aux formules toutes faites, à la grande satisfaction du pharaon.

Horemheb remit à son secrétariat le texte qu'il avait soigneusement relu. Une dizaine de scribes en feraient des copies, qui seraient transmises aux fonctionnaires concernés. Puis il se rendit à la caserne pour y déjeuner avec Paramès et les officiers supérieurs.

Le général en chef inspectait fréquemment ses troupes, maintenues en état d'alerte maximale, sous la houlette de Paramès, qui dirigeait en personne les multiples exercices et ne tolérait aucun manquement à la discipline. Jamais l'armée égyptienne n'avait été aussi professionnelle et capable de combattre.

À la surprise de chacun, les Hittites n'avaient pas attaqué et ne semaient même pas le trouble en Syro-Palestine. Pourtant, d'après les informateurs, Souppilouliouma continuait à régner d'une poigne de fer, et nul complot ne l'avait déstabilisé.

— Il se méfie de vous, général, estima Paramès, et sait que vous avez la force nécessaire pour le contrer. Ce que veut le Hittite, c'est une victoire facile. Alors, il attend la mort d'Aÿ, en espérant que le prochain pharaon vous chassera de votre poste.

— En termes clairs, le tyran mise sur Nakhtmin.

— Je n'oserais pas aller jusque-là.

— Moi, j'ose ! Et si mon intuition est fondée, le chef du parti atonien a décidé de collaborer avec Souppilouliouma pour faciliter l'invasion de l'Égypte et instaurer la paix sous le soleil d'Aton, vénéré de tous.

Cette perspective sidéra Paramès et les officiers supérieurs, qui redoutaient une telle éventualité.

— Si vous voyez juste, général, une seule façon de sauver les Deux Terres : devenez pharaon.

— À la disparition d'Aÿ, auquel nous avons juré fidélité, ce sera au Grand Conseil d'en décider.

*

* *

Le plus souvent possible, Horemheb se rendait sur le site de sa vaste tombe, bientôt achevée, afin d'y honorer la mémoire d'Amenta. Agissant comme serviteur de son *ka*, son immortelle puissance créatrice, il prononçait des formules de transformation en lumière et déposait des offrandes sur un autel. Sensible aux lotus bleus, l'âme de la défunte lui parlait, lui enjoignant de ne pas renoncer à son destin et de se préoccuper de son pays plus que de lui-même.

Horemheb regrettait la passivité des Hittites, car il aurait aimé mourir au combat, à la tête de sa charrerie, et se délivrer ainsi d'un avenir trop lourd. Pourtant, améliorer les conditions de vie des Égyptiens et les libérer des carcans administratifs le passionnait. Qui, à part lui, avait conscience du danger que représentait le parti atonien, habile à se rendre invisible ?

S'il ne se trompait pas, Nakhtmin, maître de Thèbes et de la Haute-Égypte, progressait dans l'ombre pour mieux surgir dès la disparition d'Aÿ et faire valoir ses droits au trône. Un nouvel Akhénaton, encore plus redoutable que son modèle, ne se préparait-il pas à régner ? Élément rassurant : le Grand Voyant d'Héliopolis, qui présidait le Grand Conseil, ne donnerait jamais sa voix à un prétendant soupçonné d'atonisme. Or, Horemheb avait confié ses soupçons au vieux sage, qu'il avait la chance de rencontrer lors des rites initiatiques célébrés dans le temple de Râ. Pas de dénégation, une écoute attentive.

Horemheb aimait le coucher de soleil, un moment de sérénité avant que la lumière ne s'éteigne pour entrer dans le royaume de dessous terre, y affronter les ténèbres et préparer sa résurrection à l'orient. Il se serait volontiers endormi près d'Amenta, dans cette demeure d'éternité, à l'abri du fracas du monde. Mais l'esprit de la défunte le lui interdisait. Fuir la fonction que vous confiaient les dieux était une lâcheté impardonnable. Si Horemheb cédait le moindre pouce de terrain, Nakhtmin s'en emparerait immédiatement. Qu'il le veuille ou non, une lutte à mort était engagée.

— 73 —

Les bras posés sur les accoudoirs de son fauteuil, Aÿ était un mastodonte qui peinait à se déplacer. Il recevait peu, et moins encore hors de son palais. Il écoutait d'une oreille distraite les rapports de son secrétaire particulier et le congédiait parfois au milieu de sa lecture.

Horemheb ne l'avait pas revu depuis deux mois.

— Ah, te voilà, général, constata le Père divin d'une voix lasse.

— Comment se porte Votre Majesté ?

— Mal. Mon cœur est fatigué, ma pensée et mes jambes vacillent, mon nez et mes oreilles se bouchent. Je t'ai convoqué pour t'annoncer une importante décision. Donne-moi de l'eau, veux-tu ?

Horemheb présenta une coupe à son souverain.

— Le vin me brûle l'estomac, je n'en bois plus qu'une gorgée au déjeuner. Un peu de bière le soir, et une tisane afin de digérer les viandes en sauce, un petit plaisir auquel je ne parviens pas à renoncer. Ta santé, général ?

— Excellente.

— Tant mieux ! Comme la vieillesse est pénible… Mais l'âge a ses vertus, et je suis encore jeune, à côté de Ptah-Hotep, qui rédigea ses Maximes à cent dix ans.

Horemheb se demandait où ce roi, si diminué, voulait en venir.

— Les Hittites ? s'inquiéta le Père divin.

— Calme plat.

— Tu les impressionnes à ce point… Félicitations ! L'Égypte peut se réjouir d'avoir un tel général en chef. Elle dort tranquille, et moi aussi. Mais je dois préparer le grand sommeil. C'est pourquoi je retourne à Thèbes avec la Grande Épouse royale. La malheureuse enfant ne s'est pas remise de la disparition de Toutânkhamon, ni de celle de Zannanza. Une pauvre créature végétative, dont le souffle s'éteindra bientôt. De mon côté, je dois bâtir mon temple des millions d'années et veiller à l'aménagement de ma demeure d'éternité dans le vallon occidental de la Vallée des Rois, celle prévue pour Toutânkhamon. J'ai tenu ma parole : l'emplacement de son reliquaire demeurera secret.

— La cour quitte donc Memphis ?

— Bien entendu, mais ce transfert n'est pas dirigé contre toi. Je n'éprouve aucune animosité à ton égard et ne désire pas te nuire. Ne doute pas de ma sincérité, Horemheb. Au cours de ma longue existence, j'ai dû m'adapter pour survivre. À présent, j'entrevois la porte de l'autre monde, et je sais que j'aurai à répondre de mes actes devant le tribunal d'Osiris, qu'Akhénaton croyait avoir supprimé pour communier directement avec son dieu. Quelle vanité !

Aÿ gardait les yeux mi-clos.

— Promets-moi de ne rien entreprendre contre moi, Horemheb.

— Je vous ai juré fidélité, Majesté.

— Voilà qui me rassure… Écoute mon conseil, maintiens le statu quo, ne touche pas aux privilèges, ne bouscule pas les habitudes. Le peuple n'aime pas les réformes, il se contente de l'air du temps. Tire les leçons de la révolution d'Akhénaton, et du désordre qu'elle a causé.

— Le parti atonien existe toujours.

— N'y songe pas. Les années s'écoulent, cette folie s'estompe. Puisque le risque d'invasion s'éloigne, inutile de remuer le passé. Le Grand Conseil élira mon successeur, et les dynasties poursuivront leur cours. Dis-moi, mon ami… Il est temps de mettre un terme à ton deuil. On murmure que tu te contentes de brèves liaisons, alors qu'il conviendrait de t'unir à une femme digne de ton rang. J'ai nommé une nouvelle directrice de la Maison de la reine, à Memphis, qui me semble digne de toi. Tu la rencontreras lors de mon banquet d'adieu.

Aÿ s'épongea le front avec un mouchoir de lin.

— J'ai besoin de me reposer. Que les dieux te soient favorables, Horemheb.

*

* *

Ânkhésa alitée, Aÿ présida la réception en compagnie de son épouse, qui l'avait incité à devenir pharaon afin d'éviter un affrontement entre Horemheb et Nakhtmin, lequel menaçait de dégénérer en guerre civile. Cette catastrophe évitée, le roi apprécia les vins du Vieux, les mets raffinés, et la musique dispensée par un orchestre féminin.

À la table la plus proche du monarque, Horemheb et la directrice de la Maison de la reine, l'une des plus riches héritières de Memphis. Elle possédait toutes les qualités : vivacité d'esprit, beauté, élégance, fortune. Il ne lui manquait qu'un mari à la hauteur de sa condition. À l'évidence, elle et Horemheb formeraient un couple idéal.

Néanmoins, la conversation tarda à s'engager. Après avoir salué sa voisine, le général en chef, occupé à savourer les plats, était demeuré silencieux. Vexée, la grande dame le provoqua.

— M'autorisez-vous un aveu ?

— Je vous en prie.

— Je déteste les militaires.

— Je vous comprends. C'est une caste composée de brutes plus ou moins épaisses, quelle que soit leur distinction apparente, et qui n'utilisent les femmes que pour obtenir un maximum de plaisir.

— C'est ignoble !

— La violence, le sang, la mort… Quand on est confronté quotidiennement à ces réalités-là, on oublie la délicatesse et les bonnes manières.

— Mais vous-même…

— Je ressemble, en pire, aux troupes que je dirige. Pas une de mes maîtresses n'est restée dans mon lit plus d'une semaine. L'expérience vous tenterait-elle ?

Outrée, la grande dame prétexta un malaise pour quitter la table de ce malotru.

Gavé et las, Aÿ se releva afin de signifier la fin de cet ultime banquet memphite, sans se donner la peine de prononcer un discours rempli de phrases creuses que personne n'aurait écouté. Du coin de l'œil, il avait remarqué le cuisant échec de l'espionne qu'il avait déléguée auprès d'Horemheb. Avant son départ, il nommerait une autre directrice. Décidément, ce général était bien difficile à manier. Hier, Aÿ aurait trouvé le moyen de le dompter ; aujourd'hui, la force lui manquait et il n'avait qu'une envie : dormir.

— 74 —

Sur les quais de Memphis, une activité exceptionnelle. Des files de porteurs chargeaient quantité d'objets à bord des navires de la flotte qui ramenait à Thèbes le pharaon et sa cour. La joyeuse animation s'était éteinte quelques instants, lorsque des infirmiers avaient transporté sur un brancard la reine Ânkhésa, incapable de marcher.

Détestant les déménagements, le Vieux pestait contre un docker qui avait osé manipuler une jarre de rouge cinq fois bon comme s'il s'agissait d'une piquette. Il fallait avoir des yeux partout pour empêcher une catastrophe. Vent du Nord, lui, était déjà confortablement installé, à côté de la cage des petits singes verts que surveillait leur maître, Ousil, occupé à mastiquer une galette remplie d'oignons et de fèves chaudes.

Des policiers observaient la foule, afin d'éviter tout larcin. Alors qu'on lâchait les amarres du bateau de tête, Horemheb s'approcha de Nakhtmin, qui s'apprêtait à grimper la passerelle du vaisseau amiral.

— Serais-tu venu me souhaiter bon voyage ? ironisa-t-il.

— Tu ne m'as pas procuré les résultats de l'enquête sur la mort de mon épouse Amenta.

— Tout simplement parce qu'il n'y en a aucun ! Une disparition malheureuse.

— Ta police a-t-elle vraiment recherché un éventuel coupable ?

— Un coupable ? Que vas-tu imaginer ! Ta femme était plus fragile que tu ne l'imaginais. Mes enquêteurs sont des gens sérieux, ils n'ont rien décelé d'anormal. Oublie ce triste événement et songe plutôt à te remarier. Désolé, c'est le moment du départ, et je n'ai plus le temps de bavarder.

En observant Nakhtmin s'éloigner, Horemheb eut la certitude qu'il avait joué un rôle majeur dans la disparition d'Amenta, sans doute en donnant l'ordre de l'assassiner. Encore fallait-il le prouver.

Bien qu'il eût ouvert les yeux et les oreilles, le Vieux n'avait déniché aucun membre important du parti atonien à Memphis. À Thèbes, il poursuivrait cette tâche avec une extrême prudence et, en cas de succès, avertirait Horemheb.

La police memphite restait sous le commandement de Nakhtmin, responsable de la sécurité intérieure dans tout le pays. Horemheb ne pouvait empiéter sur ses prérogatives, sous peine de s'attirer ses foudres. À l'occasion d'une telle faute, Aÿ aurait assez de rigueur pour écarter le général en chef.

Lutter contre le monstre si bien dissimulé paraissait momentanément impossible, surtout si Nakhtmin dirigeait le parti atonien de façon occulte. Le combat décisif aurait lieu lors de la disparition d'Aÿ. Même si Horemheb ne ressentait guère d'enthousiasme à l'idée de le livrer, il devait préserver les Deux Terres du retour des fanatiques, prêts à collaborer avec l'ennemi hittite. Autre motif d'inquiétude : à Thèbes, Aÿ serait entièrement sous la coupe de Nakhtmin. Ne prendrait-il pas de décrets aberrants ? Horemheb comptait sur sa force d'inertie et son désir de ne rien changer, laissant l'avenir décider à sa place.

Le général en chef passa devant le palais royal, qui fonctionnerait désormais au ralenti, jusqu'à l'avènement du successeur d'Aÿ. Si les atoniens régnaient à nouveau, ne dédaigneraient-ils pas les anciennes cités, afin de rebâtir la cité du soleil, envahie par le sable ?

À la caserne, ce fut le soulagement. Plusieurs officiers craignaient qu'Horemheb ne fût contraint d'accompagner la cour à Thèbes.

Paramès lui présenta le dernier rapport en provenance de Syro-Palestine.

— Aucune activité militaire, ni attaque de caravane. Les Hittites ne bougent pas et ne fomentent pas de troubles. Même les Palestiniens se tiennent tranquilles.

— Pour combien de temps ?

— Je suis persuadé qu'ils attendent la mort d'Aÿ et votre destitution. Vu l'état de santé de ce vieux rusé, ce ne devrait pas être très long.

— Il est plus résistant qu'il n'y paraît et sait se ménager.

— Nos hommes commencent à ressentir de la fatigue, c'est mauvais pour le moral. Peut-être serait-il bon de baisser le niveau d'alerte et d'accorder des permissions, régiment après régiment.

— Entendu.

— En cas d'incident, même minime, la mobilisation de l'ensemble des troupes sera rapide.

— Je te fais confiance.

— Ah, une triste nouvelle : le Premier serviteur du temple de Ptah vient de mourir. Les ritualistes désigneront son successeur, à l'issue des funérailles que vous présiderez. C'était un bonhomme remarquable, pas facile à remplacer.

Triste et mauvaise nouvelle, en effet. Cet initié aux grands mystères, parfait connaisseur de tous les secteurs de l'artisanat, ex-orfèvre qui avait veillé à la création du masque d'or de Toutânkhamon, occupait une autre fonction majeure : diriger le Grand Conseil. Au pharaon de nommer un dignitaire qui organiserait les débats. Aÿ le choisirait-il de son propre chef ou céderait-il à la suggestion de Nakhtmin ? Au fond, peu importait, car l'unanimité des neuf était requise. Or, parmi eux figurait le Grand Voyant d'Héliopolis opposé à tout suspect d'atonisme.

— 75 —

— Superbe, p'tit gars ! dit le Vieux en tapant sur l'épaule de Saby. Tu as bien écouté mes leçons, cette vigne est en pleine forme. Je peux mourir tranquille.

— Rien ne presse, patron ! J'ai encore beaucoup à apprendre.

D'admirables grappes, lourdes et sucrées, des grains de tailles diverses destinés à des crus différents, des ceps vigoureux, des cuves en parfait état, des jarres correctement entreposées : Saby se montrait à la hauteur.

— Y a juste eu un petit problème.

— Explique-toi, mon garçon !

— Le Grêlé a râlé. C'est celui qui trime le moins, mais il voulait quand même une augmentation. Puisqu'il pourrissait l'équipe, j'ai été obligé de cogner.

— Tu lui as pas fait mal ?

— Pas trop.

— Alors, c'est bon ! Si ce casse-pied recommence, dehors.

— Il se passe quoi, patron ?

— Le pharaon est venu mourir à Thèbes.

— Avec notre général en chef ?

— Non, Horemheb est resté à Memphis.

— Lui, c'est le meilleur ! Vivement que le vieux croûton d'Aÿ rende son dernier souffle.

— On ne parle pas comme ça du roi, gamin.

— C'est quand même un vieux croûton, non ? Et pas net, en plus. Avoir fricoté avec Akhénaton, ça ne mérite pas des éloges ! Enfin, ça ne me regarde pas. On cueille quand ?

— Demain.

— J'ai ma soirée ?

— Une fille ?

— Ben… oui.

— Une nouvelle ?

— Ben… oui.

— Tu changes souvent ?

— Assez.

— Tu prends des précautions ?

— Soyez tranquille, patron. Je n'ai envie ni de me marier, ni d'avoir un enfant. L'important, c'est la vigne.

« La jeunesse, la jeunesse ! » pensa le Vieux, qui préféra occulter certains souvenirs.

*

* *

Aÿ retrouva avec plaisir le palais de Thèbes, cette fois en tant que pharaon, choyé par une nuée de serviteurs et un pâtissier hors pair. Sous le parasol de la terrasse, son épouse admirait le ciel et le paysage, tandis qu'Ânkhésa, Grande Épouse royale officielle, survivait à peine, perpétuellement alitée.

Le roi avait accordé une audience solennelle, afin d'annoncer à la cour qu'il ne la réunirait qu'en cas d'urgence. Horemheb au nord et Nakhtmin au sud régleraient les affaires courantes, géreraient les Deux Terres et le solliciteraient si nécessaire. Comme il convenait, aucun décret ne serait promulgué sans son accord.

Chacun ressentit que le pays entrait dans une phase d'immobilisme, et que nulle réforme ne serait engagée. Grands profiteurs et petits malins pouvaient respirer et continuer à grenouiller.

Alors qu'Aÿ sortait de sa salle de bains, rasé et parfumé, son valet de chambre lui demanda s'il acceptait de recevoir le général Nakhtmin. Sachant que ce dernier insisterait, autant se débarrasser de cette corvée.

Enveloppé d'un épais manteau de laine marron, Aÿ se cala dans un fauteuil en bois de cèdre, d'une robustesse à toute épreuve, et garda les yeux mi-clos.

— Une importante nouvelle, Majesté.

— Un gros ennui ?

— Un cas difficile que vous seul pouvez résoudre.

Exactement le genre de désagrément que le roi redoutait.

— Le Premier serviteur de Ptah est décédé. Vous n'ignorez pas, Majesté, qu'il dirigeait les débats du Grand Conseil. Nous pleurons tous ce grand ritualiste, dont l'existence fut un modèle, mais il faut nommer son remplaçant.

— Donne-moi une serviette chaude. Je souffre d'une migraine tenace.

Nakhtmin en trouva une, et le monarque l'appliqua sur son front.

— As-tu songé à quelqu'un, général ?

— Un homme remarquable, inflexible, et d'une honnêteté scrupuleuse, me paraît s'imposer : le juge Bouty. Depuis sa prise de fonctions, il s'est montré d'une extrême sévérité à l'égard des délinquants. Nul ne saurait contester son sens de l'État.

— Un juge… Ce n'est pas une mauvaise idée. J'ai entendu parler de son comportement, exempt de reproches.

— Souhaitez-vous un rapport détaillé sur ses activités ?

— Inutile.

— Quand désirez-vous le voir ?

— Ce soir, avant le dîner. Je lui préciserai ses obligations. Préviens-le.

Nakhtmin s'inclina et se retira, se retenant de bondir de joie. Selon la juste prédiction de Shenta, Aÿ n'avait opposé aucun argument à la nomination de Bouty, fervent atonien qui recomposerait le Grand Conseil pour parvenir à l'élection de Nakhtmin. Demeurait un obstacle majeur : la règle de l'unanimité. Il existait sûrement un moyen de la contourner.

— 76 —

— Le roi a été très bref, dit le juge Bouty. Il m'a nommé à la tête du Grand Conseil et m'a ordonné de veiller au bon déroulement des débats lorsqu'il faudra, après son décès, désigner le nouveau pharaon.

— T'a-t-il parlé de l'inévitable affrontement entre Horemheb et moi ? demanda Nakhtmin.

— Non, il a évoqué sa santé chancelante et m'a congédié.

— Faisons nos comptes, exigea Shenta, enthousiaste. Le Grand Conseil se compose de neuf membres. Toi, quatre notables thébains et quatre memphites. Trois Thébains nous sont acquis, le quatrième reste à convaincre.

— Je m'en charge, promit le juge.

— Côté Memphites, indiqua Nakhtmin, deux seulement sont des sympathisants. Les deux autres ne voteront jamais pour moi.

— L'administrateur des canaux n'est pas inaccessible, jugea la petite brune ; à nous de trouver les bons arguments, et nous aurons gagné !

— Tu oublies le neuvième : le Grand Voyant d'Héliopolis. Lui, il est hors d'atteinte !

— Un contre tous : ne modifieront-ils pas la règle de l'unanimité, dans l'intérêt supérieur du pays ?

— Je plaiderai en faveur de cette solution, assura le juge.

— Mettons-nous au travail, préconisa Shenta. Que Bouty agisse ici ; moi, je retourne à Memphis. Avec l'aide de notre réseau, je réussirai.

*

* *

Le superviseur des champs d'Amon était, comme tous ses collègues du Grand Conseil, un homme âgé, doté d'une longue expérience au service de l'État. Confiné à Thèbes et relégué à un poste subalterne pendant le règne d'Akhénaton qu'il considérait comme un doctrinaire dangereux, il avait été rétabli dans sa fonction par Toutânkhamon. À l'approche de sa quatre-vingtième année, il continuait à gérer l'immense domaine agricole d'Amon de Karnak, laissé en partie à l'abandon durant la tyrannie de l'hérétique. Personnel nombreux, difficultés quotidiennes à résoudre, comptes à vérifier, transport de céréales et de légumes à assurer, juste répartition et redistribution… Les tâches ne manquaient pas, et la fatigue pesait souvent. Mais le superviseur aimait ce labeur. Père et grand-père, il avait la chance de connaître une vie familiale heureuse.

En ressuscitant le Grand Conseil, Aÿ, dont chacun pressentait qu'il parviendrait bientôt au terme de son existence, lui avait rappelé un autre de ses devoirs :

participer à l'élection du pharaon. Contrairement aux autres Thébains appartenant à cette institution, le superviseur n'éprouvait aucune sympathie envers l'homme fort de la région, le général Nakhtmin. Le personnage lui paraissait brutal, trop ambitieux, avide de pouvoir. Son entourage ne valait guère mieux, et l'un de ses conseillers était connu pour son adhésion aux thèses d'Akhénaton. Si, comme le prétendaient certaines rumeurs, un parti atonien continuait à agir dans l'ombre, Nakhtmin n'en était-il pas l'âme damnée ?

À l'opposé, la position du général en chef Horemheb était parfaitement claire : il combattrait l'atonisme sous toutes ses formes et, dans des circonstances difficiles, avait déjà prouvé sa valeur. Il possédait deux capacités indispensables à un chef d'État : gouverner et protéger.

Nul doute que les deux prétendants à la fonction étaient Nakhtmin et Horemheb, en faveur duquel le superviseur se prononcerait. Comme le Grand Conseil appliquait la règle de l'unanimité, les débats seraient longs et houleux.

Alors que le dignitaire classait des papyrus dans son bureau de Karnak, il reçut une visite inattendue : celle du juge Bouty, dont la carrière avait été fulgurante. Il jouissait à présent d'une influence considérable, et son tribunal passait pour sévère et inflexible.

— Pouvons-nous parler en toute tranquillité ? questionna le magistrat.

— Les scribes de mon secrétariat sont partis.

— Tout d'abord, une information qui sera bientôt publique : notre pharaon m'a nommé à la tête du Grand Conseil.

— Félicitations, dit le superviseur en marquant sa surprise. Tu dirigeras donc des débats qui risquent d'être animés. Obtenir l'unanimité ne sera pas facile.

— C'est pourquoi je prépare le terrain. Nous avons la chance, ici, d'avoir un homme remarquable, le général Nakhtmin, dynamique et compétent. Tous les membres thébains du Grand Conseil voteront pour lui… sauf toi.

— Exact. Ma préférence va à Horemheb, et j'espère que mes arguments convaincront les partisans de Nakhtmin, un mauvais choix pour l'Égypte.

— Excellent, au contraire. J'aimerais t'en persuader, afin de t'éviter de graves ennuis.

— Des menaces ?

— Un simple conseil d'ami que tu devrais écouter.

— Cet entretien est terminé. Et je mentionnerai au Grand Conseil ta tentative d'intimidation.

— À cause de ta regrettable obstination, je suis obligé de t'inculper.

— M'inculper, moi ! Quels sont tes griefs ?

— Enquêtes et témoignages prouvent que tu as manipulé les comptes et détourné de nombreuses denrées au profit de ta famille.

— C'est faux, archi-faux !

— Le dossier est accablant. Étant donné ta position, et afin d'éviter un scandale qui rejaillirait sur la haute administration, je le garde sous le coude et je suis prêt à l'oublier, à une condition.

Le superviseur dévisagea son interlocuteur.

— Du chantage, un ignoble chantage ! Tu as monté ce dossier de toutes pièces pour m'obliger à voter en faveur de Nakhtmin. Je dévoilerai ta machination, juge indigne !

— Tu n'en auras pas le temps, car je suis accompagné de policiers qui t'arrêteront et te jetteront en prison, si tu t'entêtes. Vu la gravité des faits, je rendrai très vite mon jugement, et tu seras condamné au bagne.

— Oserais-tu aller jusque-là et piétiner ainsi la règle de Maât ?

— En l'occurrence, nécessité fait loi. Nakhtmin doit régner.

Le superviseur baissa les yeux.

— Tu ne me laisses pas le choix.

— En effet. Appose ton sceau sur ce document que tu adresses au directeur du Grand Conseil. Il stipule que tu accordes ta voix à Nakhtmin. Utile précaution si tu avais la fâcheuse idée de te suicider ou si une dépression t'emportait avant le vote.

Brisé, le superviseur obéit.

— Surtout, exigea le juge Bouty, pas la moindre incartade, et silence total. Sinon, tu sais quel sort te sera réservé.

— 77 —

— Non, mais vous avez vu ça ! râla un vétéran en présentant sa natte à Paramès. Vous voulez que je couche là-dessus pour me briser le dos ? Même un paysan obtus n'accepterait pas ce genre de malfaçon !

— Du calme, bonhomme. L'intendance va te la remplacer.

— Si on veut de bons soldats, il faut du bon sommeil !

— Accompagne-moi.

Paramès et le vétéran, qui continua à pester tout au long du trajet, se rendirent au bâtiment où étaient entreposés linge et nattes. L'échange accompli et le plaignant satisfait, le patron de la caserne consulta le responsable des stocks.

— À quel lot appartient cette natte piteuse ?

Le préposé rechercha dans son registre, fort bien tenu, et trouva aisément.

— Montre-moi les autres pièces.

Examen rapide : toutes défectueuses.

— Leur provenance ? interrogea Paramès.

— La Maison de la reine.

— Un nom de responsable ?

— La dame Mout, directrice des ateliers de tissage. La fille d'une riche famille de Memphis, une personnalité appréciée, toujours invitée aux banquets d'État. Une cible trop délicate pour Paramès.

*

* *

Les soldats appréciaient le système de permissions tournantes mis en place par Horemheb, dont la popularité, à Memphis, ne cessait de croître. Travailleur acharné, il avait réduit les mondanités au minimum, et se vouait à la prospérité de la principale ville du pays.

Il assistait à un arrivage d'or de Nubie, lorsque Paramès l'aborda.

— Un petit ennui, général.

— De quel ordre ?

— Une livraison de nattes défectueuses.

— Jette-les et remplace-les.

— Normalement, la qualité est suffisante. Il ne faudrait pas que ça recommence.

— As-tu identifié un responsable ?

— Mout, une grande dame de la Maison de la reine.

— Ah…

— On ne peut quand même pas se taire et rester les bras croisés. J'ai pensé…

— Qu'il serait préférable que j'aille en personne émettre une vigoureuse protestation, en y mettant les formes.

— C'est à peu près ça. Vous savez, moi, ce genre de femme…

— Je te soulage de ce poids.

*

* *

La trentaine passée, Mout, surnommée « la Délicieuse[1] » en raison de son charme, de son élégance et de sa beauté apaisante, occupait l'un des postes majeurs de la Maison de la reine, où officiaient les meilleures tisserandes du royaume, aux salaires élevés. Toujours célibataire, elle aurait pu se contenter d'une existence luxueuse, de réception en réception, mais aimait organiser et se sentir utile. La frivolité de ses amies l'irritait, et Mout avait tendance à rompre des liens futiles afin de se consacrer à son travail.

— Acceptez-vous de recevoir le général en chef Horemheb ? lui demanda son assistante.

— Lui, ici ? T'a-t-il donné le motif de sa visite ?

— Non, il a simplement évoqué une affaire délicate vous concernant.

Mout hésita. Rien ne l'obligeait à céder aux exigences de l'homme le plus puissant de Memphis. Il n'avait aucun rôle à jouer dans la gestion de la Maison de la reine, même si cette dernière agonisait loin de son domaine du Nord.

Cependant, ne reviendrait-il pas à la charge, jusqu'à obtenir satisfaction ? Autant vider l'abcès.

— Qu'il entre.

1. *Nedjemet*, « douce », « délicieuse », « agréable ».

Mout avait déjà entrevu Horemheb, mais jamais d'aussi près. De la prestance, de l'autorité, du magnétisme. Un « grand fauve », selon ses adversaires. Mais un grand fauve à la séduction incontestable.

— Que puis-je pour vous, général ?

— Me procurer des nattes de qualité, contrairement à votre dernière livraison.

— Vous êtes plutôt… direct.

— Pardonnez-moi, mais le confort de mes soldats me paraît essentiel.

Ce soudard avait perdu toute séduction.

— Pourquoi suis-je impliquée ?

— Parce que, selon le bordereau rédigé par l'intendant de la caserne et le livreur de la Maison de la reine, le matériel impropre provient de l'atelier que vous dirigez.

— Il ne comprend que des professionnelles hautement qualifiées !

— Elles ont pourtant commis une faute grave.

— Pourquoi devrais-je vous croire sur parole ?

L'atmosphère devint glaciale. La dame Mout détestait que l'on critiquât ses équipes.

— Je vous emmène à la caserne. Vous vérifierez de vos propres yeux.

Mout releva le défi.

*
* *

Le magasinier étala les nattes défectueuses, que Mout, consternée, tâta une à une.

— Je vous présente mes excuses, murmura la jeune femme. Je trouverai la raison de cet impair.

— Ne soyez pas trop sévère, recommanda Horemheb. À condition d'être réparable, l'erreur n'est-elle pas excusable ?

— Je supporte mal que la réputation de mon atelier soit entachée. Dès ce soir, je vous livrerai des nattes de qualité supérieure.

— L'incident est clos, jugea Horemheb. Acceptez-vous mon invitation à dîner ?

— Non, général. J'ai trop à faire.

— 78 —

Les cheveux teints en plus clair, un savant maquillage modifiant ses traits, vêtue de manière ordinaire, Shenta avait emprunté un bateau de transport régulier emmenant une grande variété de passagers de Thèbes à Memphis. Au cours du voyage, au demeurant paisible, elle dut éconduire fermement un jeune scribe attiré par ses charmes.

À l'arrivée au port fluvial de la cité, Shenta se dirigea vers le bureau de répartition des dockers dont le patron était le chef du réseau atonien local. Le gaillard avait porté quantité de marchandises et grimpé tous les échelons de la hiérarchie avant d'obtenir ce poste. Admirateur d'Akhénaton et convaincu de la justesse de sa doctrine, il avait passé plusieurs années sur les quais de la cité du soleil et vu de près le pharaon disparu.

Trapu, le visage carré, le torse puissant, le bonhomme distribuait ses consignes en aboyant. Shenta attendit la fin du jour pour s'approcher. Ses employés partis, le chef docker s'apprêtait à fermer le local.

— Puis-je vous parler, seule à seul, dans un endroit tranquille ?

— Je suis pressé. Reviens demain.

— Demain brillera à nouveau le soleil d'Aton.

— Tu… tu es qui ?

— Shenta, l'épouse de Nakhtmin, notre nouveau guide.

— Ne restons pas ici. Suis-moi.

Le chef docker conduisit la petite brune à une taverne que fréquentaient des prostituées syriennes. On y servait de la bonne bière. À cette heure-là, les clients étaient rares.

— Nous contrôlons Thèbes, révéla la jeune femme, et plusieurs cités du Sud.

— Mais sûrement pas Memphis ! Horemheb y est adulé. Quand il deviendra pharaon et aura tous les pouvoirs, il nous pourchassera sans pitié.

— Si tu m'aides, il ne deviendra jamais pharaon.

— Moi ! Mais qu'est-ce que je peux faire ?

— C'est le Grand Conseil qui désignera notre souverain. Il nous sera acquis.

— Ça, ça change tout !

— Je dois contacter l'un de ses membres, l'administrateur des canaux, actuellement partisan d'Horemheb, et le convaincre de changer d'avis.

— Alors là, impossible ! Ce vieillard est têtu et hargneux.

— L'un des nôtres figure-t-il parmi son personnel ?

— Oui, un scribe géographe.

— Organise une rencontre.

— S'il est en province, ça prendra du temps.

— Je patienterai. J'ai besoin d'un logement discret.

— Pas de problème.

*
* *

Après avoir déposé des offrandes sur un autel, afin de vivifier le *ka* de son épouse défunte, Horemheb sortit de sa demeure d'éternité, qui ressemblait à un petit temple. Les meilleurs sculpteurs terminaient les bas-reliefs, les uns consacrés aux exploits du général en chef, les autres à sa fonction de ritualiste et à sa rencontre avec les puissances divines.

Cette journée n'avait rien de funèbre, au contraire. Rayonnant au sein des paradis de l'autre monde, l'esprit d'Amenta transmettait à Horemheb une joie aussi étrange qu'intense. Intrigué, il ne repoussa pas ce sentiment. Que signifiait-il, pourquoi Amenta mettait-elle fin à son deuil et à sa tristesse ?

Intrigué, il fit quelques pas dans l'immense nécropole de Memphis où des serviteurs et des servantes du *ka* maintenaient, par leurs offrandes, les liens entre les humains et les âmes des glorifiés.

D'une rare élégance, une femme quittait une très ancienne chapelle. Robe vert pâle, bracelets aux poignets et aux chevilles, cheveux auburn couronnant un visage lumineux. Méditative, elle faillit le heurter sur le sentier qui longeait les sépultures.

— Oh, pardon ! Mais… c'est vous ?

— Ravi de vous revoir, dame Mout. Rendiez-vous hommage à vos ancêtres ?

— N'est-ce pas un devoir essentiel ? On vante la splendeur de votre tombe, aux dimensions inhabituelles.

— Aimeriez-vous la visiter ?

Mout hésita.

— Pourquoi pas ?

En silence, ils parcoururent les salles accessibles aux vivants, et la jeune femme contempla longuement l'admirable décor. Le soleil déclinant, le couple quitta les lieux.

— Une merveille, jugea Mout, émue.

— Mon épouse y repose en paix.

— Son souvenir ne s'estompera pas. Elle a tant lutté pour Memphis, si dédaignée par ce scélérat d'Akhénaton ! On murmure que ses partisans, notamment à Thèbes, sont encore nombreux, voire dangereux.

— C'est malheureusement probable. Je suis persuadé qu'Amenta a été la victime du parti atonien, parce qu'elle s'approchait de la vérité.

— La police n'a-t-elle pas mené une enquête ?

— Sans résultat. Mais les investigations ont-elles été approfondies ?

— Vous supposez que…

— Si nous en discutions en dînant ?

— 79 —

Pour la première fois depuis la mort d'Amenta, la villa d'Horemheb retrouvait un peu de la joyeuse animation que savait entretenir la défunte. C'était aussi la première fois depuis le drame qu'Horemheb y invitait une femme à dîner, et le cuisinier, qui n'avait pas été prévenu, se multiplia pour préparer un repas digne de ce nom. Pourvu que le couple demeurât le plus longtemps possible au jardin, admirant les parterres de fleurs, le bassin aux lotus et les sycomores !

La soirée était d'une grande douceur, des chants d'oiseaux accompagnèrent les derniers reflets du couchant.

— J'ai omis de vous demander si mes nattes convenaient à vos soldats, dit Mout d'une voix légèrement anxieuse.

— Ils n'ont jamais mieux dormi.

— J'ai identifié la responsable. Une erreur de fabrication qu'elle a tenté de dissimuler en pensant que des militaires ne s'apercevraient de rien.

— Quel sort lui avez-vous réservé ?

— Je l'ai licenciée. Pas à cause de son erreur, qui lui aurait valu remontrance et suppression momentanée de salaire, mais de son mensonge. Elle a tenté de m'abuser, au risque de déshonorer l'atelier entier. Et je ne supporte pas les menteurs.

— Voilà un point commun.

Elle sourit.

— Vous étiez scribe royal à la cour d'Akhénaton ?

— Très loin du trône, rassurez-vous. Les excès de ce mystique m'inquiétaient au plus haut point. Quand la famille royale se donnait en spectacle, sous les acclamations d'une foule conditionnée et surveillée, j'étais indigné. Comme j'avais accès aux messages des diverses provinces, je constatais que les Deux Terres se décomposaient peu à peu, et je redoutais une invasion hittite.

« De plus en plus égaré dans sa fusion avec Aton, et sous l'influence néfaste de Néfertiti, le roi se désintéressait de l'Égypte. Combien d'animaux a-t-il fait tuer pour multiplier ses offrandes au soleil et recueillir ses faveurs ? Tout n'était que démesure, la folie ne cessait de gagner du terrain. Heureusement, la disparition de ce couple dément nous a sauvés, et le jeune Toutânkhamon a rempli au mieux une tâche ingrate en revenant à nos traditions. Le parti atonien ne le lui a pas pardonné.

— Vous soupçonnez la police de ne pas avoir recherché le meurtrier de votre femme, et vous supposez que ce pharaon, de nouveau fidèle à Amon, a été assassiné ?

— Telles sont mes convictions.

— Si vous avez raison, nous marchons sur des sables mouvants, qui risquent de nous engloutir !

Le maître d'hôtel osa intervenir.

— Pouvons-nous servir les entrées ?

Horemheb offrit sa main à Mout, qui ne la refusa pas. Ensemble, ils pénétrèrent dans une vaste salle à manger, ornée de nombreux bouquets odorants.

Ce premier contact charnel troubla le général en chef. Curieusement, la main de la jeune femme était à la fois douce et ferme.

Ils s'assirent face à face. Entre eux, une table couverte de salades diverses, d'une macédoine de légumes, d'une purée de fèves et de petites galettes chaudes.

Le sommelier versa du vin rouge dans des coupes en albâtre.

— Du six fois bon recommandé par le Vieux, commenta-t-il.

Les yeux de Mout avaient la couleur du lapis-lazuli, et son regard ne vacillait ni ne minaudait.

— Est-il exact que vous ayez éliminé le prince hittite Zannanza ?

— Pas moi, mais le faucon Horus, mon protecteur, et je lui en sais gré.

— La fille d'Akhénaton et de Néfertiti était devenue aussi folle que ses parents. Vendre notre pays aux Hittites… Quelle infamie ! La malheureuse en a sans doute pris conscience et s'est réfugiée dans la maladie et le silence. Mais avons-nous encore un pharaon ?

— Le Grand Conseil a désigné Aÿ, et nous respectons son autorité.

— Quelle autorité ? Son seul programme de gouvernement, c'est l'immobilisme !

Sous son allure de grande dame à la parfaite éducation, Mout brûlait d'un feu qui n'était pas moins intense que celui d'Amenta.

Le maître d'hôtel et des serveurs apportèrent des côtelettes d'agneau aux fines herbes, des filets de perche grillés et des sauces aux aromates.

— Le Vieux n'a pas menti, jugea Mout : le vin est excellent. Et votre cuisinier mérite des éloges. On vous prête de nombreuses liaisons furtives, général.

— Comment combattre la rumeur ? Tant que l'on ne m'accuse pas d'un grave délit, je préfère me taire.

— Je pourrais devenir une accusatrice.

— Que me reprochez-vous ?

— De subir la situation et de vous contenter de gouverner Memphis. Un pouvoir, certes, mais limité, qui ne suffit pas à réformer notre pays comme vous le souhaitez. La reine s'éteint, Aÿ décline chaque jour davantage. Votre destin vous attend, devenez ce que vous êtes.

— Contrairement à ma réputation, je ne suis ni un fauve ni un prédateur, et je respecte la loi de Maât qui assure la cohésion de notre peuple. Le rôle de l'armée consiste à protéger, non à fomenter un coup d'État. Au Grand Conseil, et à lui seul, lors du décès d'Aÿ, de désigner son successeur.

— 80 —

Si le Vieux aimait la période des vendanges, il la redoutait aussi en raison de l'intensité du labeur et de l'indispensable sérieux pendant la récolte des grains mûrs. Heureusement, Saby surveillait étroitement les saisonniers et bottait le train des traînards.

Qualité remarquable en perspective ! Aussi le déjeuner réunissant le Vieux, Saby et leur ami Ousil était-il joyeux. Des côtes de bœuf grillées enchantèrent les palais, et la saveur fut exaltée par un rouge charpenté datant d'une dizaine d'années.

— La cour est inerte, déplora le Vieux. À cause de la maladie de la reine, aucune festivité. Quant au pharaon, il ne boit plus que de l'eau. Par bonheur, les notables organisent encore des dîners bien arrosés !

— Mes singes verts y participent, ajouta Ousil, et je ne me plains pas de mes revenus.

— Aÿ n'en a plus pour longtemps, prédit Saby. Nous aurons bientôt un nouveau pharaon ! À Memphis, ça bouge.

Les nouvelles circulaient vite le long du Nil, et le jeune homme n'était pas le dernier à les recueillir.

— Qu'est-ce qui bouge ? demanda Ousil.

— Horemheb a encore renforcé l'armée, et son deuil est terminé.

— Comment sais-tu ça ?

— Dans sa villa, il a reçu une grande dame de la Maison de la reine. Anguille sous roche, non ? Notre futur roi va se remarier !

— Ne t'emballe pas, mon garçon. Des dizaines de grandes dames rêvent de devenir la compagne du général en chef.

— Moi, je sens que le prochain couple royal est en train de se former !

— Aux dieux de décider, tempéra Ousil.

— Le Grand Conseil sera leur interprète, conclut le Vieux.

*
* *

Plusieurs semaines de patience que Shenta subit sans renâcler, malgré un logement modeste près des quais, et une nourriture sommaire. Enfin, l'annonce du chef docker : le scribe géographe était de retour à Memphis !

Il lui rendit visite le soir même.

Un homme sec, nerveux, à la parole pointue, qui avait passé son enfance dans la cité du soleil.

— Qu'attendez-vous de moi, dame Shenta ?

— Décrivez-moi votre patron. Je veux tout savoir de lui.

— L'administrateur des canaux est un vieux barbon, attaché aux traditions, férocement anti-atonien et grand admirateur d'Horemheb, à qui il reproche cependant de ne pas traquer davantage les partisans d'Aton. Je n'ai jamais entendu le moindre compliment sortir de sa bouche, son personnel le redoute. Travailleur acharné, presque toujours sur le terrain, très fier de sa gestion et de son organisation. Persuadé que personne ne pourra le remplacer, il se juge indispensable et ne tolère aucun rival.

— Des vices ?

— Pas à ma connaissance. Veuf, de grands enfants auxquels il ne s'intéresse guère. Pas de femme. Il boit modérément et habite une maison plutôt modeste. Sa seule passion, ce sont les canaux. Il faut qu'ils soient parfaitement nettoyés et entretenus. Il connaît chaque travailleur et ne laisse personne flemmarder. Un bonhomme impossible. J'ai demandé ma mutation et j'espère obtenir satisfaction.

— Merci de ton aide.

Ce tableau n'avait rien de réjouissant. À l'évidence, l'administrateur des canaux ne changerait pas d'avis et ne voterait pas pour Nakhtmin. Avec le Grand Voyant d'Héliopolis, deux opposants, pas d'unanimité, et le choix probable d'un sosie d'Aÿ, un dignitaire fade, qui n'appartiendrait peut-être pas au parti atonien. Encore combien d'années perdues ?

La première déception passée, Shenta se remémora les paroles du scribe géomètre.

Et l'idée lui vint.

*

* *

Horemheb n'avait plus revu Mout la Délicieuse depuis trois mois. Le premier et dernier dîner s'était terminé de façon assez rugueuse. Souvent, il pensait à sa main, à la fois douce et ferme, qui la caractérisait si bien.

Gouverner Memphis et la Basse-Égypte n'avait rien d'une sinécure, et son équipe de scribes ne chômait pas. Dans divers domaines, Horemheb n'outrepassait pas ses prérogatives, déplorait des blocages et réclamait un décret royal qui lui permettrait d'agir et de réformer.

Mais Aÿ ne prenait aucune décision. S'enfonçant dans une torpeur de plus en plus lourde, il ne voulait rien changer aux habitudes administratives, fussent-elles mauvaises. Que des fonctionnaires incompétents gardassent leurs privilèges ne le dérangeait pas. Au fond, l'immobilisme était une bonne méthode de gouvernement qui ne mécontentait personne. Si quelques troubles se produisaient ici ou là, l'armée et la police les éteindraient rapidement.

Malgré l'insistance d'Horemheb, face à des cas urgents, le roi demeurait inerte. Seule sa disparition modifierait radicalement la situation. À l'instar du général en chef, Nakhtmin se montrait loyaliste et patient. Police efficace, délinquance réduite au minimum.

Seule annonce officielle : la nomination du juge Bouty à la tête du Grand Conseil. Un juge garant de l'application de la règle de Maât, justesse et cohérence.

— 81 —

Nakhtmin était perplexe, voire inquiet. Pourquoi Aÿ l'avait-il convoqué, de si bon matin ? Une affaire importante, sans nul doute, mais de quel ordre ? Le général dut attendre dans l'antichambre des appartements royaux que la toilette du monarque, de plus en plus longue, fût terminée. Quand serait-il enfin débarrassé de ce vieillard obèse, à la gourmandise insatiable, encore respecté des notables traditionalistes ?

Frileux, Aÿ avait besoin de plusieurs couches de vêtements. Il reçut Nakhtmin dans son bureau, équipé de fenêtres récentes.

— Je me sens moins mal qu'hier, déclara-t-il, et je songe à une brève promenade avec mon épouse. Veux-tu quelques gâteaux ?

— Merci, Majesté.

— Tu as tort, ils sont succulents. Si tu vis aussi longtemps que moi, tu apprécieras ces petits plaisirs.

Le roi ferma les yeux. Le général craignit qu'il ne s'endormît, en omettant de lui donner la raison de cette convocation inhabituelle.

— As-tu accompli la mission que je t'avais confiée, Nakhtmin ?

— Laquelle précisément, Majesté ? Il y en a plusieurs !

— La principale, mon ami : la construction de mon temple des millions d'années, où l'on célébrera ma mémoire[1].

— J'ai employé les meilleurs artisans, il est presque achevé.

— Voilà qui me réjouit infiniment. Je désire que tu entreprennes des travaux d'embellissement de ma chère cité natale d'Akhmîm. Fais agrandir le sanctuaire de Min, le dieu de l'Énergie qui donne la vie à la nature entière.

— J'organise immédiatement le chantier, Majesté.

— Laisse-moi, à présent. Je dois me reposer avant le déjeuner.

Fidèle serviteur, Nakhtmin s'acquitterait de ces tâches ultimes, préoccupations d'un monarque qui n'avait plus que de minces attaches avec le monde des vivants.

*

* *

L'engueulade avait été tonitruante. Pas question pour l'administrateur des canaux de tolérer le comportement de ses deux employés qui s'étaient octroyé un jour de congé sans son autorisation. Mise à pied, salaire réduit et licenciement en cas de récidive. Si l'autorité et les

1. Il se situait au nord du temple de Médinet-Habou, sur la rive ouest de Thèbes.

règlements n'étaient pas respectés, le pays courait à la ruine.

Après avoir notifié la sanction à un scribe, le bougon quitta un bureau qu'il ne fréquentait guère, préférant ses chers canaux, tous différents, dont il était le seul à connaître chaque particularité.

Alors qu'il marchait d'un bon pas, une jolie petite brune se porta à sa hauteur.

— M'autorisez-vous à vous importuner quelques instants ?

— Qui es-tu ?

— Je vous le dirai plus tard. Je dispose d'une information que je désire vous livrer.

— Ça concerne les canaux ?

— Non, votre appartenance au Grand Conseil.

Le bougon ralentit l'allure.

— De quoi te mêles-tu, ma belle ?

— À la mort d'Aÿ, vous vous prononcerez en faveur d'Horemheb, au détriment du général Nakhtmin.

— Notre général en chef a fait preuve de ses capacités à régner, je ne cache pas mon opinion. Ça te dérange ?

— Votre naïveté me navre.

— Naïf, moi ?

— Vous êtes aveugle.

— Tiens donc… Qu'est-ce que je ne vois pas ?

— La duplicité d'Horemheb.

À l'abord de la rue où il habitait, l'administrateur se figea.

— Tu as la langue bien pendue ! Pour raconter quoi ?

— Une vérité qui vous ouvrira les yeux. Savez-vous comment le peuple surnomme Horemheb ?

— Le Sauveur. Et alors ?

— Pensez-vous qu'il vous sauvera, vous aussi ?

— Qu'est-ce que tu insinues ?

— Voilà longtemps, beaucoup trop longtemps, que vous vous occupez des canaux en imposant vos directives. Horemheb estime qu'elles sont dépassées et que vous constituez un obstacle à une indispensable amélioration. Pour le moment, il a les mains liées. Dès qu'il sera pharaon, il vous évincera et nommera à votre place l'une de ses créatures, qui lui obéira au doigt et à l'œil. Votez pour lui, et vous vous éliminez vous-même.

Ébranlé, le bougon rumina.

— D'où tiens-tu ces ragots ?

— Ce ne sont pas des ragots, mais les paroles mêmes d'Horemheb. Selon lui, vous êtes usé et nuisible.

— Comment as-tu appris ça, pourquoi devrais-je te croire ?

Shenta eut un sourire si enjôleur que son interlocuteur en fut émoustillé.

— Parce que je suis la maîtresse d'Horemheb, plus exactement l'une de ses maîtresses. Sur l'oreiller, les ambitieux se laissent parfois aller à des confidences. Moi, j'ai eu droit à celles vous concernant. Vu votre réputation de professionnel rigoureux, elles m'ont choquée, et j'ai jugé bon de vous alerter. Mon rôle s'arrête là. Adieu.

Sidéré, l'administrateur des canaux regarda la petite brune s'éloigner. Ne doutant pas de sa sincérité, il éprouva une rage froide envers Horemheb. Lors de la réunion du Grand Conseil, il voterait pour Nakhtmin.

— 82 —

Nakhtmin ne résista pas aux assauts de Shenta, tantôt lionne, tantôt chatte, qui le vida de sa sève, tout en le gratifiant de déclarations d'amour enflammées.

Épuisé, le souffle court, les bras en croix, il revint à une réalité qui l'obsédait.

— Tu es sûre d'avoir convaincu l'administrateur des canaux ?

— Certaine. Il votera pour toi.

— Huit sur neuf… Ça ne suffira pas ! Le Grand Voyant d'Héliopolis, lui, nous est inaccessible.

— Rappelle-toi que le juge Bouty modifiera la règle de l'unanimité et ne tiendra pas compte d'une seule voix hostile.

— Bouty se leurre ! Le Grand Voyant est trop bien entouré. Et s'il périssait de mort violente, le parti atonien serait immédiatement accusé. Horemheb aurait beau jeu de décréter l'état d'urgence, les membres du Grand Conseil seraient déstabilisés.

Shenta partageait l'analyse de son amant, mais il y avait forcément une solution pour éliminer ce vieux gêneur et franchir la dernière marche de l'escalier menant au pouvoir suprême et au règne d'Aton.

*
* *

Alité, le Grand Voyant d'Héliopolis avait été incapable de célébrer le rituel du matin, déléguant cette tâche à l'un de ses disciples.

— Merci d'être venu si vite, dit-il à Horemheb. Mes jours sont comptés, je vais bientôt rejoindre mes ancêtres.

Inutile de prononcer des paroles lénifiantes, le vieillard avait une parfaite conscience de son état.

— Nous avons vécu ensemble les plus beaux rites, poursuivit-il, et leur enseignement a modelé ton esprit. Quoi qu'il advienne, respecte-le et mets-le en pratique. Il te sauvera de tous les dangers.

— Vous avez ma parole. Héliopolis restera notre source. Si les dieux m'accordent cette possibilité, j'embellirai son temple.

— Mon ultime vision te concerne, Horemheb. À la prochaine nouvelle lune, pars pour Thèbes.

*
* *

Le Vieux déboucha une jarre de rouge robuste, un fortifiant réservé aux adultes.

— Cette fois, nous y voilà, dit-il à Saby. Aÿ est mort cette nuit, et ça ne s'est pas arrêté là ! Privée de son soutien, la malheureuse reine Ânkhésa a cessé de lutter. Elle l'a suivi quelques heures plus tard.

— Quand Horemheb sera-t-il couronné ?

— Pas si vite, mon garçon ! D'abord les funérailles, puis la réunion du Grand Conseil. Tu risques d'être déçu.

— Pourquoi ?

— Si plusieurs membres du parti atonien y figurent, ils tenteront d'élire un pharaon qui leur sera favorable, sûrement pas Horemheb.

— Ça voudrait dire que Nakhtmin est… un fanatique ?

— J'en ai peur.

Ni le Vieux ni Saby ne virent l'oreille droite de Vent du Nord se dresser ; ce témoignage ne pouvant rien changer, l'âne recommença à mastiquer un mélange de chardons et de luzerne.

*

* *

Dès qu'il reçut l'information, Paramès la communiqua à Horemheb.

— Aÿ et Ânkhésa sont décédés. Nakhtmin organise les funérailles. Je suppose que vous vous rendez à Thèbes ?

— Bien entendu.

Ainsi s'accomplissait l'ultime vision du sage d'Héliopolis.

— À la fin de la période de deuil, indiqua Paramès, le Grand Conseil se réunira. Les Thébains le voudront chez eux.

— Je plaiderai en faveur de Memphis, mais j'ai peu de chances d'être écouté.

Avant son départ, Horemheb se recueillit dans sa demeure d'éternité, à présent terminée, et pria l'âme d'Amenta d'orienter son destin.

*

* *

Au terme d'un court règne de quatre ans et un mois, Aÿ fut inhumé dans la tombe de la branche occidentale de la Vallée des Rois prévue, à l'origine, pour Toutânkhamon. Horemheb et Nakhtmin se tenant en retrait, à bonne distance l'un de l'autre, le Premier serviteur d'Amon dirigea les rites traditionnels. Il ouvrit les yeux, la bouche et les oreilles de la momie ; puis fut déposé dans la tombe l'équipement qui permettrait au voyageur de l'au-delà d'y vivre heureux.

La porte du sépulcre refermée, Nakhtmin s'approcha de son rival.

— Nous voici à la croisée des chemins. Toi et moi sommes aptes à gouverner les Deux Terres, mais il n'y aura qu'un seul pharaon.

— Au Grand Conseil de décider.

Nakhtmin eut un sourire presque ironique.

— C'est la loi, et nous la respecterons. Ne préférerais-tu pas qu'il se tienne à Memphis ?

— En effet.

— Eh bien, je suis d'accord ! Peu importe l'endroit, puisque la règle de Maât sera appliquée.

— 83 —

Peu de temps après le départ du bateau emmenant les membres thébains du Grand Conseil rejoindre leurs homologues à Memphis, un policier transmit à Nakhtmin une fabuleuse nouvelle.

— Ne serait-ce pas une simple rumeur ?

— Non, général. Il s'agit d'une certitude.

Nakhtmin se rua jusqu'à sa villa et grimpa quatre à quatre l'escalier menant à sa chambre.

Deux servantes versaient de l'eau chaude sur le corps nu de Shenta, qui appréciait cette douche matinale avant de s'abandonner aux mains de sa coiffeuse.

Le général enlaça sa compagne. Surprises par cette irruption, les domestiques poussèrent un cri.

— Tu n'imagines pas, Shenta ! C'est beau, c'est trop beau !

Constatant que la virilité du général s'enflammait, les domestiques s'éclipsèrent.

— Doucement, mon amour !

Il la plaqua contre le mur, couvert de carreaux de faïence.

— Le Grand Voyant d'Héliopolis se meurt. Il n'assistera pas à la réunion du Grand Conseil. Ses huit membres m'éliront à l'unanimité.

*

* *

De la terrasse de sa villa thébaine, Horemheb contempla le coucher de soleil. Un moment de plénitude, qui préludait cependant à la disparition de la lumière et à son difficile combat contre les ténèbres. Aurait-elle, une fois encore, la force de renaître ?

Le rougeoiement des dernières lueurs, le scintillement du fleuve, la majesté de la montagne d'Occident, l'épreuve de la mort que les rites transformaient en une autre vie, le mystère de cette porte, tantôt immense, tantôt étroite, qui séparait l'ici-bas de l'au-delà… Face à cette vision, qu'importaient les ambitions humaines ? En revenant à Thèbes, Horemheb touchait au terme d'un parcours semé, comme n'importe quelle existence, de joies et de peines.

Puisque Nakhtmin semblait si sûr de lui, c'est qu'il avait réussi à corrompre le Grand Conseil. Lui, l'atonien, imposerait au monde sa doctrine et, au nom de la splendeur de son dieu unique, exterminerait des milliers d'infidèles qui ne se rallieraient pas à sa croyance. Terre jadis aimée des puissances créatrices, l'Égypte deviendrait la source du fanatisme, avant d'être envahie.

Fuir et végéter hors de portée de Nakhtmin, ou demeurer fièrement à Thèbes jusqu'à son arrestation et à sa condamnation ? Absorbé par la beauté du couchant, Horemheb n'avait pas encore tranché.

*

* *

— Eh bien, dis donc ! s'exclama le Vieux. Quelle commande ! On va presque vider la cave. De quoi festoyer pendant au moins un mois ! Un genre de miracle… Moi, je veux être payé d'avance. Pourquoi fais-tu la tronche, Saby ?

— Vous ne comprenez pas ? Si le général Nakhtmin achète autant de jarres, c'est pour célébrer son triomphe ! Ce pourri a soudoyé le Grand Conseil !

— À mon âge, je doute de tout, mais toi, tu dépasses les bornes ! Les Thébains sont sans doute favorables à Nakhtmin, mais pas les Memphites. La discussion sera serrée, et Horemheb est général en chef. Un argument de poids, non ?

— Seulement en apparence ! Si Nakhtmin prépare une telle fête, c'est qu'il est sûr de son coup !

Le Vieux se gratta le menton.

— Tu commences à m'inquiéter, gamin.

*

* *

Entre le chef de la police de Memphis, obéissant aux ordres de Nakhtmin, et Paramès, bras droit d'Horemheb, les rapports n'étaient pas au beau fixe. L'imminente réunion du Grand Conseil dégradait encore la situation. En fonction de sa décision, l'un ou l'autre perdrait son poste, et le vaincu serait piétiné.

Pour l'heure, ils accueillaient les membres thébains du Grand Conseil, dont ils assureraient la sécurité.

Condescendant, le juge Bouty salua les deux hommes, tout en observant soldats et policiers.

— Quel déploiement de forces ! Serions-nous en danger ?

— Espérons que non, dit Paramès. Mieux valent des précautions inutiles qu'un laxisme coupable.

— Fortes paroles, mon ami ! Conduisez-nous au tribunal où nous siégerons. Avez-vous prévu des logements corrects à proximité ?

— Soyez sans crainte.

Sous bonne garde, les Thébains rejoignirent leurs collègues memphites autour d'une collation de qualité. Après des présentations assez froides, le juge Bouty réussit à détendre l'atmosphère. Chacun évoqua sa longue carrière et son expérience. On s'écouta et on s'apprécia. Entre hauts dignitaires, on avait en commun le sens des responsabilités, et celle du Grand Conseil était écrasante.

La mairie de Memphis offrait à ses membres un dîner de gala, dernière étape consensuelle avant que ne commencent les débats, sans limitation de durée. De leur issue dépendait l'avenir de l'Égypte.

— 84 —

Jamais le juge Bouty ne s'était senti aussi puissant. Au terme des délibérations du Grand Conseil, qui élirait Nakhtmin pharaon, il contrôlerait l'ensemble de l'administration. Justice et police pourchasseraient les opposants à la religion d'Aton qui, cette fois, s'implanterait profondément et durablement.

Une grande salle rectangulaire qu'éclairaient de petites fenêtres, des murs nus, des banquettes de pierre : l'austérité du lieu seyait à la gravité de la situation. Le visage fermé, les membres du Grand Conseil, tous beaucoup plus âgés que Bouty, avaient conscience de l'importance de leur vote.

— Mes chers collègues, débuta le juge, je dois aborder un point de procédure. Normalement, nous sommes au nombre de neuf. Hélas, le doyen de cette assemblée, le Grand Voyant d'Héliopolis, sage parmi les sages, agonise. Nous ne serons que huit. Ce regrettable incident, cependant, ne change rien à notre règle majeure : l'unanimité. Chacun présentera son candidat à la fonction suprême et donnera les raisons de son choix. À mon sens, il n'existe que deux prétendants sérieux, capables de gouverner les Deux Terres : le scribe royal et général en chef Horemheb, et le général Nakhtmin. L'un et l'autre ont fait preuve de qualités exceptionnelles au service de notre pays. L'un de vous envisagerait-il un autre dignitaire ?

Un long silence.

— En ce cas, conclut Bouty, nous avons accompli une partie du chemin. Prononcez-vous librement, et formulez vos arguments.

Dûment préparé, un Thébain vanta les mérites d'Horemheb et ses indéniables qualités d'homme d'État. Néanmoins, celles de Nakhtmin lui paraissaient supérieures.

Ses alliés du parti atonien se comportèrent de la même façon, prenant soin de souligner leurs hésitations, afin de ne pas bousculer les deux derniers électeurs, le superviseur des champs d'Amon, que Bouty avait manipulé, et le rugueux administrateur des canaux memphite, retourné par Shenta. Après réflexion, avaient-ils changé d'avis et se plaindraient-ils des pressions dont ils avaient été l'objet ?

Le superviseur des champs parla d'une petite voix, fut très bref, et vota pour Nakhtmin.

Restait le bougon, avant que Bouty ne s'exprimât lui-même.

— À mon sens, déclara le Memphite, nous minimisons les réformes d'Horemheb, celles déjà accomplies et celles qu'il projette.

Le juge se crispa. Shenta s'était vantée trop vite de son succès ! Convaincre ce têtu en plein conseil serait difficile, voire impossible.

— Les Deux Terres ont beaucoup souffert de la mauvaise gestion d'Akhénaton, poursuivit l'administrateur des canaux, et commencent seulement à se redresser, grâce aux vigoureuses mesures d'Horemheb.

L'atmosphère se tendit brusquement. Craignant de voir la victoire leur échapper, les membres du parti atonien comptaient sur le juge Bouty pour persuader cet opposant de ne pas empêcher l'unanimité.

— Cependant, continua le bougon, Horemheb le réformateur a un grave défaut : il néglige les professionnels expérimentés comme moi et veut les remplacer par des gens sans compétences. C'est pourquoi je ne voterai pas pour lui. En revanche, je souhaite que le Grand Conseil demande à Nakhtmin de poursuivre les initiatives d'Horemheb, notamment dans les domaines militaire et économique, en s'appuyant sur les élites en place. À cette condition, il aura ma voix.

Bouty contint sa satisfaction.

— Excellente proposition, que je soumettrai à notre nouveau pharaon, avec la certitude qu'il l'approuvera. Comme vous tous, je suis en faveur du général Nakhtmin, plus mûr et plus pondéré qu'Horemheb. Il a assuré notre sécurité et servi avec fidélité le roi Aÿ. À l'unanimité, le Grand Conseil le désigne comme l'Horus qui prendra place sur le trône des vivants.

Un bruit étrange ponctua cette décision. Des coups frappés sur le dallage à intervalles réguliers. Ceux de la canne du Grand Voyant d'Héliopolis qui ouvrit lui-même la porte de la salle.

Les électeurs se figèrent.

— Vos délibérations ne sont pas terminées, affirma-t-il. Choisir Nakhtmin serait une impardonnable erreur.

En tant que doyen de cette assemblée, je réclame un nouveau vote qui engagera le destin de l'Égypte et le vôtre. Effaçons les lâchetés, soyons dignes de nos ancêtres et ne réitérons pas l'aveuglement qui nous a empêchés de discerner la vraie nature, ô combien pernicieuse, du futur Akhénaton. Je lis dans vos pensées et je déchiffre le langage de vos cœurs. Cessez de vous abuser vous-mêmes. Sinon, le tribunal de l'au-delà sera impitoyable.

Subjugué, le juge Bouty céda sa place au Grand Voyant, à l'orient de la salle.

Et les discussions reprirent, sous l'autorité d'un vieillard qui avait un pied dans la tombe, mais l'autre encore bien présent sur la terre aimée des dieux.

— 85 —

Lorsque deux ritualistes, portant des masques à l'effigie des dieux Horus et Seth, posèrent sur la tête d'Horemheb la double couronne, la rouge de Haute-Égypte et la blanche de Basse-Égypte, tous les dignitaires conviés à la cérémonie, au temple de Karnak, retinrent leur souffle.

Désormais, l'ex-général en chef ne serait plus un individu comme les autres. Ces couronnes étant des yeux, il aurait un autre regard sur le monde, qu'il contribuerait à recréer chaque jour, en compagnie des dieux, dont il devenait le Premier serviteur.

Élu par le Grand Conseil, Horemheb devait encore être reconnu par Amon, « le Caché ». Vêtu de ses habits rituels, porteur des sceptres qui symbolisaient sa capacité d'agir, il s'avança vers la statue du principe créateur, sous les regards d'une assistance recueillie.

Le souverain s'immobilisa à quelques pas de la figure de pierre, et le temps s'arrêta. Chacun attendait, non sans inquiétude, le signe décisif, qui seul légitimerait le pouvoir du roi.

Enfin, la tête d'Amon s'inclina.

*
* *

Dès qu'il regagna ses appartements, en compagnie de Shenta, le vaincu s'écroula.

— Nous sommes perdus !

— Que s'est-il passé, au Grand Conseil ? questionna la petite brune. Il t'était entièrement acquis !

— Bouty avait obtenu l'unanimité et s'apprêtait à proclamer mon élection, lorsque le Grand Voyant d'Héliopolis, que l'on croyait grabataire, a fait irruption. Ce vieux magicien a convaincu, un à un, les membres du Grand Conseil de changer d'opinion et de voter en faveur d'Horemheb.

Shenta fut atterrée.

— C'est insensé… les atoniens t'ont trahi !

— Ils m'ont lâché, Bouty compris. Ce sorcier les a envoûtés ! Maintenant, il est mort, mais nous sommes fichus. Impossible de contester la souveraineté d'Horemheb.

— Nous continuerons à lutter. Aton nous guidera.

— Non, Shenta. Notre défaite est totale et définitive. Dès demain, je ne contrôlerai plus la police. Horemheb sait que son épouse a été assassinée, il reprendra l'enquête, remontera jusqu'à moi et détruira le parti atonien.

La jeune femme sembla pétrifiée.

— Quels sont tes projets, Nakhtmin ?

— Tout lui avouer et implorer sa clémence. Il n'existe pas d'autre issue, si nous voulons survivre.

— Abandonner Aton, notre dieu unique, renoncer à notre foi…

— Elle perdurera dans nos cœurs. Tôt ou tard, d'autres que nous la défendront.

Shenta sembla se résigner.

— Tu as raison, c'est la seule voie raisonnable.

*

* *

Lors du banquet célébrant le premier jour de la première année du règne d'Horemheb, ni Nakhtmin ni le juge Bouty, figurant parmi les convives, n'avaient eu le moindre appétit. Ils se mêlèrent néanmoins au concert de louanges, et le général Nakhtmin prononça un bref discours à la gloire de son heureux rival, dont il serait le plus dévoué sujet.

Les Thébains appréciaient les huit jours de fête aux frais de l'État. Vin et bière coulaient à flots, et le Vieux vendait ses stocks de grands crus et d'ordinaire en récoltant de jolis bénéfices. Au-delà de ces jours fastes, il songeait déjà aux prochaines vendanges.

Rapide et débrouillard, le jeune Saby se montrait à la hauteur des événements, assisté de Vent du Nord, spécialiste des livraisons.

— Tu as entendu les noms du pharaon ? dit-il au Vieux. Il n'est pas seulement « Horus en fête », mais aussi « Taureau puissant aux desseins efficaces », « Celui dont les prodiges sont grands dans Karnak », « Celui qui se réjouit de la justesse et fait naître les Deux Terres », « Celui qui a été choisi par la lumière divine », « Maître de la règle »... Quel programme !

— Ne rêve pas trop. Il fera ce qu'il pourra.

Saby avait le vin enthousiaste.

— Horemheb sera un formidable pharaon, tu verras ! Heureusement qu'on a évité ce charognard de Nakhtmin. Celui-là, il en prendra plein la tête ! J'ai jamais pu le blairer.

Pendant cette période de réjouissances, les petits singes verts d'Ousil n'avaient pas chômé, suscitant les rires des fêtards. L'un d'eux grimpa sur les épaules de Saby et lui gratta l'oreille, tandis que le Vieux emplissait la coupe de son maître, légèrement éméché.

— Un rouge spécial pour nettoyer le foie, expliqua-t-il. Je le prescris au médecin-chef du palais.

— Longue vie au pharaon ! s'exclama Ousil, aussitôt imité par ses deux amis.

— On guette tous sa première décision, précisa Saby, l'œil pétillant. Ce ne sera pas la plus facile ! S'il se trompe, il en bavera.

— De quoi parles-tu ? interrogea Ousil.

— Du choix de la Grande Épouse royale.

— 86 —

En se rendant chez le tueur du parti atonien, Shenta s'assura qu'elle n'était pas suivie. La police d'Horemheb n'avait pas encore déclenché une traque inévitable, mais il ne fallait pas perdre une minute.

— Dame Shenta… Une urgence ?

— Le pire des traîtres doit disparaître, aujourd'hui même. Sinon, il nous dénoncera, toi compris.

— De qui s'agit-il ?

— De Nakhtmin.

Le tueur fut stupéfait.

— Un traître et un lâche, qui renie Aton et veut implorer la grâce d'Horemheb en vendant les membres du parti. Il t'accusera d'avoir assassiné Amenta, et tu seras exécuté.

— Nakhtmin…

— Un faux géant, à éliminer sans tarder.

— Il ne sera pas facile à terrasser.

— Détrompe-toi, je ferai le nécessaire. Tu n'auras qu'à l'achever. Ensuite, qu'il disparaisse complètement. On croira qu'il s'est enfui, dépité de ne pas avoir été couronné. Ce soir, chez le Grêlé. Munis-toi d'un couteau de boucher et de sacs solides.

*

* *

Le pharmacien-chef du temple de Karnak préparait des remèdes sous forme de potions et de pilules. Sur l'étagère supérieure de son laboratoire, des fioles contenant le liquide létal qui abrégeait les souffrances des malades en fin de vie. La journée se terminait quand il vit apparaître la dame Shenta, compagne de Nakhtmin, l'ex-maître de Thèbes, dont l'étoile avait brusquement pâli.

La petite brune semblait désespérée.

— Ma mère se meurt, confessa-t-elle, au bord des larmes. Ses douleurs sont atroces. Le médecin du palais n'a plus d'espoir Je viens chercher le remède fatal.

— Avez-vous un mot de sa main ?

— Bien sûr, le voici.

La jeune femme avait correctement imité l'écriture du praticien. Le pharmacien lui remit un minuscule flacon en verre.

— L'effet sera rapide, annonça-t-il. Recevez mes condoléances, dame Shenta.

*

* *

Accablé, Nakhtmin ne cessait de ruminer son échec et marmonnait les phrases qu'il prononcerait en se prosternant devant Horemheb. Avouer son erreur, renier Aton, proclamer son désir de se racheter, donner les noms de ses complices et celui du tueur qui avait pris la vie d'Amenta. En échange, il supplierait le pharaon de lui accorder la vie et se réjouirait de devenir tâcheron dans une province reculée.

Shenta lui caressa le front.

— Demain, murmura-t-il, je demanderai audience à Horemheb. La seule issue, la seule…

— Je sais. Ne te tourmente plus. Auparavant, une dernière réunion avec nos principaux partisans a été organisée, chez le Grêlé. Le juge Bouty a une importante information à te communiquer.

— Est-ce bien utile ?

— Honore de ta présence cette ultime réunion, écoute Bouty.

Nakhtmin se releva à peine. Shenta le parfuma et se pendit à son bras.

*

* *

Dans la salle d'hôtes de la maison du Grêlé, fervent atonien travaillant au service du cadastre, deux lampes à huile offraient une faible clarté.

— Vous êtes les premiers, dit-il à Shenta et à Nakhtmin.

— Donne-nous à boire, exigea-t-elle.

Le Grêlé disposa trois coupes sur une table basse et alla chercher à la cave une jarre de bière. Alors qu'il achevait de les emplir, la jeune femme sursauta.

— Un bruit, au premier étage ! Tu abrites quelqu'un ?

— Non, s'étonna le Grêlé.

— Toi et Nakhtmin, vérifiez.

Pendant qu'ils montaient l'escalier, Shenta versa la potion mortelle dans leurs coupes.

L'inspection fut rapide.

— Personne, affirma le Grêlé, suivi d'un Nakhtmin indifférent.

— Buvons à la gloire d'Aton ! proposa Shenta.

Les deux hommes absorbèrent le liquide empoisonné dont l'efficacité fut remarquable. En moins d'une minute, ils s'effondrèrent sur eux-mêmes, puis sombrèrent dans le sommeil de la mort.

Shenta avait préféré se débarrasser également du Grêlé, témoin gênant. Elle n'attendit pas longtemps le tueur, équipé d'un couteau de boucher, parfaitement aiguisé, et de sacs en toile de lin grossier.

Il contempla les corps affalés.

— Seulement endormis ou…

— Des cadavres.

À coups de pied, le tueur s'en assura.

— Joli travail, Shenta.

— Découpe-les.

— Je connais une berge plantée de saules, sous lesquels des crocodiles aiment s'abriter. Ils se régaleront.

— 87 —

Les festivités achevées, la dame Mout s'apprêtait à regagner Memphis et à reprendre ses activités de supérieure des ateliers de tissage de la Maison de la reine, en attendant que la nouvelle souveraine décidât de son sort. Ses bagages étaient prêts.

Une servante accourut.

— Le roi… c'est le roi !

— Tu en es sûre ?

— Il est ici, dame Mout, ici !

Vu l'émoi de sa domestique, autant vérifier.

De fait, dans le jardin de la villa, à proximité de l'entrée, Horemheb admirait le feuillage d'un palmier aux longues branches, qui procuraient une ombre bienfaisante.

« Quelle prestance, pensa Mout ; il a vraiment l'allure d'un monarque. »

— Désiriez-vous me voir, Majesté ?

— En effet.

— Mon bateau est sur le point de partir, et…

— Acceptez-vous de devenir la Grande Épouse royale ?

Avec une intensité que ni l'un ni l'autre n'avaient imaginée, leurs regards se marièrent.

Comme toute Égyptienne, riche ou modeste, Mout avait la capacité de décider et de choisir son mari. Même le pharaon ne pouvait lui imposer sa volonté.

Lucide, Mout se heurtait à une difficulté majeure. L'homme l'attirait, mais il n'était plus un séduisant général en chef et un brillant scribe royal. Face à elle, un être à part, investi d'une fonction surhumaine. N'étant pas une écervelée qu'auraient émerveillée les fastes de la cour, la jeune femme redoutait un nouveau monde aux impératifs incontournables. Les trois dernières reines n'avaient pas été exemplaires : Néfertiti la fanatique, Ânkhésa la traîtresse, Tyi l'effacée, qui venait de rejoindre le roi Aÿ dans l'au-delà.

— Si j'acceptais, Majesté, quelles tâches me confiriez-vous ?

— Celles que précise la règle de Maât : former l'être complet de Pharaon avec moi, diriger la Maison de la reine, orienter notre diplomatie en compagnie du ministre des Affaires étrangères, gouverner les Deux Terres lorsque je séjournerai à l'étranger, assurer une transition paisible si je meurs avant vous. Vos obligations quotidiennes seront très lourdes.

— Elles ne m'effraient pas, mais…

— Que craignez-vous ?

— Il en est une que je suis incapable de remplir. C'est pourquoi je dois refuser votre proposition, qui m'honore et m'émeut.

— Acceptez-vous de m'éclairer ?

Mout hésita. Ne devait-elle pas la vérité à son roi ?

— Je ne peux pas avoir d'enfant et je ne vous donnerai pas d'héritier.

Horemheb s'approcha et prit doucement les mains de Mout.

— Cette obligation-là n'en est pas une et n'a aucune importance à mes yeux. Je n'ai pas eu le temps d'avoir un enfant avec Amenta, et je n'en aurai pas avec vous. Mon successeur ne sera ni mon fils ni ma fille, peu importe. Notre règle ne l'exige pas, le Grand Conseil choisira le meilleur postulant. Vous êtes Mout, « la mère », et votre enfant sera notre peuple. Aimez-le comme il vous aimera.

*
* *

— Quel beau couple, jugea Saby à l'issue du banquet qui avait célébré l'intronisation de la Grande Épouse royale.

Ayant eu le privilège de verser un très grand cru dans les coupes des souverains, l'assistant du Vieux vivait un rêve. Voir de si près la sublime reine Mout, parée de colliers et de bracelets en or, et le pharaon Horemheb, à l'autorité aussi naturelle qu'impressionnante, quel souvenir !

Le jour même du mariage, les sculpteurs de l'atelier royal commencèrent à créer des statues d'Horemheb et de Mout[1], incarnés à jamais dans une pierre vivante.

1. Notamment celle conservée au musée de Turin (n° 1379).

Beaucoup déplorèrent l'absence du général Nakhtmin qui, en raison de cette inexcusable impolitesse, perdrait toute place au gouvernement et même à la cour.

*

* *

Dès le lendemain, Horemheb annonça ses premières décisions : effacer le règne d'Akhénaton, abandonner définitivement la cité du soleil aux vents de sable et restaurer partout le culte des divinités locales. De plus, il agrandirait le temple des milliers d'années d'Aÿ, lequel deviendrait le sien propre après son décès. Des ritualistes y assureraient le culte de son *ka*. Et la communauté des artisans de la Place de Vérité commencerait bientôt à creuser sa tombe de la Vallée des Rois, dont il avait désigné l'emplacement.

Parole ferme, discours clair, stature de chef d'État : l'attitude du nouveau pharaon rassura les plus sceptiques. Éblouissant, le maintien de la reine restaurait la dignité de la fonction.

À la tête du temple le plus riche d'Égypte, le Premier serviteur d'Amon osa poser la question qui hantait chacun :

— Majesté, quand désignerez-vous votre Premier ministre ?

— À l'instant même.

Quand le regard d'Horemheb se posa sur Paramès, ce dernier, malgré son cuir épais, tressaillit.

— Viens auprès de nous, ordonna le roi, pour que je te confie le collier portant le pendentif de Maât, symbole de ta charge.

Malgré lui, les jambes de Paramès le portèrent vers le trône.

— 88 —

À la réception du courrier officiel provenant d'Égypte, Souppilouliouma réunit son conseil de guerre.

— Deux nouvelles majeures : l'ex-général en chef Horemheb a été nommé pharaon, et l'ex-directeur de la caserne de Memphis, Paramès, Premier ministre. Ces deux hommes s'entendent à merveille.

— Attaquons au plus vite, préconisa un général. Les Deux Terres sont encore en fête, nous prendrons l'ennemi par surprise.

— Tu te trompes lourdement. D'après les rapports de nos espions, aucun relâchement n'est à signaler dans les fortins des chemins d'Horus. Horemheb se méfie précisément d'une telle initiative et nous nous heurterions à une forte résistance, sans nulle garantie de succès. Malheureusement, notre candidat, Nakhtmin, a été écarté, et nous n'avons plus aucun contact avec le parti atonien, que le nouveau pharaon prendra soin d'éradiquer.

— Quels sont vos ordres ? interrogea le chef des archers, désorienté.

— Horemheb et Paramès ont recréé une armée puissante, digne de la nôtre, et ce roi est un excellent stratège, capable de nous vaincre. Déclencher un conflit serait une imprudence, peut-être fatale. Nous n'avons d'autre choix que de respecter l'accord de paix et de renoncer momentanément à envahir l'Égypte.

*
* *

Alors que se préparait le départ du couple royal pour Memphis, Paramès voulut en avoir le cœur net et se rendit à la villa de Nakhtmin. Une franche explication s'imposait.

À la vue du rugueux Premier ministre et de son escorte, l'intendant comprit : tous les atoniens seraient arrêtés. Aussi s'agenouilla-t-il en baissant la tête.

— Pardon, seigneur, mille pardons ! Si vous saviez combien je regrette d'avoir obéi aveuglément à des maîtres tyranniques ! Ils m'ont forcé à croire en Aton, que je renie à jamais.

Paramès croisa les bras.

— Où est Nakhtmin ?

— Je l'ignore.

— Quand lui as-tu parlé pour la dernière fois ?

— La semaine dernière, avant le banquet en l'honneur de notre nouvelle reine. Il m'a confié qu'il allait chez le Grêlé, un atonien employé au cadastre. Depuis, je ne l'ai plus revu.

— Amène-moi sa compagne.

— La dame Shenta a disparu, elle aussi.

— Vous êtes tous membres du parti atonien, dans cette maison ?

L'intendant hocha la tête.

— Je te confie à la police. Tâche d'être bavard, tu amélioreras ton cas.

*

* *

Paramès déclencha une vaste enquête, dont les résultats furent rapides. Le pharmacien-chef de Karnak lui apprit qu'il avait fourni à Shenta une potion létale, destinée à mettre fin aux insupportables souffrances de sa mère mourante. Vérification faite, cette dernière était décédée depuis plusieurs années, et l'ordonnance du médecin, un faux, avait été rédigée par la petite brune.

Chez le Grêlé, également introuvable, des taches de sang. Guère de doute sur l'enchaînement des faits : Shenta avait empoisonné Nakhtmin et son hôte, avant de les livrer au couteau d'un complice. On ne retrouverait jamais les cadavres.

*

* *

Horemheb sut qu'il ne s'était pas trompé en nommant Paramès Premier ministre. Fonceur et méthodique, il ne se contenta pas de présenter au roi un rapport oral sur l'affaire Nakhtmin, mais lui amena le juge Bouty, au bord de la crise de nerfs.

— Je suis le fidèle serviteur de Votre Majesté et je ne comprends pas pourquoi je…

— Tu vas comprendre, le coupa Paramès. Comme ton nom a été cité par plusieurs membres du parti atonien à présent sous les verrous, j'ai vérifié tes jugements. Tous en faveur de tes amis. Des innocents ont été condamnés.

— Je proteste, je…

— Les atoniens t'ont lâché, Nakhtmin est mort. Tu ferais mieux d'avouer.

Bouty jeta un regard dédaigneux à Paramès.

— Aton est notre dieu, le dieu unique ! Il régnera sur le monde et nous donnera la force d'anéantir les infidèles. Votre victoire n'est qu'apparente et passagère. Nos martyrs renforcent notre croyance, une vague géante vous submergera !

— Où se cache Shenta ? demanda le Premier ministre.

Le juge eut un rictus de satisfaction.

— L'âme de notre mouvement vous a échappé… Qu'Aton en soit remercié ! Elle réunira autour d'elle nos partisans les plus ardents, qui ne redoutent aucune persécution. Chaque jour, je prierai Dieu pour qu'il renverse ce trône impie !

— Pour avoir trahi la justesse et piétiné tes devoirs de magistrat, décréta Horemheb, tu seras jugé.

— Je crache sur ton tribunal !

Redoutant que le forcené agressât le roi, Paramès lui bloqua les bras derrière le dos et l'entraîna hors de la salle d'audience pour le remettre à des policiers.

« De nombreux fanatiques ont été incarcérés, pensa le Premier ministre, mais la pire est encore en liberté. »

— 89 —

Shenta se félicitait d'avoir quitté Thèbes en toute hâte, en compagnie d'une trentaine d'atoniens, fonctionnaires, artisans et paysans. Certaine qu'Horemheb découvrirait le rôle du juge Bouty et que beaucoup de membres du parti, lâches ou affolés, passeraient aux aveux, elle avait rassemblé les croyants les plus courageux, dont le propriétaire d'un bateau.

Contre l'avis général, elle prôna le meilleur refuge : le quartier populaire proche des docks de Memphis. Les atoniens qui avaient vécu dans cette grande ville, chère à Horemheb, savaient échapper aux investigations policières.

Dès leur arrivée, les rescapés furent répartis aux quatre coins de la cité, et Shenta décida de ne jamais dormir deux nuits de suite au même endroit. Elle désigna les agents de liaison qui rempliraient un rôle primordial.

À peine installée, la petite brune réunit ses chefs de réseau dans une cabane, au pied des grands silos à grain, proches du port. Des guetteurs les alerteraient au moindre signe de danger.

— Tu nous as sauvés, reconnut un menuisier, mais le répit sera de courte durée. Nous sommes fichus. Tôt ou tard, nous serons repérés et arrêtés.

— Es-tu encore capable d'exercer ton métier ?

— Bien sûr !

— Alors, ne parle pas ainsi. Tu seras engagé au chantier naval et, comme nous tous, tu deviendras invisible en t'intégrant à la société memphite. Nakhtmin nous a trahis, Aton l'a châtié. Dieu trace notre chemin : patience, revanche et victoire.

La flamme de Shenta gagna les participants à cette modeste assemblée. Non, ils n'étaient pas terrassés. Au fond, ne subsistaient que les meilleurs des croyants, qu'aucun coup dur ne pouvait abattre. Un chef ? Ils l'avaient en la personne de l'indomptable Shenta, à l'enthousiasme communicatif.

— Horemheb et son Premier ministre Paramès croiront que nous nous sommes évaporés et que nous ne représentons plus aucun danger.

— À supposer que cette stratégie aboutisse, intervint un scribe comptable qui obtiendrait aisément un poste dans l'administration memphite, quel est ton véritable but ?

La petite brune leva les yeux au ciel.

— D'abord, endormir la méfiance du tyran. Ensuite, étudier ses habitudes, ses faiblesses et exploiter la première occasion pour l'abattre. Enfin, réussir là où notre regrettée reine Ânkhésa a échoué : solliciter l'intervention des Hittites et les convertir à la religion d'Aton.

*

* *

En habitant la cité du soleil, Akhénaton n'avait pas seulement abandonné le palais royal de Thèbes mais aussi celui de Memphis, où Horemheb, en tant que général en chef, s'était gardé de pénétrer, afin de ne pas provoquer une levée de boucliers.

Ce que découvrit le pharaon le stupéfia.

Oubliant de se purifier en se lavant les mains et les pieds, des fonctionnaires chaussés de sandales plus ou moins propres circulaient à leur guise, franchissant les portes de salles qui auraient dû être surveillées et accessibles à la seule famille royale. Le service de nettoyage ne travaillait que quelques heures par mois, et de façon sommaire. Endormis ou avachis sur leurs tabourets, les gardes n'interpellaient personne.

— Attention ! cria Paramès, qui fut contraint de bousculer Horemheb pour éviter la course d'un char qui roulait vers la salle d'audience, suivi d'une meute de chiens.

Le véhicule stoppa. En descendit un bellâtre décontracté.

— Tout doux, mes beaux ! dit-il aux canidés, qui s'amusaient à se provoquer.

Quand il s'aperçut de la présence du roi et du Premier ministre, il s'empressa de les saluer.

— Majesté, heureux de vous voir ! Je suis à votre entière disposition.

— Qui es-tu ?

— L'intendant du palais.

— Et tu te permets d'y pénétrer sur ton char ?

— Sous Akhénaton, je ne recevais pas de consignes précises. On a remis un peu d'ordre pendant le bref séjour ici de Toutânkhamon. Comme Aÿ résidait à Thèbes, toute discipline a disparu. Normal, non ?

— Non.

— Mais, Majesté…

— Tu es révoqué. Avoir négligé et souillé ainsi la demeure du pharaon est une faute grave. Avant d'être envoyé dans une ferme où tu réapprendras à travailler, sors d'ici immédiatement avec ton char et tes chiens, et remets en état les cuves de purification.

Conscient d'échapper à une sanction plus sévère, l'intendant obéit sur-le-champ. De sa voix aussi forte qu'irritée, Paramès ordonna aux cafards de quitter les lieux.

*

* *

— Voici votre palais, dit le roi à son épouse.

En un temps record, des dizaines de domestiques lui avaient redonné tout son éclat. En compagnie du roi, Mout parcourut la rampe en pente douce menant à l'entrée principale, traversa un portique soutenu par deux rangées de colonnes, puis un vestibule s'ouvrant sur deux parties distinctes, l'officielle et la privée. La première comprenait un petit temple, la salle du trône, la salle d'audience et des bureaux ; la seconde, les appartements du couple royal, dotés de salles de bains et décorés de peintures figurant des plantes et des oiseaux.

Le palais ne se réduisait pas à une simple habitation profane : considéré comme un édifice sacré, il voyait, chaque matin, la renaissance de l'institution pharaonique, comparée au lever du soleil, qui dispensait la vie à l'ensemble du pays. Une grandiose symbolique qu'Akhénaton avait dénaturée.

Recueillie, la Grande Épouse royale s'imprégna de chaque aspect de cette demeure à la fois céleste et terrestre, qui serait désormais la sienne, en tant que maîtresse de cette « grande maison », le cœur de l'Égypte.

— Ce nouveau monde, si exigeant…

— Ta présence l'illuminera.

— 90 —

Jusqu'à la dernière seconde, Shenta avait espéré qu'un atonien pourrait se glisser parmi les nouveaux membres de la garde rapprochée d'Horemheb. Mais le recruteur n'était autre que le vigilant Paramès, au flair de chien de chasse.

Après tant d'années de laisser-aller, il reformait un corps d'élite, qui bénéficiait de conditions d'emploi fort enviables. La milice du palais serait renouvelée le 1er, le 11 et le 21 de chaque mois. Salaire : viandes, gâteaux, pain et bière de première qualité, vêtements, onguents et logement. À chaque relève de la garde, une petite fête que marquait une distribution d'orge et d'épeautre, sous le regard du pharaon, visible à sa fenêtre d'apparition.

Nombreux candidats, sélection impitoyable, renvoi immédiat à la première incartade : Paramès garantissait la sécurité du monarque.

Assassiner Horemheb dans son palais semblait impossible, mais cette perspective pessimiste ne découragea pas Shenta. Quand il se déplacerait, le roi serait plus vulnérable.

Ses compagnons de lutte s'étaient tous infiltrés dans la société memphite, à différents échelons. Organisées avec une extrême prudence, leurs réunions entretenaient une détermination intacte et une ferveur grandissante envers Aton.

*

* *

Le Vieux ne se plaignait pas. Tandis que Saby, redoutable coureur de filles, s'occupait au mieux de sa vigne thébaine, lui dirigeait à présent une équipe de vignerons du Delta, qui fournissaient le palais, les temples et les villas des dignitaires. Il n'oubliait pas les gens modestes auxquels il vendait, à bas prix, un délicieux et revigorant vin de table qu'il testait lui-même.

— À la santé du roi ! dit-il en levant une coupe de blanc aux arômes incomparables.

Son invité, Ousil, le gardien des petits singes verts, l'imita. Lui non plus ne gémissait pas, tant ses pensionnaires étaient réclamés, lors des festivités privées et publiques.

— Dis donc, avec Horemheb, ça ne rigole pas ! Côté réformes, il met le paquet !

— C'est pas du luxe, estima le Vieux. Akhénaton, un désastre. Toutânkhamon, mort trop jeune. Aÿ, un mollasson. Horemheb, le retour du faucon ! Il voit et il agit. Les planqués, ils en prennent plein la tête, comme ces petits chefs de l'administration qui nous pourrissaient la vie.

— Il ne les a pas ratés, approuva Ousil. Crénom, quel nettoyage !

Le Vieux servit des côtes de porc aux fines herbes, rôties à point, accompagnées de petits légumes en sauce.

— Il fallait virer une bande d'incapables qui passaient leur temps à se castagner pour conserver un maximum de privilèges à force de se croire tout-puissants, à commencer par les collecteurs d'impôts. Contre ceux-là, un impératif : leur rentrer dans la moulure. Débarrassé des corrompus et des taxes, on respire mieux.

*
* *

Seins épanouis, courbes langoureuses, doigts longs et fins, la reine Mout aimait l'amour, sans se départir de sa noblesse innée. Même lorsqu'elle s'abandonnait au désir, elle demeurait maîtresse de ses sens. En caressant son corps nu, à l'ombre d'un parasol, sur la terrasse du palais, Horemheb sut qu'il ne percerait jamais son mystère.

— Ne songes-tu pas à ta première femme ?

— Au-delà de la mort, elle m'a autorisé à t'aimer. Vous êtes si différentes, et pourtant…

— Si semblables ?

Horemheb ferma les yeux, Mout se lova contre lui.

— À quoi songes-tu ?

— Le Delta, le Nil, sa vallée, ses berges, les temples, notre pays. En sommes-nous dignes ?

Elle posa la tête sur sa poitrine.

— Je ne te permets pas d'en douter. Horus te protège et te guide.

— Aujourd'hui, la tâche me paraît démesurée.

— Elle l'est, mais qu'importe ! En te désignant, Amon ne t'a pas laissé le choix.

Rouvrant les yeux, Horemheb contempla la Grande Épouse royale, nimbée de la lumière dorée du couchant. Une beauté presque irréelle, qu'il avait le privilège d'étreindre sans qu'elle se dissipât. S'il osait encore la toucher, le rêve ne se dissiperait-il pas ?

— Viens, exigea-t-elle en se relevant.

Serrant très fort sa main, elle l'emmena au bord de la terrasse. La pureté de l'air permettait de voir au loin.

— Que discernes-tu, mon roi ?

Dans la lumière de l'occident se dessinaient les formes des pyramides qu'avaient érigées les pharaons de l'âge d'or.

— Nos ancêtres ont bâti l'éternité, rappela la reine, et nous devons poursuivre leur œuvre. Ce qu'Akhénaton a tenté de détruire, consolide-le. Tu es le dépositaire de l'héritage des dieux, fais-le fructifier.

Un faucon traversa le ciel du soir.

— 91 —

L'Égypte renaissait. « La règle de Maât est revenue à sa place, disait-on, le pays est inondé de l'amour du roi. Une nouvelle ère débute, des actions bienfaisantes sont accomplies, la joie règne. Sa Majesté tient conseil en son cœur, piétine le mal, écarte l'iniquité, recherche sans cesse la justesse qu'il pratique comme Râ, la lumière divine, dont il est le serviteur. À lui de rester en éveil à tout moment et de trouver ce qui est utile et efficace pour les Deux Terres. »

Horemheb ne s'enorgueillissait pas de ses succès, car il avait devant lui un immense chantier : restaurer le bon fonctionnement de la justice, base d'une société solidaire qu'Akhénaton avait sapée, notamment en abolissant les tribunaux locaux que le pharaon rétablit un à un en se rendant dans chaque province avec son Premier ministre, dont le collier de fonction s'ornait d'une figurine de la déesse Maât, harmonie divine, justesse céleste et justice terrestre.

Chacun devait constater que le roi protégeait le faible du fort, et que toute plainte, même provenant du plus humble, était entendue. Sans nul ménagement, Paramès traqua les juges incompétents et corrompus. L'exemple de Bouty servait de leçon.

Le roi nomma avec soin les hauts magistrats, en les avertissant qu'ils seraient révoqués à la première faute grave dûment prouvée. Et la peine de mort serait prononcée contre tout juge qui trahirait sciemment la loi de Maât. Abus et injustices furent rigoureusement répertoriés, les victimes indemnisées.

Au terme de cet effort intense et minutieux, le couple royal convoqua la cour au palais de Memphis. Elle attendait de fortes paroles du monarque et ne fut pas déçue.

— J'ai parcouru le pays du nord au sud et du sud au nord, et je l'ai revivifié, conformément à la Règle que respecteront désormais les magistrats, grands et petits, qu'ils siègent à la cour suprême ou dans un tribunal de village. Je connais le tréfonds de l'Égypte, je l'ai exploré, j'ai scruté l'âme des êtres que j'ai désignés pour la servir. Ils devront se montrer pondérés, d'un caractère égal, capables de sonder les pensées de leurs subordonnés, obéir à Maât et respecter sa Règle dans leur comportement. Je suis le gouvernail d'un bateau immense, dont l'équipage rendra compte de ses actes devant Pharaon sur cette terre et le tribunal divin dans l'autre monde. Qu'on me signale la moindre faute, même minime, et je la redresserai sans tarder. Je gouvernerai en sorte que chacun des habitants de notre pays trouve son chemin et ne néglige pas la mission qui lui sera confiée. Justesse et justice seront mes objectifs principaux et permanents.

Fut alors dévoilée une stèle sur laquelle étaient gravées les décisions d'Horemheb[1], qui venait de « trancher la parole », avec une détermination impressionnante. Au sommet du monument, une inscription : « Le maître du ciel accorde au roi toute vie, toute stabilité, toute puissance, toute santé et toute joie, à l'image de la lumière créatrice. »

Le monarque confirma Paramès dans ses fonctions, et ce dernier annonça un gouvernement resserré, comprenant un minimum de ministres, aux compétences reconnues. Une exigence : qu'ils s'entendent afin de former une équipe restreinte et cohérente. Un trop grand nombre de décideurs nuisait à l'équilibre de l'État.

*

* *

Quoiqu'elle se rongeât les sangs en déplorant la réussite d'Horemheb, la rigueur de son administration et le retour aux valeurs traditionnelles, Shenta ne se décourageait pas. Aucun des membres de son réseau n'avait été identifié. Tous avaient creusé leur trou à l'abri des autorités. Les réunions, à haut risque, étaient rares, mais les liens, solides, et la volonté de vengeance, inflexible.

Un échec : malgré les fréquents voyages du roi pendant plus d'un an, impossible d'organiser un attentat.

---

1. Le décret d'Horemheb fut proclamé dans plusieurs villes sous forme de stèles. Celle de Karnak, dressée devant le dixième pylône, est haute de 5 m et large de 3. Sur la détermination du roi, voir aussi la statue en granit conservée au Metropolitan Museum of Art de New York (MMA23-10-1).

Des soldats de la garde palatine et des archers nubiens veillaient sur le monarque. En apparence, pas de faille.

Pourtant, Shenta en entrevoyait une, mais il lui fallait séduire un futur complice, un pilote de petit bateau pour lequel le port et les canaux de Memphis n'auraient aucun secret.

Ayant changé de coiffure et de teinte de cheveux, habilement maquillée, Shenta se déplaçait sans crainte d'être reconnue. La police la croyait soit morte comme Nakhtmin, soit enfuie à l'étranger.

Au terme de plusieurs semaines d'investigations, une cible : la quarantaine solide, une longue expérience professionnelle, divorcé, endetté, le marin réparait sa voile, assis sur une ancre de pierre.

Le parfum de Shenta lui chatouilla les narines. Relevant la tête, il aperçut une jolie fille, en larmes.

— Je suis perdue. Accepterais-tu de m'aider ?

— Perdue… Ça veut dire quoi ?

— Je viens d'arriver, la ville est si vaste ! Où loger sans être flouée, volée ou pis encore ?

Elle paraissait si fragile que le marin ne pouvait l'abandonner à son triste sort.

— Ben… J'ai peut-être une solution.

— J'ai de quoi payer.

— Une chambre, chez moi, ça te convient ?

Shenta sauta au cou de son bienfaiteur, qui frémit à son contact. Repliant sa voile à la hâte, il la conduisit aussitôt à sa petite maison, proche des quais.

— Ce n'est guère luxueux, et tu as l'air d'une grande dame.

— Mon mari était un notable thébain. Il m'a laissé de quoi vivre, mais j'ignorais qu'en venant ici, sur son conseil, afin de rencontrer son frère, je trouverais porte close.

Shenta se blottit contre son hôte, gêné et troublé.

— Je ne connais personne, dans cette cité. Dès que possible, je repartirai.

— Patiente un peu.

— Tu… Tu me protégerais ?

— Bien sûr !

Quand elle lui offrit ses lèvres, il fut incapable de résister.

— 92 —

Buté entassait le fourrage dans la grange proche de l'étable, lorsqu'un type de la ville, avec son écritoire, l'apostropha.

— C'est quoi, ça ?

— T'as des yeux pour voir ?

Le scribe consulta une tablette couverte de chiffres.

— Ce fourrage n'est pas déclaré. Tu fraudes le fisc.

— Tu te fiches de moi ?

— La loi est la loi. Je vais mesurer ce que tu as entreposé, et tu seras taxé en conséquence.

Buté s'empara d'une fourche.

— Dégage, espèce de sangsue !

— Surtout, ne me touche pas ! Sinon, tu iras en prison.

— Il paraît que la justice a été rétablie, dans ce pays. Je fonce au tribunal du village.

*

* *

Le Premier ministre n'était pas du genre à dissimuler la poussière sous une natte. Détestant la langue de bois, il exposa les faits à Horemheb lors de leur entretien quotidien, après la célébration du rituel de l'aube.

— Des centaines de plaintes de paysans, Majesté. Le meneur, Buté, mérite bien son nom.

— Que réclament-ils ?

— La suppression de l'impôt sur le fourrage. Une excellente idée.

— Appliquons-la.

— Ce n'est pas tout ! Le bois de chauffage coûte trop cher.

— Qu'en pense notre ministre de l'Économie ?

— Il est d'accord.

— Qu'il prenne les mesures nécessaires. Pas d'autre problème ?

— Si, le safran. Des agents du service des offrandes réquisitionnent de manière abusive des ouvriers agricoles pour le récolter. Ils sont contraints de travailler six jours d'affilée et ne reçoivent qu'un médiocre salaire.

— Une privation de liberté ?

— Nous n'en sommes pas loin.

Paramès ressentit la colère froide du souverain.

— Que les coupables soient immédiatement jugés, avec la plus extrême sévérité. Dans le bagne des oasis, ils méditeront sur leur attitude inqualifiable. Personne, dans ce pays, ne doit être employé contre son gré. Que les biens des oppresseurs soient attribués à leurs victimes.

*

* *

Le batelier vivait un rêve éveillé. Sans illusions sur son physique, comment avait-il pu séduire cette si jolie brune aux désirs insatiables ? Heureusement, il se montrait à la hauteur. Sevré d'amour à la suite d'un pénible divorce, presque écœuré des femmes, il découvrait des jeux sexuels qu'il n'avait même pas imaginés. Shenta le provoquait, l'attirant toujours plus loin sur le chemin du plaisir. Lui, savourer une telle aventure !

Le matin, il partait au travail en pensant à elle. À midi, avant de manger, ils faisaient l'amour, et le refaisaient dès qu'il revenait chez lui au coucher du soleil. Après le dîner, Shenta ne le laissait pas en paix, l'obligeant à des prouesses.

Alors qu'ils étaient allongés côte à côte, elle essuya une larme.

— Qu'est-ce qui te contrarie ? s'inquiéta son amant.

— Rien d'important.

— Tu n'as pas confiance en moi ?

— Si, si…

— Alors, dis-moi ce que tu as sur le cœur !

— Accepterais-tu de m'aider ?

— Je n'hésiterai pas un instant !

— Même si c'est dangereux ?

— Dangereux… à quel point ?

— Je préfère me taire et partir.

— Partir… partir où ?

— Retourner chez moi, à Thèbes.

— Tu veux dire : me quitter ?

— C'est la meilleure solution pour nous deux.

Désemparé, le marinier attira sa maîtresse contre lui.

— Jamais, tu m'entends, jamais ! Nous sommes heureux ensemble, non ?

Elle embrassa sa poitrine.

— Un bonheur inouï, tu as raison.

— Alors, ne nous séparons pas !

— Je dois me venger d'un homme qui m'a fait beaucoup de mal. Ensuite, seulement, je serai soulagée et je t'appartiendrai.

— Qu'attends-tu de moi ?

— Dans quelques semaines ou quelques mois, je serai prête à agir et j'aurai besoin de ton bateau. Me transporteras-tu là où je déciderai d'aller ?

— Loin de Memphis ?

— Non.

— Courrons-nous vraiment des risques ?

— Minimes, si tu manœuvres bien.

— Sans me vanter, je connais les caprices du fleuve et je m'en accommode !

Shenta glissa le long du corps de son amant et enflamma son désir.

— 93 —

Les réformes entreprises par Horemheb et son Premier ministre se concrétisaient, à la grande satisfaction de la population. Concernant l'agriculture et la gestion des greniers, les dernières en date étaient une assurance contre les mauvaises crues et des récoltes insuffisantes. La baisse des impôts et les suppressions de taxes, empilées les unes sur les autres, avaient libéré bien des énergies et redonné un souffle puissant à l'économie. Aussi le pharaon, régénéré rituellement chaque année, bénéficiait-il du soutien essentiel pour gouverner : l'amour de son peuple, qu'il protégeait et orientait.

Depuis plusieurs semaines, il s'isolait au moins une heure par jour. Mout était la seule personne autorisée à pénétrer dans la petite chapelle du palais où Horemheb, assis en scribe, un papyrus déroulé sur ses genoux, écoutait en son cœur la voix de Thot et rédigeait un texte conforme à la pensée du dieu à tête d'ibis, patron des écrivains.

— Le *Livre des portes* est terminé, confia-t-il à son épouse. Ce que m'a enseigné le maître des scribes, je l'ai retranscrit[1]. Cet écrit relate le voyage du soleil mourant dans le monde souterrain. Il passe des portes, affronte des périls, qu'il surmonte et renaît à l'orient. Nous partons pour Thèbes. Je remettrai le livre à Néferhotep l'Ancien, et ses dessinateurs l'inscriront sur les parois de ma demeure d'éternité de la Vallée des Rois.

*

* *

Le tueur du parti atonien jubilait. Après des mois d'entraînement, il maniait la fronde à la perfection et faisait mouche à tout coup, même lorsqu'il visait des cibles lointaines.

Alors qu'il rangeait son matériel dans un sac à dos, Shenta le rejoignit, à proximité de sa demeure, loin des regards.

— Tu n'as pas été suivie ?

— Rassure-toi, j'ai pris les précautions d'usage. Formidable nouvelle : nous agirons après-demain ! J'ai enfin obtenu des renseignements précis sur un voyage d'Horemheb, qui le rendra vulnérable à la sortie du grand canal de Memphis. À cet endroit, il aime se tenir à la proue de son navire en compagnie de son épouse. Sur les rives, les badauds qui ont la chance de l'apercevoir l'acclament.

Le tueur crut comprendre le plan de la jolie brune.

---

1. Il existe plusieurs statues d'Horemheb, représenté dans la posture du scribe au travail. On estime qu'il est l'auteur de ce *Livre des portes*.

— La distance me conviendrait, mais je serais immédiatement repéré et sans doute empêché d'agir.

— C'est pourquoi tu utiliseras ta fronde à partir d'un petit bateau qui surgira d'un canal secondaire et disparaîtras dès que tu auras abattu le tyran. La panique sera totale, l'État décapité, et je me rendrai aussitôt au Hatti pour solliciter l'intervention de notre allié Souppilouliouma. Vengé, Aton régnera !

*

* *

— C'est du sévère, admit le Vieux, mais ça te requinquera. Je ne sors cet alcool que dans les cas graves. Et tu m'as l'air mal en point.

De fait, Ousil arborait une mine de déterré. Il but cul sec une petite coupe.

— C'est plutôt une boisson d'hommes, jugea-t-il. Elle a un arrière-goût de figues du sycomore.

— Y en a.

— C'est quand même fou, cette histoire ! En ce qui concerne le nouveau règlement sur le ramassage des peaux de bêtes crevées, je suis d'accord. Trop de paysans en prenaient à leur aise en ne les déclarant pas aux contrôleurs. Une peau, ça vaut cher et c'est drôlement utile… Maintenant, c'est le superviseur des troupeaux du roi qui ramassera les dépouilles et les acheminera aux ateliers. Et quiconque en volera une, paysan, soldat ou fonctionnaire, sera condamné. Mais pourquoi s'attaquer à mes pensionnaires ?

— On ne leur fera aucun mal, nota le Vieux.

— À eux, non, mais à moi, oui ! L'administration me supprime ma pension de gardien des singes, qui arrondissait mes revenus ! Et tu sais pourquoi ? Parce que c'était un privilège accordé sous le règne d'Akhénaton ! Un privilège… tu parles ! Comment je vais nourrir mes petits gredins ?

— Horemheb veut effacer toute trace de ce dément, confirma le Vieux. Manque de pot, ça te tombe dessus. Y aurait pas une compensation ?

— Paraît que si. Faut que je m'adresse à un scribe comptable. Et puis j'ai des engagements pour de nombreux banquets.

Le Vieux tapa sur l'épaule d'Ousil.

— Eh ben, tu vois, ce n'est pas si grave ! Encore une larme de fortifiant pour te remettre d'aplomb ?

— Volontiers.

Quand il quitta la demeure du Vieux, Ousil avait une démarche hésitante et sifflotait une chanson paillarde. Normalement, il dormirait quelques heures et se réveillerait avec une légère migraine, mais délivré de tout souci.

Le Vieux et ses assistants n'avaient pas de temps à perdre. Ils devaient livrer au vaisseau royal la quantité de vin et de bière nécessaire pour un voyage jusqu'à Thèbes, que le Vieux reverrait avec bonheur, puisque le Premier ministre le réquisitionnait comme échanson.

— 94 —

Précédé et suivi par son escorte, le navire royal s'apprêtait à sortir du grand canal qui débouchait sur le Nil. La popularité d'Horemheb s'était encore accrue à la suite de deux décrets : la suppression de l'impôt sur les débarcadères et l'interdiction formelle à l'administration de réquisitionner abusivement les embarcations de particuliers pour accomplir des tâches incombant à l'État. Toute violation de la loi serait sévèrement sanctionnée.

À la proue, Pharaon et la Grande Épouse royale, vêtue d'une longue robe rouge et coiffée d'un diadème en or, contemplaient Memphis, qu'ils quittaient pour Thèbes. Une foule enthousiaste était massée sur les berges.

*

* *

— Le voilà, dit le tueur du parti atonien au marin auquel Shenta avait formulé ses exigences : jaillir d'un petit canal de dérivation, s'approcher d'un bâtiment officiel et s'enfuir dès que son passager aurait rempli sa mission.

— Mais… c'est le navire du pharaon !

— Obéis à Shenta. Sinon, tu ne la reverras jamais.

La menace porta. Juste avant qu'il s'élance sur les eaux, la dévote s'était offerte à son amant avec une exaltation et un raffinement que ne lui procurerait aucune autre femme. Si elle le quittait, il deviendrait fou. Il avait besoin d'elle comme de l'air et de l'eau.

— Quel est ton but ? demanda-t-il au tueur, qui sortit de son sac une fronde et un long silex pointu, taillé avec soin.

— Abattre l'homme qui a tellement nui à Shenta. Elle sera vengée, et vous vivrez heureux.

Machinalement, le batelier manœuvrait avec précision.

— Cet homme… Qui est-il ?

— Ne t'en soucie pas et ne pense qu'à Shenta.

— Tu ne veux pas… assassiner le roi ?

— Le seul roi que je reconnaisse, c'est Akhénaton. Le tyran qui opprime l'Égypte n'est qu'un imposteur.

— Le peuple l'aime, il gouverne bien ! Je refuse d'aller plus loin.

Le tueur se figea.

— Dépêche-toi de choisir, mon gars : ou Shenta ou Horemheb. Sauve le second, et tu perdras la première.

Passion et crainte se mélangèrent dans la tête du batelier. Vivre sans elle… impossible ! Il continua à godiller en s'approchant de l'objectif.

*

* *

— Selon la dernière lettre du maître d'œuvre Néferhotep l'Ancien, dit Horemheb à la reine, le creusement de ma demeure d'éternité est achevé. Je me rendrai avec lui dans la Vallée des Rois et lui remettrai le *Livre des portes*. Auparavant, à chaque étape de notre parcours, nous vérifierons que les réformes sont appliquées, et Paramès enregistrera les plaintes. Il subsiste encore des injustices, et je les combattrai, jusqu'à mon dernier jour.

— À la Maison de la reine, je recueille une multitude d'avis, de celui de la boulangère aux appréciations de la supérieure des musiciennes. Ton chemin est le bon, tu as déjà guéri beaucoup de blessures et redonné de la joie à nombre d'âmes.

Les paroles de la Grande Épouse royale étaient le meilleur des encouragements. Chaque jour, Horemheb ressentait davantage sa magie, indispensable à l'art de gouverner.

Tandis que Vent du Nord, à la poupe du navire royal, dégustait quelques friandises, le Vieux goûtait des crus légers afin d'en choisir un pour le premier repas à bord.

*
* *

— Superbe, mon gars ! jugea le tueur. Ta réputation n'est pas usurpée, tu as manœuvré au mieux.

À cause du soleil et des jeux d'ombre, ni l'équipage ni les archers du vaisseau d'Horemheb ne virent une barque sortir du canal de dérivation et glisser vers le navire, avant de s'immobiliser à la distance que souhaitait l'atonien.

Horemheb formait une cible parfaite. Et le tueur n'avait besoin que d'une poignée de secondes pour brandir sa fronde et lancer le silex qui percerait la tempe du despote.

Le Vieux fut le seul à l'apercevoir, et en resta bouche bée.

— Ousil… Qu'est-ce que tu fais ?

À l'instant où le silex fendit l'air, Vent du Nord poussa un braiment si sonore qu'il se diffusa jusqu'au cœur de Memphis. Étonné, le roi tourna la tête vers la poupe où se tenait le quadrupède.

Cette réaction lui sauva la vie. La pierre mortelle lui frôla la joue.

Enfin alertés, les archers de bâbord repérèrent la barque et ses deux occupants, qui tentaient de s'enfuir.

— Tirez ! ordonna Paramès, rageur.

Les flèches volèrent. Trois se fichèrent dans le dos d'Ousil, quatre dans celui du batelier.

— 95 —

Un taureau, six vaches, un hectare de terre, un sarcophage, du mobilier, des vêtements : telle fut la récompense qu'accorda au Vieux le couple royal. Il était honoré en tant que propriétaire de Vent du Nord qui, outre un repas copieux, eut droit à des félicitations officielles. Caressé par le roi et la reine, il demeura d'une modestie exemplaire.

— Du danger sur le parcours ? interrogea le Vieux.

L'oreille gauche de l'âne se dressa.

— Nous pouvons naviguer en toute quiétude, Majesté.

Horemheb se fia à l'opinion de cet échanson hors du commun, fondée sur l'intuition d'un auxiliaire de sécurité à quatre pattes. Prudent, Paramès doubla la garde. La flottille s'élança, accompagnée d'un vol d'ibis.

Assis à côté de Vent du Nord, le Vieux remâchait son amertume.

— Cet Ousil, quel faux cul… Et moi qui ne me suis aperçu de rien ! Je deviens gâteux.

L'oreille gauche de l'âne se dressa à nouveau.

— Tu me rassures, mais quand même ! Être aveugle à ce point-là…

Afin d'échapper à la dépression, le Vieux s'octroya une jarre de vendange tardive, aux vertus stimulantes.

*

* *

Mêlée à la foule, Shenta avait assisté à l'exécution d'un amant qu'elle ne regretterait pas un instant et d'Ousil, le tueur du parti atonien qui, jusqu'à ce ratage, s'était montré d'une parfaite efficacité.

Une telle perte aurait dû la décourager, mais elle refusa de céder à l'adversité et réunit les derniers membres du parti atonien. Tous avaient une mine sombre.

— Les absents renoncent à se battre, déclara le menuisier du chantier naval. Nous avons définitivement perdu la partie.

— Moi, je ne renoncerai jamais !

— Ton courage est inutile, Shenta. Trop bien protégé, Horemheb est hors d'atteinte. Personne ne t'aidera à organiser un nouvel attentat, voué à l'échec. Aton continuera à régner dans nos cœurs, mais en secret.

L'ensemble des conjurés approuva le menuisier.

— Quand les cadavres d'Ousil et du batelier seront-ils brûlés ? demanda Shenta à un scribe qui travaillait au bureau d'enregistrement des décrets.

— Le châtiment réservé aux criminels sera exécuté demain, avant l'aube.

— À quel endroit ?

— Dans le désert, à proximité d'un des ateliers de momification.

— Acceptez-vous de me rendre un dernier service : recueillir les cendres d'Ousil et me les confier ? Peut-être faudra-t-il soudoyer l'exécuteur.

— Ce n'est pas un problème insurmontable, estima le scribe. Tu auras ses cendres.

— Adieu, mes amis, dit-elle d'une voix paisible. Qu'Aton vous protège.

Ainsi se dissolvait le parti atonien. Ses derniers adhérents crurent que leur égérie, brisée, acceptait la défaite. Ils se trompaient lourdement.

*

* *

— Voyage tranquille ? questionna Saby.

— Début un peu chahuté, indiqua le Vieux en relatant les événements.

— Ousil, un tueur atonien ! s'exclama le jeune homme à la fin du récit. Quel comédien !

— Et nous, quels naïfs ! Lorsque nous l'avons recueilli, apparemment blessé, nous aurions dû nous méfier. Cet assassin s'était couvert du sang de sa victime. Auprès de nous, il recueillait des renseignements utiles aux fanatiques.

— On l'a sans doute échappé belle… Je nous sers à boire !

Devenu un excellent vigneron, Saby choisit la jarre adéquate pour effacer les mauvais souvenirs.

— Où est Vent du Nord ? s'inquiéta-t-il.

— Momentanément affecté à la garde du palais. Dès que le Premier ministre aura vérifié les mesures de sécurité, il nous le renverra. Espérons que cette bête n'aura pas pris la grosse tête.

— J'ai une confidence à vous faire… Ce soir, je passe la nuit avec une fille.

— C'est plutôt fréquent, non ?

— Oui, mais là, c'est du sérieux. Nous dormons ici, et elle ne repart pas au petit matin.

— Tu te maries ?

— Ça en a l'air.

— Tu as réfléchi, mon garçon ?

— C'est-à-dire… On est très amoureux.

— Elle veut des enfants ?

— Ben… oui.

— Manquait plus que ça ! Bon, je t'offre cette vigne et la maison qui va avec. Tu dirigeras une équipe de professionnels sérieux et tu gagneras bien ta vie.

— Vous… vous accepteriez d'être le parrain de notre premier bébé ?

— Si ça te chante…

Spontanément, Saby embrassa son bienfaiteur sur les deux joues et courut chercher un vin de fête.

— L'amour, l'amour, grommela le Vieux.

— 96 —

Pendant le voyage en compagnie de paysans de la région memphite qui se rendaient à Thèbes afin de séjourner chez des membres de leur famille, Shenta eut le loisir de séduire un propriétaire terrien, un homme sympathique au visage joufflu qui crut que son charme opérait. Jouant à merveille le rôle de la veuve éplorée, la manipulatrice obtint ce qu'elle voulait : d'abord un nouveau compagnon, puis un logement.

Le jour même de leur arrivée, elle emmena le joufflu à bonne distance de sa propriété et, sous un bosquet de tamaris à l'abri des regards, ôta sa tunique. Les yeux écarquillés, son protecteur se jeta sur elle avec la maladresse d'un jouvenceau.

Un sacrifice que Shenta ne regretta pas, car la chance lui sourit : ce nouvel amant connaissait l'un des ritualistes de Karnak, préposé à l'entretien d'un ensemble de bâtiments, la « salle pure », que fréquentait quotidiennement le pharaon.

Le lieu idéal pour passer à l'action, si Shenta était embauchée parmi le personnel de nettoyage. Avide de nouveaux ébats, le joufflu s'y engagea.

*
* *

Sur l'ordre d'Horemheb, les édifices construits sous Akhénaton avaient été démantelés, et les petits blocs qui les composaient enfouis dans les fondations des nouveaux pylônes de Karnak[1]. Comme ses prédécesseurs, le roi embellissait la gigantesque demeure d'Amon.

Au débarcadère de la rive ouest, le souverain fut accueilli par le maître d'œuvre Néferhotep l'Ancien, qui l'emmena à sa demeure d'éternité de la Vallée des Rois[2]. Sculpteurs, dessinateurs et peintres étaient prêts à décorer les parois.

Pour la première fois, selon la volonté du roi, le plan était presque rectiligne. Corridors, escaliers, salle du puits, changement d'axe au niveau de la salle à piliers, grande salle du sarcophage, suivie de trois dernières pièces. Plusieurs divinités, Isis, Osiris, Horus, Hathor, Anubis, Ptah, Néfertoum, veilleraient sur l'éternité d'Horemheb, qui communierait aussi avec Maât, impérissable règle d'harmonie de l'univers.

Ce dernier formula deux exigences. La première, inscrire sur les murs le *Livre des portes* qu'il avait rédigé. La seconde, laisser à l'état d'atelier une partie de la tombe, afin de révéler les techniques des dessinateurs, leur respect de proportions savamment calculées et leur manière de se corriger. Les futurs artisans viendraient ici apprendre leur métier.

---

1. Les IXe et X^e^ pylônes au sud, le IIe pylône à l'ouest.
2. KV 57. Ses bas-reliefs peints sont admirables.

*
* *

Autant le joufflu était sympathique, autant son ami ritualiste était sec et rigoriste. Quand elle lui fut présentée, Shenta sentit aussitôt que tenter de le séduire serait inutile, voire désastreux. Elle adopta donc une attitude aussi humble que réservée.

— Où as-tu travaillé ? questionna le rigide.

— Au temple de Ptah, à Memphis. Je nettoyais les encensoirs. Mon mari, un orfèvre, est mort brusquement. Après une longue période de deuil, j'ai eu envie de revenir à Thèbes, où j'ai passé mon enfance, et de refaire ma vie.

Le joufflu eut un sourire compréhensif.

— Tu te portes garant de cette femme ? lui demanda le ritualiste.

— Elle sera une excellente employée, tu verras !

— Je ne tolère aucun manquement au règlement. Le tableau de service est très strict.

Shenta s'inclina.

— Je t'engage à l'essai. La salle pure de Karnak est annexée au temple. Elle comprend plusieurs secteurs où l'on prépare des parfums, du pain, de la bière, des pâtisseries et des bijoux qui servent d'offrandes lors de la célébration des rituels. Tu laveras les sols matin, midi et soir, à l'exception de celui de la chapelle réservée au pharaon. Grâce à ton balai, tu chasseras le moindre grain de poussière. Hygiène et propreté : voilà tes impératifs.

— Je vous donnerai satisfaction.

*
* *

Shenta tint sa promesse avec un entrain et un sérieux qui plurent à son supérieur. Appréciée de ses collègues, effacée, minutieuse, elle ne méritait que des éloges. Au terme d'une semaine de labeur irréprochable, son engagement fut confirmé.

Une angoisse la rongeait : combien de temps Horemheb demeurerait-il à Thèbes ? C'était ici, puisqu'elle avait obtenu le poste rêvé, qu'elle lui tendrait un piège mortel. Abandonnée par des lâches mais inspirée par Aton, elle terrasserait le tyran et ouvrirait la voie au règne du dieu unique, grâce à l'appui hittite.

Chaque matin, avant l'aube, Horemheb se vêtait rituellement dans la petite chapelle de la salle pure. Des éléments de sa garde rapprochée l'accompagnaient jusqu'au seuil.

L'occasion qu'espérait Shenta se présenta à la fin de sa dixième journée de travail. Au moment de la relève des surveillants, un flottement, et la porte de la chapelle s'entrouvrit.

L'adepte d'Aton se faufila et déversa sur le dallage les cendres d'Ousil.

— Qu'elles empoisonnent le sang d'Horemheb, que la mort s'empare de lui ! souhaita-t-elle avant de se retirer et de reprendre son balai.

— 97 —

Le ritualiste préposé à la salle pure nettoyait lui-même la chapelle où le roi se purifiait et se vêtait afin de célébrer le rituel de l'aube, celui de la renaissance de la lumière, qui redonnait vie à l'Égypte.

Alors que le souverain avait regagné son palais, le dignitaire remarqua une anomalie dans un coin de la pièce. Il s'agenouilla et, à la lueur d'une lampe, reconnut des cendres. Contrarié, il scruta l'ensemble du dallage qu'il débarrassa au plus vite de cette étrange souillure.

*

* *

Le médecin du palais prit le pouls du roi, écouta la voix de son cœur, examina longuement sa peau et ses yeux.

— Simple fatigue passagère, Majesté. Quelques jours de repos, et vous serez sur pied. Je vous prescris un fortifiant et je reviendrai vous ausculter demain matin.

La porte de la chambre refermée, le thérapeute abandonna son optimisme de façade.

— La vérité, docteur, exigea la reine.

— C'est grave. Une maladie que je connais, mais que je ne sais pas guérir. Empoisonnement du sang, dû à un agent pathogène, probablement inhalé dans un endroit confiné.

— S'il était identifié, subsisterait-il un espoir ?

— Je redoute le pire : de la magie noire.

— Un endroit confiné, disiez-vous… J'en vois au moins un : la petite chapelle de la salle pure de Karnak. Hier, à la fin du rituel du matin, le roi peinait à respirer. Venez avec moi.

*

* *

— Des incidents, Majesté ? Ah oui, au moins deux ! affirma le ritualiste, en présence de la Grande Épouse royale et du médecin du palais. D'abord, j'ai recueilli des cendres bizarres dans la chapelle ; ensuite, une employée engagée récemment a disparu.

— Ces cendres, questionna le thérapeute, les as-tu conservées ?

— Comme elles m'intriguaient, je les ai confiées au laboratoire du temple.

Aussitôt convoqué, le responsable donna son avis : elles étaient d'origine humaine.

Sidérée, la reine songea aux deux criminels qui avaient essayé de tuer Horemheb, et dont les cadavres avaient été brûlés. Selon l'enquête de Paramès, le batelier n'était qu'un comparse ; en revanche, Ousil, le gardien des singes, ex-résident de la capitale d'Akhénaton, agissait au nom des fanatiques.

Quelqu'un avait recueilli les cendres maudites afin de les répandre sur le dallage de la chapelle, et prononcé un maléfice pour empoisonner le monarque.

— Décris cette employée, exigea la souveraine.

— J'ai le sens de l'observation et je sais dessiner, affirma le ritualiste.

*
* *

Ce fut Paramès qui identifia la coupable.

— Shenta, la compagne de Nakhtmin. Elle a voulu venger son mari disparu et, surtout, offrir un triomphe au parti atonien. Je lance des recherches.

Tandis que le Premier ministre organisait la traque, le médecin ne dissimula pas son diagnostic à la reine.

— Face à cette sorcellerie, ma science est impuissante. Je ne sauverai pas le roi. Vous seule pouvez encore agir, Majesté, en implorant Sekhmet.

Sekhmet, la patronne des thérapeutes. Dans le temple de la déesse Mout, à la fois Mère et Mort, étaient disposées trois cent soixante-cinq statues pour la vénérer et l'apaiser chaque matin et trois cent soixante-cinq autres chaque soir. Tout au long de l'année, la fureur de la femme assise à tête de lionne était rituellement transformée en énergie positive. Auprès d'elle, qui infligeait les maladies, les thérapeutes venaient quérir le moyen de les combattre.

En tant que « grande magicienne », la reine d'Égypte avait un contact particulier avec cette déesse terrifiante, qui conférait la maîtrise de la puissance vitale à qui perçait son mystère.

Mout comprit qu'elle ne portait pas ce nom-là par hasard. Aujourd'hui, le sort d'Horemheb était entre ses mains. Elle devait accomplir sa fonction de mère protectrice afin de repousser la mort.

Ayant la forme d'un croissant de lune qui bordait un lac, comparé au chaudron des alchimistes contenant le feu de la transmutation des matériaux, le temple de Mout se situait à l'écart des autres sanctuaires de Karnak. Les guérisseurs y subissaient des épreuves avant d'exercer leur art.

Un ritualiste accueillit la Grande Épouse royale et consulta le livre des conjurations.

Pieds nus, les cheveux défaits, dûment purifiée, vêtue d'une simple tunique blanche, Mout s'adressa à chacune des statues en priant Sekhmet de dévier ses flèches et d'épargner le roi.

Épuisée à l'approche de la dernière statue, la reine parvint néanmoins à prononcer distinctement la formule d'apaisement.

Les yeux de l'ultime lionne de pierre flamboyèrent, le rouge intense de son regard fut vite aveuglant. Au-dessus de Mout, un vautour femelle, la meilleure des mères, volait en cercle.

Colère ou protection ? Ne sachant comment interpréter le message divin, la reine quitta le temple.

— 98 —

Banquets officiels annulés, rituel du matin accompli par le Premier serviteur d'Amon à la place du roi, audiences reportées *sine die*, affaires courantes confiées au Premier ministre… Le palais vivait dans l'angoisse, que partagea vite Thèbes, puis l'Égypte entière. Même si l'œuvre réformatrice d'Horemheb avait déjà produit beaucoup d'effets positifs, elle était loin d'être achevée.

Attablés, le Vieux, Saby et sa jeune épouse se contentaient d'un vin ordinaire et de mets simples.

— On est mal, constata le Vieux. Ce roi-là, il nous a sauvés. Trop tôt pour partir. S'il y a des atoniens planqués dans les ténèbres, ils ressurgiront.

— Dans tous les temples, indiqua Saby, les ritualistes font des offrandes aux dieux pour qu'ils écartent le maléfice. Et notre reine a été héroïque.

— Ça ne suffira peut-être pas.

— Si on lui demandait, à lui ?

— À qui ?

— À ton âne.

— Cette bête ne prévoit pas toujours l'avenir !

— Très souvent, paraît-il. Ça ne coûte rien d'essayer.

Saby se dirigea vers Vent du Nord qui dégustait des figues et une salade composée.

D'abord, des caresses ; ensuite, la question.

— Notre roi survivra-t-il ?

Le quadrupède cessa de mastiquer et regarda Saby d'un œil profond.

Et l'oreille droite se dressa.

*
* *

Quand Horemheb apparut dans la grande salle d'audience, tous les courtisans observèrent l'attitude du monarque, et les plus proches du trône scrutèrent ses traits.

Démarche assurée, le front haut : le pharaon semblait en parfaite santé, et le sourire de la Grande Épouse royale confirmait cette appréciation. Quant au Premier ministre, d'ordinaire revêche, il arborait une mine joyeuse.

Restait la parole : aurait-elle sa fermeté habituelle ? Dès les premiers mots que prononça Horemheb, l'assistance fut soulagée.

— La Grande Épouse royale et moi-même présiderons la fête d'Opet qui débutera, comme prévu, après-demain, à la nouvelle lune. Nous célébrerons le dieu caché, source de toute vie.

*
* *

— Je ne peux pas t'abriter plus longtemps, déplora le joufflu. La police recherche partout une femme qui a commis un grave méfait à Karnak, avant de prendre la fuite. C'est toi, n'est-ce pas ?

— Horemheb est-il encore vivant ? s'enquit Shenta.

— Il vient d'annoncer qu'il dirigerait les prochaines festivités. Thèbes sera en liesse.

Un rictus de haine déforma la bouche de la petite brune.

— Tu… tu en voulais au roi ? demanda le joufflu, horrifié.

Accablé du mépris de sa maîtresse, il prit peur en découvrant une sorcière.

— Va-t'en… Va-t'en tout de suite ! Quand les policiers m'interrogeront, je leur dirai que je t'ai abritée sans savoir qui tu étais et que j'ignore où tu es allée.

— Donne-moi du pain, de l'eau et un couteau.

Le joufflu remplit à la hâte une gourde qu'il enfourna dans un sac à dos, avec une miche du jour et une lame aiguisée.

— Pars, vite !

Elle lui cracha au visage et disparut.

*

* *

Si la magie d'Ousil le tueur avait été insuffisante, celle d'Akhénaton et de Néfertiti terrasserait Horemheb. Shenta était la dernière à connaître l'emplacement de leur tombe. Y pénétrer ne serait pas facile, mais il fallait qu'elle éveillât leur désir de vengeance et leur énergie destructrice. Cette fois, le tyran succomberait.

Impossible d'emprunter l'accès normal à la Vallée des Rois, qui aboutissait à un poste de garde. Shenta serait repérée et arrêtée. Elle passa donc par le désert et la montagne qui dominait le site. Au sommet de la cime d'Occident résidait la déesse du Silence, gardienne des demeures d'éternité.

Au risque de se rompre le cou, la jeune femme descendrait dans la Vallée pendant la nuit, égorgerait un éventuel gardien et se glisserait à l'intérieur du sépulcre pour déclencher la fureur des deux momies.

Aux aguets, redoutant une patrouille, Shenta progressa pas à pas, hargneuse et certaine de réussir. Alors que le soleil brillait au zénith, elle posa son sac entre deux roches.

Soudain, une atroce brûlure à la main !

Jaillissant de sa cachette, un cobra, incarnation de la déesse de la cime, avait mordu l'intruse qui troublait la paix de ces lieux. Son châtiment infligé, le serpent s'éloigna.

Affolée, Shenta se mit à courir vers l'une des falaises bordant la Vallée des Rois. Malgré la souffrance et le venin, aurait-elle le temps d'atteindre son but ?

Ses forces ne tardèrent pas à l'abandonner. Tombant à genoux, elle fixa le soleil.

— Aton, pourquoi m'as-tu abandonnée ?

Les yeux brûlés, le corps en feu, Shenta s'écroula.

— ÉPILOGUE —

De longues et belles années s'étaient écoulées[1], au cours desquelles Horemheb avait mené à terme de nombreuses réformes et rendu la prospérité aux Deux Terres. Aucun événement négatif n'avait troublé ce nouvel âge d'or, qui s'achevait avec la mort de la Grande Épouse royale.

Le vieux roi l'inhuma dans sa tombe de Memphis, aux côtés d'Amenta, sa première épouse. Des ritualistes entretiendraient quotidiennement leur *ka*.

— Je suis las de vivre, confia Horemheb à son Premier ministre, au terme des funérailles. L'heure est venue de rejoindre ma demeure de la Vallée des Rois.

— Majesté, vous…

— Tu ne t'es jamais opposé à mes décisions depuis que nous nous sommes rencontrés, Paramès. Il est trop tard pour commencer une rébellion. Avant de partir pour Thèbes et d'accomplir mon ultime voyage sur cette

1. On ignore la durée exacte du règne d'Horemheb : treize ans, vingt-quatre (le plus probable) ou cinquante-neuf.

terre que j'ai tant aimée, je proposerai au Grand Conseil le nom de mon successeur.

— Puisqu'il en est ainsi, je ne suis pas mécontent de déposer ma charge.

— Tu m'as mal compris, mon ami. Ce successeur, ce sera toi.

— Moi ? Mais je suis plus âgé que vous !

— Sous le nom de Ramsès, « Fils de la lumière », tu fonderas une nouvelle lignée[1].

— Vu l'usure de ma carcasse, mon règne sera bref !

— Sans doute, mais tu consolideras notre œuvre commune. Quoique les Hittites aient renoncé à nous envahir, surveille-les de près et fixe le Liban comme frontière intangible. Assure-toi qu'aucun fanatique ne tente de ressusciter la cité du soleil et rase les derniers édifices qui auraient résisté au désert.

Le visage du Premier ministre se creusa.

— Majesté, restez avec nous !

— Rappelle-toi la conclusion de mon premier décret, conforme aux exigences de l'institution pharaonique : « Que mon existence ici-bas soit stable grâce aux rites ; c'est en élevant des monuments pour les dieux que je renaîtrai comme la lune, tel un pharaon capable de répandre la lumière pour mon peuple comme le soleil. » Demain, Ramsès, ce sera ton devoir quotidien.

*

* *

1. Onze pharaons porteront le nom de Ramsès, dont le plus illustre fut Ramsès II.

Le Vieux goûtait un coucher de soleil comme il n'en existait qu'à Thèbes, sous la protection de la cime d'Occident, qui veillait sur la demeure d'éternité où reposait Horemheb. L'élection de Ramsès, si âgé, avait inquiété le Vieux, mais Vent du Nord s'était montré formel : l'ex-Premier ministre, doté d'une expérience irremplaçable, serait un bon roi. Comme cette bête ne se trompait jamais, autant boire une coupe de vin pétillant, jeune et frais, à la santé du nouveau monarque.

À la retraite depuis longtemps, Vent du Nord ne livrait plus de jarres et battait des records de longévité. À croire que la mort les avait oubliés, lui et le Vieux.

Ils n'étaient pas inactifs pour autant, car ce dernier s'occupait de son filleul, tandis que Saby et son épouse géraient à présent l'ensemble des vignes. Et puis la maisonnée comptait un nouveau pensionnaire, aussi vif qu'indiscipliné : Geb, un chiot tout noir qui prenait plaisir à grimper sur le dos de Vent du Nord, à lui mordiller les oreilles et à lui chiper des fruits.

Que la vie était douce, grâce au Sauveur qui avait fait revenir la vraie lumière !

Composition et mise en pages
Nord Compo à Villeneuve-d'Ascq

Imprimé en Espagne par:
CPI Black Print
en septembre 2021

Pocket - 92 avenue de France, 75013 Paris

S31993/01